BESTSELLERWORLDBOOK 75

셰익스피어 4대 희극

윌리엄 셰익스피어 지음 | 정홍택 옮김

소담출판사

정홍택

한국외국어대학교 영어과 졸업. 미국 세인트존스 대학원 수학. 연세대 행정대학원 고위정책과정 수료.
한국일보 기자, 월간 편집국장, 예술의 전당 총무, 운영국장 역임.
현재 한국공연윤리위원회 가요음반 심의위원.
저서로 『미국말1, 1』『잡학사전1, 2』 등이 있다.

BESTSELLERWORLDBOOK 75

셰익스피어 4대 희극

펴낸날 | 2002년 9월 10일 초판 1쇄

지은이 | 윌리엄 셰익스피어
옮긴이 | 정홍택
펴낸이 | 이태권
펴낸곳 | 소담출판사
　　　　서울시 성북구 성북동 178-2 (우)136-020
　　　　전화 | 745-8566~7　팩스 | 747-3238
　　　　e-mail | sodam@dreamsodam.co.kr
　　　　등록번호 | 제2-42호(1979년 11월 14일)

ISBN 89-7381-499-0　03840
● 책 가격은 뒤표지에 있습니다

www.dreamsodam.co.kr

Shakespeare's Four Great Comedies

William Shakespeare

누가 댁더러 그런 걱정 해달래요?
난 결혼할 생각은 털끝만큼도 없어요.
만일 결혼을 한다면 당신을 확실히 손봐 주겠지만요.
세 발 달린 의자로 당신의 머리털을 빗겨 주고,
당신의 얼굴은 생채기를 낸 피로 화장시켜 드리고요.

Shakespeare's Four Great Comedies

차례

베니스의 상인

| 등장인물

안토니오 _ 베니스의 상인

바사니오 _ 안토니오의 친구, 포셔의 구혼자

그레시아노 / 살레리오 / 솔라니오 _ 안토니오의 친구

포셔 _ 벨몬트의 유산 상속녀

네리사 _ 포셔의 하녀

제시카 _ 샤일록의 딸

로렌조 _ 제시카의 애인

샤일록 _ 유태인, 고리대금업자

튜벌 _ 유태인, 샤일록의 친구

론슬롯 _ 어릿광대, 샤일록의 하인

고보 노인 _ 론슬롯의 아버지

베니스의 공작

모로코 왕 / 아라곤 왕 _ 포셔의 구혼자들

레오나르도 _ 바사니오의 하인

밸서저 / 스테파노 _ 포셔의 하녀와 하인

베니스의 고관들, 법정의 관리들, 간수, 하인들, 시종들

제 1 막

제 1 장 베니스의 부두

안토니오와 살레리오, 솔라니오 등장.

안토니오 정말이지, 왜 이렇게 기분이 울적한지 모르겠네. 괜스레 짜증이 나고 미칠 것 같아. 자네들도 나 때문에 지쳤다고 하지만, 나 역시 내가 왜 이러는지, 어쩌다가 이런 꼴이 됐는지 도무지 모르겠어.

살레리오 자네 마음이 바람 따라 넘실대는 파도 같아서 그렇지 뭐. 자네의 배는 마치 바다의 귀족처럼 불룩해진 돛을 달고 너른 바다 위를 질주하잖나. 그래서 연방 머리 숙여 굽실거리는 조무래기 상선들 따위는 아예 거들떠보지도 않지.

솔라니오 하긴 나라도 그랬을 거야. 그토록 많은 재산을 바다에 띄워 놓았다면 근심 걱정이 끊이지 않았겠지. 그뿐인가. 들풀을 뽑아 날리면서 바람의 방향을 알아보기도 하고, 지도를 뒤지면서 항구를 물색한다고 호들갑을 떨었을 거야. 그리고 폭풍이 분다고 할 때마다 틀림없이 우울증에 빠졌을 걸세.

살레리오 난 뜨거운 국물에 후후 불어넣는 내 입김에도 오싹했을 거야. 그 입김이 태풍을 일으킬지도 모르잖아. 모래시계만 보아도 갯바닥이나 모래톱을 떠올리고, 돌로 만든 예배당만 보아도 좌초해서 쌍돛대를 처박고 자신의 무덤에 입맞추는 꼴을 상상할 거야. 한마디로 그 많은 재산이 한순간에 사라져서 알거지가 된다고 생각을 하면 우울증에 빠지지 않을 수가 없겠지.

안토니오 그게 아냐. 다행히 나는 배 한 척에 몽땅 투자한 것도 아니고, 한 곳과 거래하는 것도 아냐. 그리고 전 재산이 올 한 해의 운수에 달린 것도 아니고, 화물 때문에 걱정하는 것도 아냐.

솔라니오 그럼 대체 무슨 일인가? 알겠다. 즐겁지가 않기 때문에 우울하다 이거지? 그렇다면 대답은 간단하네. 웃고 춤추고 떠들면 된다네.

바사니오와 로렌조, 그레시아노 등장.

솔라니오 오호라, 자네의 가장 귀한 친구 바사니오가 오는군. 그레시아노와 로렌조도 함께 말야. 그럼, 우린 이만 물러나겠네.

살레리오 자네 기분이 좋아질 때까지 있으려고 했는데, 우리보다 훨씬 좋은 친구들이 왔으니 할 수 없군.

안토니오 자네들이야말로 나한텐 가장 좋은 친구들일세. 이때다 싶어 꽁무니 빼려는 자네들 속셈 누가 모를 줄 알고?

살레리오 여보게들, 안녕들 하신가?

바사니오 (다가오면서) 친구들, 잘 있었나? 우리 언제 한번 뭉쳐서 신나게 놀아 보세나. 언제가 좋을까? 아니, 자네들 표정이 왜 그래? 왠지 떨떠

름한 표정이군. (살레리오와 솔라니오 허리 굽혀 인사하고 퇴장)

그레시아노 안토니오, 안색이 어찌 좋지 않구먼. 자네는 세상사를 너무 심각하게 생각하는 경향이 있어. 그렇게 고민한다고 해서 안 될 일이 되는 것도 아닌데. 정말이지 얼굴이 말이 아니네그려.

안토니오 그레시아노, 나는 세상사를 있는 그대로 받아들인다네. 세상을 무대라고 한다면 우리는 여러 가지 역할을 맡은 배우일 뿐이야. 그런데 내가 맡은 역할은 유독 비극의 주인공이어서 그렇지.

그레시아노 그렇다면 나는 어릿광대를 맡아야겠군. 즐겁게 웃으며 살 수 있다면 주름살쯤 생기는 게 뭐가 대수겠나. 한숨을 쉬어 심장의 피를 말리는 것보다는 간장이 화끈 달아오른다 해도 즐겁게 술잔을 기울이는 게 낫지. 안토니오, 난 자네가 좋아. 세상에는 이상한 사람들도 다 있어. 마치 웅덩이에 고인 썩은 물처럼 두꺼운 껍질을 낯짝에 깔고 옹골차게 침묵을 지키는 건, 세상 사람들로부터 지혜롭고 진지하고 신중하다는 평판을 듣고 싶어하기 때문이지. 그들은 대개 이러한 표정을 짓고 있지. "나는 신탁을 받은 현인이다. 내가 입을 열 때는 개 한 마리도 짖지 못하게 하라." 안토니오, 나는 이런 속물들을 잘 알아. 막상 이 작자들이 입을 여는 날에는 귀를 틀어막아야 할 걸세. 할 말이 많지만, 다음 기회로 미루어야겠네. 하지만 행여, 이 같은 우울증을 미끼로 하찮은 송사리를 낚듯 세간의 평판을 낚으려 해서는 안 되네. 자, 로렌조, 우린 이만 가세나.

로렌조 그럼 일단 헤어진 뒤 식사 때 다시 만나세. 나야말로 졸지에 현인처럼 침묵을 지키고 있었네그려. 도무지 그레시아노가 말할 기회를 주지 않으니 말야.

그레시아노 2년간만 나와 같이 다니면 자네는 자신의 목소리도 잃어버릴 걸세.

안토니오 잘 가게. 그럼 나도 이제부턴 수다쟁이가 되겠네.

그레시아노 그것 참 듣던 중 반가운 소리네. 입 다물고 있으면서 칭찬 받는 것은 말린 황소 혓바닥과 안 팔리는 노처녀뿐일 테니까! (그레시아노 와 로렌조 서로 웃으며 팔짱을 끼고 퇴장)

안토니오 저게 무슨 말인가?

바사니오 부질없는 넋두리일 뿐이야. 저 친구 입담은 베니스에서 최고 잖아. 하지만 그 중 이치가 닿는 말을 찾으려 들자면, 두 포대의 왕겨 속 에서 고작 밀알 두 개를 건져내는 정도야.

안토니오 그건 그렇고, 자네가 남 몰래 사랑의 순례를 하겠다던 그 여 인은 누군가? 오늘 나한테 말해 주겠다고 약속했잖은가?

바사니오 안토니오, 자네도 알다시피 나는 빚더미에 올라앉았네. 분수 에 맞지 않은 사치스런 생활을 했기 때문이지. 물론, 지금은 그 생활에서 미련 없이 빠져나올 생각이라네. 그런데 문제는 어떻게 빚더미로부터 헤 어날 것인가 하는 점이야. 안토니오, 자네의 우정을 믿고 이 부채를 청산 할 수 있는 내 계획을 털어놓아도 되겠나?

안토니오 바사니오, 자네에게 불명예스러운 일이 아니라면, 어서 말하 게나. 내 돈이든 내 육체든 자네가 필요하다면 아낌없이 내줄 테니.

바사니오 학창 시절에 나는 내가 쏜 화살을 찾지 못하면, 똑같은 성능 의 화살을 똑같은 힘과 방향으로 신중하게 쏘아 앞서 잃어버린 화살을 찾아냈어. 둘 다 잃을지도 모르는 위험을 감수해야 했지만 말이지. 지금 그 얘기를 하는 건 내 말이 순수하다는 걸 자네가 알아주었으면 해서야. 여태껏 난 자네에게 많은 신세를 졌어. 하지만 분별없는 객기로 인해 그 모든 것을 다 잃고 말았지. 만일 자네가 처음 방향대로 똑같이 또 한 개의 화살을 쏘아 준다면, 난 신중하게 그 화살의 행방을 살펴서 두 화살을 모두 찾아내겠네. 혹시 둘을 못 찾는다 해도 나중에 쏜 것만이라도 찾아오고, 첫 번째 것은 당분간 빌리는 것으로 해서 나중에 꼭 갚겠네.

안토니오 나라는 인간을 누구보다 잘 알면서 날 떠보려는 것은 시간 낭비야. 난 자네를 위해서라면 뭐든지 할 생각인데 날 의심하다니, 그것은 자네가 내 전재산을 탕진하는 것보다 더한 모욕일세. 자, 말해 보게나. 내가 어떻게 해주면 좋겠나.

바사니오 실은 벨몬트에 거액의 유산을 상속받은 여인이 있어. 얼굴도 아주 미인이지. 게다가 외모 이상으로 마음씨도 고와. 언젠가 나는 내게 보낸 그녀의 은근한 눈빛을 읽었어. 그녀의 이름은 포셔. 케이토의 딸로, 브루터스의 아내인 포셔에 견주어도 절대로 손색이 없을 정도야. 그래서 그녀의 미덕이 세계 곳곳에 알려져 사방으로부터 내로라 하는 자들이 청혼하러 몰려드나 봐. 오, 안토니오! 나에게 그들과 견줄 수 있는 재산이 있다면, 그녀를 반드시 붙잡을 수 있다는 예감이 들어.

안토니오 자네도 알다시피 나의 전재산은 지금 바다에 있네. 그래서 지금 내 수중에는 당장 쓸 수 있는 현금도 물건도 없지. 그러니 베니스에서 내 신용을 담보로 돈을 빌릴 수밖에 없겠네. 가능한 한 최선을 다해 자네를 아름다운 포셔가 있는 벨몬트로 보내 주겠네. 자, 그럼 어서 나가 돈줄을 수소문해 보세. 내 신용으로나 친분으로나 그만한 돈을 빌리는 거야 어렵지는 않을 걸세. (두 사람 퇴장)

제 2 장 벨몬트, 포셔의 집 홀

포셔와 하녀 네리사 등장.

포 셔 정말이지, 네리사. 이 작은 몸뚱이로 세상살이를 감당하는 일도 이젠 지쳤어.

네리사 그러시겠죠, 아가씨. 불행이 행복을 삼킬 만큼 한꺼번에 밀어닥치면 그렇죠. 마치 과식하는 사람이 굶주린 사람처럼 병이 드는 것과 같은 이치죠. 그러니 무엇이든 중용을 지키는 게 행복일 수가 있어요.

포 셔 좋은 말이로구나.

네리사 격언은 듣는 것보다는 지키는 것이 더 좋대요.

포 셔 좋은 일을 행하기가 무엇이 좋은지 아는 것만큼 쉬운 일이라면, 작은 예배당을 큰 성당으로, 가난뱅이의 집을 왕궁처럼 꾸미는 일도 쉽겠지. 내가 이론에 아무리 해박하다 해도 그건 남편감을 고르는 일에는 전혀 도움이 되지 않아. 아, 선택이라는 낱말의 슬픔이여! 나는 좋은 사람을 선택할 수도 싫은 사람을 거절할 수도 없어. 그야말로 돌아가신 아버지의 유언장이 살아 있는 딸의 의지를 구속시키고 있는 셈이지.

네리사 아버님께서는 참으로 훌륭한 분이셨지요. 성인들은 임종시에 영감이 떠오른다고 하잖아요. 아마 아버님께서도 영감을 얻으셨기 때문에 금·은·납으로 만든 세 개의 상자를 만들어 제비뽑기하도록 하신 거예요. 당신의 뜻을 맞추는 사람이 아가씨를 선택하실 수 있도록요. 아마 아가씨를 진정코 사랑하지 않고서는 제대로 뽑을 수가 없겠죠. 그런데 청혼해 오신 귀공자님들 가운데 아가씨 마음을 움직인 분이 없었나요?

포 셔 그럼 이름을 대 봐. 한 사람씩 품평회를 해볼게.

네리사 우선 나폴리의 공작님요.

포 셔 아, 그 망아지. 입만 열면 항상 말 얘기뿐이지. 손수 편자를 박는 것을 무슨 대단한 재능이라도 되는 양 말하는 꼴이라니. 그 사람 모친이 대장장이와 불륜의 관계라도 맺은 건 아닐까?

네리사 그럼 팰러타인 백작님은요?

포 셔 아, 그 사람. 그 침울한 표정이라니. 아무리 재미있는 얘기를 해도 웃지 않으니. 차라리 해골과 결혼하는 편이 낫겠다.

네리사 그럼 프랑스의 귀족 르 봉 경은요?

포 셔 남을 조롱하는 사람은 사람이 아니라 죄인이지, 안 그래? 맞아, 그 사람도 말에 관해서는 나폴리의 공작을 뺨치겠더라. 침울한 표정은 팰러타인 백작보다 한 수 위고. 게다가 주체성이라곤 눈 씻고도 찾아볼 수가 없어. 자기 그림자와도 칼싸움을 할 수 있는 그런 위인이라고!

네리사 그럼 영국의 젊은 남작 폴콘브리지는요?

포 셔 아, 그 사람. 그 사람에게는 한마디도 하지 않았다는 걸 너도 알잖아. 그는 라틴어도, 프랑스어도, 이탈리아어도 모르고, 난 영어를 모른다는 건 법정에서 증언해도 될 만큼 자명한 일이잖니? 겉모습은 그림처럼 멀쩡하더라만 벙어리와 평생 살 수는 없지.

네리사 그럼 스코틀랜드 공작은요?

포 셔 그 사람, 예수님 형님이지. 따귀 한 대 맞으면 또 한 대 맞기 위해서 다른 뺨을 내밀겠다는 얼굴이야.

네리사 색소니 공작의 조카되는 독일 청년은요?

포 셔 멀쩡한 정신일 때도 싫은데, 술에 취한 모습은 정말 못 봐주겠더라. 최악의 상황에 처한다 해도, 그 사람하고는 아냐.

네리사 만일 그분이 제대로 상자를 선택한다면, 아가씨는 아버님의 유언을 거역하시겠네요.

포 셔 그러니까 그런 일이 일어나지 않도록, 가짜 상자 위에 포도주가 가득 담긴 술잔을 갖다 놔. 비록 상자 안에 악마가 있더라도 유혹에 못 이겨 그 상자를 선택할 거야.

네리사 아가씨, 걱정하지 마세요. 지금까지 말한 사람들과는 결혼하지 않을 테니까요. 그분들이 말하길 고국으로 돌아가면 두 번 다시 아가씨를 괴롭히지 않겠대요. 상자를 선택하는 것으로 아가씨를 차지하는 방법이 아닌 다른 방법을 찾아보겠다고 했어요.

포 셔 아버님의 유언에 따라 남편을 고르지 않을 바에는 처녀 신 다이아나처럼 순결을 지킬 거야. 아무튼 고맙구나. 구혼자들이 현명한 판단을 해줘서. 여기 없다고 서운할 게 없으니.

네리사 그런데 아가씨, 혹시 기억 안 나세요? 몽페라르 후작과 같이 오셨던 분 말예요. 학자이면서 군인이셨던 그 베니스 사람 말이죠.

포 셔 오, 생각나고 말고. 바사니오라는 이름이었지 아마.

네리사 바로 그분 말예요. 제가 본 사람들 가운데는 최고였어요.

포 셔 맞아. 그 사람이라면 네가 칭찬할 만하지.

하인 등장.

포 셔 왜? 무슨 일 있니?

하 인 먼저 오신 네 분의 청혼자들께서 아가씨께 작별인사를 하시겠답니다. 그리고 다섯 번째 청혼자이신 모로코의 왕께서는 사신을 보내 오늘밤에 도착하시겠다는 사신을 전해 왔고요.

포 셔 다섯 번째 손님을 네 분과 작별 인사하듯 반갑게 맞을 수만 있다면, 정말 좋겠구나. 자, 네리사, 들어가자. 간신히 한 사람을 보냈더니, 또 한 사람이 오는구나. (모두 퇴장)

제 3 장   샤일록의 집 앞에 있는 광장

바사니오와 샤일록 등장.

샤일록 으음, 삼천 더컷이라.

바사니오 그렇소. 기한은 삼 개월이오.

샤일록 으음, 삼 개월이라.

바사니오 아까도 말했지만 보증은 안토니오가 설 것이오.

샤일록 으음, 보증은 안토니오가 선다.

바사니오 도와주겠소? 내 청을 들어주겠냐 말이오.

샤일록 삼천 더컷을 삼 개월만, 으음 보증은 안토니오가 서고.

바사니오 어떻게 하시겠소?

샤일록 안토니오는 좋은 분이지.

바사니오 안토니오에 대해 다른 얘기라도 들은 적이 있소?

샤일록 그게 아니라 내가 좋은 사람이라고 말한 것은, 보증인으로는 괜찮다는 말이지요. 하지만 그분의 재산은 바다에 떠 있어서 말이죠. 한 척은 트리폴리스로, 또 한 척은 서인도로, 그리고 한 척은 멕시코로, 또 다른 한 척은 영국으로 가고 있다던데, 그러니까 그분의 재산은 세계 각지에 흩어져 있는 셈이죠. 그런데 배란 그저 널빤지에 불과할 뿐이죠. 게다가 땅쥐, 물쥐 등 강도에 해적들이 난무하니. 그게 다가 아니죠. 태풍에다 곳곳에 암초가 숨어 있다는 말씀입니다. 그건 그렇고, 그분의 재력 정도라면 충분하지요. 삼천 더컷이라, 그분의 보증을 받아들이죠.

바사니오 괜찮다면 함께 식사라도 합시다.

샤일록 (방백) 그래, 돼지고기 냄새를 맡으라고? 너희들 예언자 나사렛이 악마를 처넣어 사육했다는 그 돼지고기를 날더러 먹으라고? 내가 당신네들과 거래도 하고 함께 걸으며 얘기도 하겠지만, 함께 먹고 마시고 기도하는 것만은 어림없는 일이지.

안토니오 등장.

바사니오 안토니오로군.

샤일록 (방백) 영락없이 알랑거리는 세관원의 상판대기군! 내가 저 놈을 미워하는 건 예수쟁이여서 그래. 게다가 온갖 겸손한 척 다하면서 무이자로 돈을 빌려줘서 우리 대금업자들의 이자를 낮추고 있단 말야. 한번 걸리기만 해 봐라, 본때를 보여 줄 테니까. 저 놈은 하느님의 백성인 우리 유태인을 미워할 뿐만 아니라 상인들이 모인 곳에서 나와 내 사업, 그리고 내 정당한 돈벌이를 고리대금업이라고 비난했던 놈이라구!

바사니오 이봐요, 어떻게 된 거요?

샤일록 지금 내 수중에 있는 돈을 계산해 보았는데, 아무리 계산해 봐도 삼천 더컷이라는 거액을 당장 대출하기는 힘들 것 같소이다. 하지만 염려 마쇼. 우리 유태인 가운데 튜벌이라는 친구가 융통해 줄 테니. 잠깐, 기간이 몇 달이라고 하셨더라? (안토니오에게) 안녕하십니까, 나리!

안토니오 샤일록, 나는 원칙적으로 이자를 받고 돈을 빌려주거나 또는 빌리지 않는 주의인데, 이번만은 어쩔 수 없구려. 친구가 얼마나 필요하다고 했소? (바사니오에게) 저 사람에게 말했나, 자네가 필요한 돈을?

샤일록 그렇소, 삼천 더컷이라 했소.

안토니오 기간은 삼 개월이오.

샤일록 아차, 깜박했네. 삼 개월이라고 말씀하셨죠? 자, 그럼 나리께서 차용증서를 써 주시지요. 그런데 나리께서는 좀 전에 이자를 받고 돈 거래는 하지 않으신다고 하셨는데……

안토니오 그렇소. 그게 내 방식이오.

샤일록 야곱이 삼촌 라반의 양을 치던 시절, 머리 좋은 모친 덕에…….

안토니오 그 야곱이 어쨌단 말이오. 이자 놀이라도 했단 말이오?

샤일록 천만에요. 나리께서 말씀하시는 이자 같은 건 받지 않았지요. 야곱은 삼촌 라반과 약속을 했답니다. 그 해에 태어나는 새끼 양 가운데서 줄무늬와 점박이는 모두 품삯으로 달라고요. 이윽고 암컷이 발정하여 수컷과 짝짓기할 때, 영리한 야곱은 껍질 벗긴 나뭇가지를 발정한 암컷 앞에 박아 놓았답니다. 그랬더니 점박이만 낳아 야곱의 차지가 되었지요. 그야말로 하느님의 축복을 받은 거죠. 도둑질만 아니라면 뭐든 해서 돈을 벌어야지요.

안토니오 들었나, 바사니오. 악마 같은 놈이 제 이익을 위해서라면 성경구절까지 인용하는 세상이라네. 저 놈이 성경구절을 인용하는 것은 악당의 미소와 뭐가 다르겠나.

샤일록 삼천 더컷이라, 큰돈이야. 삼 개월이라, 가만 연리로 계산하면 이자는 얼만가…….

안토니오 그래, 샤일록. 빌려주겠소?

샤일록 나리, 나리께서는 내가 돈놀이를 한다고 나를 수없이 비난했지요. 이교도라니, 사람 잡는 개새끼라니 하면서 서슴없이 침을 뱉었지요. 단지 내 돈을 내 마음대로 이용한다고 말이죠. 그런데 오늘은 이 개새끼의 돈이 필요하시다고요? 내 수염에 가래침을 내뱉으며 미친개를 걷어차듯 포악을 일삼던 나리께서 돈을 꿔 달라고 말씀하시니 내가 뭐라고 말해야 할까요? 노예처럼 굽실거리면서 기죽은 목소리로 "나리께서는 전에 내게 발길질을 하면서 개새끼라고 마구 욕을 하셨는데, 그 친절에 대한 답례로 이렇게 많은 돈을 융통해 드리겠나이다"라고 할까요?

안토니오 나는 앞으로도 당신을 개새끼라고 부르고, 침도 뱉을 거고, 발길질도 할 것이오. 그러니 친구에게 돈을 빌려준다고 행여 엉뚱한 생각은 하지도 마시오. 차라리 원수에게 빌려주었다고 생각하면 계약을 어길 경우 당당하게 위약금을 받아낼 수도 있지 않겠소?

샤일록 아니, 점잖은 나리께서 왜 화부터 내시고 그럽니까? 나는 나리와 친구가 되어 우정도 나누고, 여태껏 받은 수모도 잊고서 무이자로 융통해 드리려고 하는데, 제 말은 끝까지 들어보시지도 않고 제 호의에 이런 식으로 보답하다니…….

바사니오 호의라면 좋소만…….

샤일록 그럼 자, 공증인한테 가서 차용증서에 도장을 찍어 주시지요. 그리고 농담 삼아 말씀드리는데, 차용증서에 기록된 대로 지정된 날짜와

지정된 장소에서, 지정된 액수의 돈을 돌려주시지 않으면, 위약금 대신 나리의 살 중 제가 원하는 부위를 1파운드만 주십시오.

안토니오 좋소. 그런 거라면 찍겠소. 그리고 사람들에게 유태인한테도 친절심이 남아 있다고 널리 말하겠소.

바사니오 안 되네. 그런 차용증서에 도장을 찍게 할 수는 없네.

안토니오 걱정 말게. 위약할 일은 없을 테니까. 두 달 안으로 차용증서에 기록된 금액의 아홉 배나 되는 돈이 들어오네.

샤일록 오, 아브라함이시여! 기독교도들은 다 이렇습니까! 자기네들이 가혹한 짓을 하니까, 남들도 똑같이 생각하나 봅니다. 자, 한마디만 물어 봅시다. 만일 약속을 어겼다 해서, 내가 그걸 받아낸들 무슨 이득이 있겠소? 사람 몸에서 떼어낸 1파운드의 인육이 무슨 가치가 있겠소? 양고기나 소고기보다 못하지요. 난 그저 나리의 환심을 사기 위해 우정을 베푸는데, 싫다면 하는 수 없죠.

안토니오 좋소, 내 도장을 찍으리다.

샤일록 그럼 먼저 공증인에게로 가서 이 재미있는 차용증서를 작성해 달라고 하시지요. 난 돈을 준비해 가리다. 칠푼이 론슬롯 녀석한테 집을 맡겨 놨더니 걱정이 되어 집 좀 들렀다가 곧장 가리다.

안토니오 부탁하오, 서둘러 주시오. (샤일록 퇴장) 저 유태인 놈이 기독교로 개종할 작정인가? 갑자기 친절해졌으니 말야.

바사니오 난 마음에 안 들어. 말은 번지르르하지만 뱃속은 시커먼 놈이야.

안토니오 자, 걱정할 것 없네. 내 배들이 약속한 날짜보다 한 달 먼저 돌아올 텐데 뭘. (두 사람 퇴장)

제 2 막

제 1 장   벨몬트, 포셔의 집

화려한 나팔 소리. 모로코 왕과 서너 명의 수행원, 포셔, 네리사, 그리고
하인들 등장.

모로코 왕 내 피부색 때문에 나를 싫어하진 마시오. 이 빛깔은 태양이
입혀준 검은 옷이라오. 난 태양신의 사랑을 받아 태어난 사람이오. 내 속
에는 누구보다도 붉고 뜨거운 사랑의 피가 흐르고 있다오. 내 신께 맹세
하지만, 우리나라 최고의 미녀들은 한결같이 이 얼굴을 사랑한다오.

포 셔 저는 보통 처녀들처럼 제 마음대로 남편을 고를 수가 없답니다.
제 운명은 어떤 상자를 선택하느냐에 따라 달라지기 때문이지요. 아버지
께서 그런 유언을 남기시지 않았다면, 전하야말로 여태껏 만나 뵌 분들
가운데 제일 유력한 분이라 생각합니다.

모로코 왕 말씀만이라도 고맙소. 그럼 상자가 있는 곳으로 안내해 주시
오. 내 운명을 시험해 보리다. 당신을 내 아내로 맞이할 수만 있다면, 이
세상에서 가장 용감무쌍한 자가 되어 굶주린 사자라도 때려잡겠소.

포 셔 모든 건 운명에 맡길 수밖에 없지요. 상자 고르는 일을 단념하시든가, 아니면 만일 상자를 잘못 고르신다면 앞으로 어떤 여성에게든 청혼을 하지 않겠다는 맹세를 하셔야 하니까요.

모로코 왕 이제 와서 그만둘 수는 없소이다. 자, 그러면 운명의 장소로 날 안내해 주시오.

포 셔 먼저 교회에서 맹세를 하셔야 합니다. 식사 후에 운명의 선택을 하시면 되고요.

모로코 왕 신이시여, 나에게 행운을 주소서! 가장 행복한 사람이 되거나, 가장 불행한 사람이 되거나 이제 곧 결정이 나겠구나. (코넷 나팔 소리, 일동 퇴장)

제 2 장 베니스의 거리

어릿광대 론슬롯과 고보 등장.

론슬롯 정말이지, 내가 이 유태놈 집에서 도망친다면, 양심이란 녀석도 날 도와줘야 하는데 말야. 악마란 놈은 허구한 날 내 팔꿈치를 툭툭 치면서 줄행랑치라고 부추기거든. 하지만 내 양심이란 녀석은 달아나지 말라면서 내 뒷다리를 거는 거야. 그럼 나는 악마와 양심에게 번갈아 "네 충고가 옳아" 하고 말하지. 양심의 말을 따르자니 유태인 놈 집에 눌러앉아 있어야 하는데, 사실 이 주인 놈이야말로 악마의 화신이거든. 그래서 난 이 유태놈 집에서 달아나고 싶은데, 양심은 이 악마 같은 유태놈 집에 그냥 눌러앉아 있으라고 한단 말야. 그러니까 악마의 충고가 훨씬 더 친절한 것 같고 마음에 들어. 악마야, 난 달아난다. 난 네 명령대로 튀겠어. 뭐니뭐니해도 삼십육계 줄행랑이 최상책이라더라.

달아나던 론슬롯 앞에 그의 부친 고보 노인 등장.

고　보 이보슈, 유태인 나리댁은 어느 쪽이우?

론슬롯 (방백) 오, 맙소사! 우리 아버지로구나. 반소경 정도가 아니라 완전히 눈이 멀었네. 그래, 어디 한번 시험해 봐야겠군.

고　보 젊은이, 부탁이오. 유태인 나리댁은 어느 쪽이우?

론슬롯 (고보의 귀에 대고 큰소리로) 다음 길모퉁이에서 오른쪽으로 도세요. 그리고 거기에서는 완전히 왼쪽으로 꺾고요. 그리고 또 나오는 길모퉁이에서는 다시 고불고불 내려가면 그곳이 유태인 나리댁이에요.

고　보 제기랄, 참으로 찾기 힘든 길 같구먼. 혹시 그 댁에 론슬롯이라는 자가 지금도 살고 있는지 아시우?

론슬롯 젊은 론슬롯 도련님 말씀인가요? (방백) 어디 눈물바다를 한번 만들어나 볼까. (고보에게) 젊은 도련님 론슬롯 말입니까?

고　보 도련님이라뇨? 당치 않은 말씀이오. 그저 가난한 이놈의 자식이라오.

론슬롯 어쨌든 영감님, 놀라지 마세요. 운명이 박복해서인지 론슬롯 도련님은 얼마 전에 죽었답니다.

고　보 뭐라고요? 아이고, 무슨 날벼락이람! 그 애는 이 늙은이의 지팡이요, 기둥이었는데.

론슬롯 (방백) 내가 지팡이나 기둥으로 보인단 말이냐? (큰소리로) 저를 못 알아보겠어요, 아버지?

고 보 글쎄요, 나는 눈이 어두워 누구신지 모르겠네요.

론슬롯 하긴 두 눈이 멀쩡해도 저를 알아보지 못했을 겁니다. 똑똑한 아버지라야 아들을 알아볼 테니까요. (무릎을 꿇는다) 좋아요, 영감님. 아드님 얘기를 해 드리죠. 진실은 반드시 드러나는 법, 멀쩡한 아들을 죽었다고 감춰둔다 해도 머잖아 밝혀질 테니까요.

고 보 아이구, 일어나시지요. 당신은 분명 제 아들이 아닙니다.

론슬롯 제발 농담은 그만하시고 아들인 제게 축복을 해주세요. 저 론슬롯은 과거나 현재, 그리고 앞으로도 영원히 아버지의 아들일 테니까요.

고 보 당신이 내 아들이라, 상상이 되지 않소.

론슬롯 아버지가 어떻게 생각하시든 저는 유태인의 하인 론슬롯이에요. 그리고 제 어머니는 마제리고요.

고 보 가만, 어머니가 마제리라면, 론슬롯이 틀림없을 텐데. 그렇다면 내 핏줄, 내 자식이 틀림없는데. (그는 론슬롯의 얼굴을 만진다. 론슬롯은 절을 하며 목덜미를 내민다) 어쨌든 넌 참 많이도 변했구나! 그래, 주인 양반과 잘 지내냐? 그분에게 드릴 선물을 갖고 왔다.

론슬롯 잘 지내냐고요? 지금 막 도망가는 참이에요. 그 주인 놈은 뱃속부터 지갑 속까지 지독한 유태놈이죠. 그런데 선물을 줘요? 목을 조를 밧줄이나 갖다 주시지요! 어쨌든 아버지, 잘 오셨어요. 그 선물은 바사니오 님께 드리세요. 그분은 하인에게도 새 옷을 마련해 주시니까요. 그분을 섬기지 못할 바에야 이 세상 끝까지 도망치겠습니다. 아, 이럴 수가! 바로 저기 그분이 오시네요. 그분에게 가세요. 아버지, 자, 어서!

바사니오와 레오나르도, 하인 한두 명 등장.

바사니오 (한 하인에게) 그렇게 해도 좋아. 하지만 다섯시까진 저녁식사 준비가 되어야 해. 이 편지는 꼭 전달하고. 그리고 새 옷도 주문하고 그레시아노에게 속히 우리집으로 와 달라고 하거라. (하인 퇴장)

론슬롯 (아버지를 앞으로 밀면서) 인사드리세요, 아버지.

고 보 안녕하십니까, 나리. 나리께 하느님의 축복이 내리소서.

바사니오 고맙소, 나에게 무슨 용건이라도 있소?

고 보 애가 제 자식놈인뎁쇼, 나리. 변변치 못한 놈이라서⋯⋯.

론슬롯 (앞으로 나서서) 변변치 못한 놈이라뇨, 부유한 유태인댁 하인이 올습니다요. 제 아버지가 자세히 얘기하실 겁니다만.

고 보 이애는 큰 포부를 품고 있답니다. 말하자면, 나으리 밑에서 일하겠다는 거죠.

론슬롯 (앞으로 나서서) 요점을 말씀드리자면, 비록 제가 지금은 유태인을 섬기고 있는데요. 자세한 얘기는 제 아버지가 말씀드리겠지만⋯⋯.

고 보 나리께 감히 말씀드립니다만, 지금 이 애와 그 주인은 개와 고양이 사이처럼 좀 뭣해서요.

론슬롯 터놓고 말씀드리자면, 그 유태인 놈이 저를 들들 볶아댄답니다. 그래서 결국 늙은 아비가 상세히 말씀드리겠습니다만⋯⋯.

고 보 저, 여기 나리께 드리려고 비둘기 요리 한 접시를 갖고 왔습니다. 제 소원을 들어주시지요.

론슬롯 (앞으로 나서며) 아주 간단하게 말씀드리자면, 그 소원이란 게 저에 관한 것이죠. 이 정직한 노인네가 바로 가난한 제 아버지인데요, 나리께 한 말씀 올릴 것입니다요.

바사니오 누구든 한 사람만 말해 보라. 그 말씀이란 게 무엇인가?

론슬롯 나리를 주인으로 모시고 싶습니다.

고 보 그것이 바로 소원의 요점이지요.

바사니오 네 청을 들어주마. 실은 오늘 네 주인 샤일록과 얘길 했는데 널 추천하더군. 글쎄, 돈 많은 유태인네 집을 나와 나 같은 가난뱅이의 하인이 되는데 추천이고 뭐고 할 게 없겠지만.

론슬롯 '신의 은총은 보석'이란 옛 속담이 있는데 두 분께서는 반반씩 나눠 가지신 것 같습니다. 나리께선 '신의 은총'을, 샤일록 양반은 '보석'을 듬뿍 갖고 있으니까요.

바사니오 말재간이 여간 아니구나. (고보에게) 자, 노인도 함께 가시죠. (론슬롯에게) 옛주인한테 가서 작별인사를 하고 오너라. (하인들에게) 이 자에게 다른 하인들보다 장식이 멋진 옷을 입히게. 알겠나! (바사니오, 레오나르도를 한쪽으로 데리고 가서 이야기한다)

론슬롯 아버지, 가세요. 이래서야 어디 일자리를 제대로 구할 수가 있나! 내 혓바닥이 내 머리와 사이가 나쁜지 따로 놀거든요. 눈 깜짝할 사이에 유태인 주인과 작별하고 다시 올게요. (론슬롯과 고보 노인 퇴장)

바사니오 레오나르도, 명심해서 일을 잘 처리하도록 하게. 지금 말한 물건들을 구입해서 잘 선적한 뒤 돌아오너라. 오늘밤 나는 귀한 손님들을 초대해서 연회를 베풀려고 한다. 어서 가 보아라.

레오나르도 예, 분부대로 최선을 다하겠습니다요.

그레시아노 등장.

그레시아노 자네 주인은 어디 계신가?

레오나르도 저기 계십니다. (퇴장)

그레시아노 이봐, 바사니오! 자네에게 부탁이 있네.

바사니오 좋아, 말해 보게.

그레시아노 나도 자네를 따라 벨몬트로 가고 싶으니 거절하지 말게.

바사니오 그럼, 그렇게 하게. 하지만 그레시아노, 내 말 좀 들어보게나. 자넨 너무 거친데다, 말도 함부로 하지. 그것이 우리 친구들한테는 큰 흠이 아니지만, 글쎄 모르는 사람들은 자네의 행동이 지나치게 자유분방하다고 할지 몰라. 그러니 제발 부탁이네. 그 천방지축 끓는 물처럼 설치는 자네 성미를 절제란 차디찬 냉수로 좀 식히도록 노력해 주게.

그레시아노 알겠네. 내 그렇게 하지. 나도 신사처럼 근엄한 표정과 말을 하고, 호주머니에는 항상 성경을 넣고 다니겠네. 식사를 하기 전에는 항상 경건하게 '아멘!'이라고 말하고, 노인의 비위를 맞추기 위해 점잔빼는 사람처럼 몸가짐을 단정히 하고 온갖 예의범절을 전부 지키겠네.

바사니오 그래, 어디 한번 두고 보세.

그레시아노 하지만 오늘밤만은 예외일세. 오늘밤 내 행동으로 날 판단하면 안 되네.

바사니오 물론이지. 오히려 자네 맘대로 실컷 놀아주길 바라네. 즐겁게 놀자고 모이는 거니까. 자, 난 좀 할 일이 좀 있어서 이만 실례하겠네.

그레시아노 나도 로렌조와 다른 친구들을 만나야 하네. 저녁식사 땐 모두 함께 가겠네. (두 사람 퇴장)

제 3 장 베니스, 샤일록의 집 앞

제시카와 론슬롯 등장.

제시카 네가 떠난다니 섭섭하구나. 우리 집은 지옥이야. 그래도 너 같은 유쾌한 도깨비가 있어서 좋았는데. 그럼 잘 가. (그에게 돈을 건넨다) 일 더컷이니, 받아둬. 그리고 론슬롯, 오늘 저녁식사 때 네 새 주인의 손님인 로렌조 씨를 뵙거든 이 편지를 전해줘. 아무도 몰래 말야.

론슬롯 안녕히 계십시오! 눈물 때문에 말문이 막히는군요. 아가씨처럼 어여쁘고 착하고 친절한 이교도는 없습니다. 만일 어떤 기독교도가 술책을 써서 당신을 아내로 맞이한다 해도 당연한 일이지요. 좌우지간 안녕히 계세요. (퇴장)

제시카 잘 가, 론슬롯 . 아, 내가 아버지의 자식인 걸 부끄러워하다니! 난 정말 죄가 많은가봐. 비록 핏줄은 아버지의 것을 이어받았을지도 모르지만 기질은 전혀 아냐. 오, 로렌조님, 약속을 지켜 주신다면 난 이곳을 벗어나 기독교로 개종하여 당신의 사랑스런 아내가 되겠어요. (퇴장)

제 4 장 베니스, 다른 거리

그레시아노, 로렌조, 살레리오, 그리고 솔라니오 등장.

로렌조 그러니까, 저녁식사 도중에 살그머니 빠져나와 우리 집에 가서 가장을 한 뒤 다시 오기로 하자. 넉넉잡고 한 시간이면 돼.

그레시아노 그렇긴 해도 난 아직 준비가 좀 덜 됐는데.

로렌조 아직 네시밖에 안 됐으니까, 준비할 시간은 충분해.

편지를 든 론슬롯 등장.

론슬롯 (편지를 주머니에서 꺼내 로렌조에게 주며) 어서 이 편지를 뜯어 보시지요.

그레시아노 연애편지로군. 틀림없어.

론슬롯 그럼 소인은 이만 물러가겠습니다요, 나리

로렌조 어디 가나?

론슬롯 예, 예전 주인인 유태인 댁에요. 주인인 기독교 신자네 집에서 베푸는 오늘밤 만찬에 오시라고 여쭈러 갑니다요.

로렌조 잠깐, 이걸 받게. (론슬롯에게 돈을 준다) 제시카에게 꼭 간다고 전해 주게. 은밀히 전해야만 하네. (론슬롯 퇴장) 여보게들, 가장무도회 준비를 하지 않겠나? 횃불잡이는 내가 구하지.

살레리오 좋아, 당장 착수하세.

로렌조 그럼 한두 시간 후 그레시아노 집에서 만나도록 하세.

솔라니오 좋아, 그렇게 하지. (살레리오와 솔라니오 퇴장)

그레시아노 그 편지는 제시카 양한테서 온 것이겠지?

로렌조 그렇다네. 제시카가 이런 걸 적어 놓았군. 어떻게 하면 아버지 집에서 자기를 빼낼 수 있는가, 얼마만큼의 재물을 가지고 나올 수 있고, 어떤 가장무도회 복장을 마련해 놨는지 말일세. 그래서 말인데, 만일 그

녀의 아버지가 천당엘 가게 된다면, 그건 순전히 딸 덕분이지. 그리고 난 아름다운 제시카를 횃불잡이로 할까 하네. (두 사람 퇴장)

제 5 장   베니스, 샤일록의 집 앞

샤일록과 론슬롯 등장.

샤일록 애, 제시카야, 이젠 너도 알게 되겠지. 이 샤일록 나리와 바사니오의 차이가 뭔가를. 이젠 우리 집에 있을 때처럼 배를 두드리며 실컷 먹지도 못하고 코를 골고 잘 수도 없을 거다. 옷을 함부로 찢어먹을 수도 없을 거구. 애, 제시카야, 귓구멍에다 뭘 틀어막았냐?

제시카 등장.

제시카 부르셨어요, 아빠?
샤일록 애, 난 오늘 만찬에 초대를 받았다. 이건 열쇠 꾸러미니까 잘 간직하거라. 그런데 왜 내가 가야 하지? 내가 좋다고 오라고 하는 것도 아닌데. 하긴 나도 그놈들이 예뻐서 가는 건 아니다. 가서 돈을 물쓰듯하는 예수쟁이들의 음식이나 실컷 먹어치워야겠다. 애야, 집 잘 봐라. 정말 가고 싶지가 않구나. 어쩐지 불길한 예감이 들어. 글쎄, 어젯밤 꿈에는 돈주머닐 봤거든.
론슬롯 좌우지간 나리, 가시지요. 그 양반들은 모든 계획을 다 마쳤답니다. 나리께서 가장무도회를 꼭 보셔야 하는 건 아니지만, 그래도 만일 보신다면, 지난 부활절 월요일 아침 여섯시에 제가 코피를 쏟으며 야단법석을 떨었던 이유를 아시게 될 겁니다.

샤일록 뭐, 가장무도회가 있다고? 들었느냐, 제시카. 문을 몽땅 잠그고 있거라. 북 치고 피리 불며 난리를 치더라도 구경을 한다고 얼굴을 내밀면 안 된다. 얼굴에 잔뜩 분칠을 한 광대 같은 예수쟁이들의 상판때기를 구경하느라고 한눈을 팔면 안 된다 말이다. 우리 조상 야곱님의 지팡이에 두고 맹세하지만, 난 오늘밤 이 녀석들의 잔치에 가고 싶은 마음이 눈곱만치도 없어. 하지만 가 봐야겠다. (론슬롯에게) 이봐, 네 놈은 먼저 가서 내가 참석한다고 전하거라.

론슬롯 그럼 갑니다요, 나리. (나가면서 제시카에게 소곤거린다) 아가씨, 아버님 말씀엔 신경 쓰지 마시고 창 밖을 꼭 내다보세요. 아주 멋진 기독교 청년이 지나갈 테니까요. (퇴장)

샤일록 저 망아지 같은 놈, 저놈이 뭐라고 말했냐?

제시카 안녕히 계시라고 했어요.

샤일록 저 바보 같은 녀석, 무슨 일을 시키면 달팽이같이 느리고, 대낮에도 살쾡이처럼 잠만 자고, 게으른 꿀벌을 집에다 놔둔 셈이지. 저런 놈을 빚 투성이에다 남의 돈주머니에 든 돈도 물쓰듯하는 예수쟁이 놈에게 보내면 패가망신시키는 데는 도움이 되겠지. 자, 제시카, 그만 들어가거라. 내가 이른 대로 문단속 잘하고. (퇴장)

제시카 아버지, 안녕히 다녀오세요. (혼잣말로) 일이 잘된다면, 이것으로 우리 부녀는 이별이에요. 나는 아버지를, 아버지는 딸을 잃게 되겠죠. (퇴장)

제 6 장   베니스, 샤일록의 집 앞

그레시아노, 살레리오 가장하고 등장.

그레시아노 이곳이 바로 그 처마 밑이야. 로렌조가 우리보고 가서 있으라는 곳이지.

살레리오 약속 시간이 지났네.

그레시아노 그 친구가 시간을 안 지키다니, 정말 이상한 일이군. 사랑에 빠진 연인들이란 언제나 초침보다 빠른 법인데.

살레리오 비너스 여신의 수레를 끄는 비둘기도 새로운 사랑의 맹세를 할 때는 날쌔게 날지만, 이미 맺어진 사랑의 맹세를 지킬 때는 거북이걸음이라더군!

그레시아노 그야 그렇겠지. 잔칫집에 왔다가 갈 때도 여전히 허기진 채로 떠나가는 사람은 있겠지. 말도 길을 떠날 때는 엄청난 속도로 달리지만, 같은 길을 돌아올 때는 무거운 발걸음으로 터벅댄다고 하지 않는가! 세상일이 다 그런 법이지.

로렌조 황급히 등장.

살레리오 저기 로렌조가 오는군. 이 얘기는 나중에 하세.

로렌조 여보게들, 미안하네. 본의 아니게 자네들을 기다리게 만들었군. 자네들이 색싯감을 훔쳐낼 때는 나도 기꺼이 망을 봐 주겠네. 이리들 오게. 여기가 내 장인의 집일세. 여보시오! 안에 누구 있소?

제시카 누구세요? 목소리는 익숙하지만, 그래도 확인을 해야죠. (2층 창문이 열리고 소년 복장을 한 제시카가 내다본다)

로렌조 나요, 그대의 연인 로렌조.

제시카 정말, 로렌조님이네. 내가 사랑하는 분이 틀림없어. 제가 이토록 사랑한다는 걸 로렌조님은 아실 거예요.

로렌조 하늘과 당신의 사랑이 그대가 나의 것임을 증명해 줄 거요.

제시카 여기 이 상자를 받으세요. 받을 만큼 가치 있는 물건이에요. (상자를 던진다) 밤이라 다행이에요. 제 모습이 보이지 않을 테니까. 그렇지 않으면 부끄러웠을 텐데. 사랑에 눈이 먼다는 말이 사실인가 봐요.

로렌조 어서 내려와요. 그대가 내 횃불잡이가 되어야 하니까.

제시카 뭐라고요? 이 망측한 꼴을 창피하게 드러내라고요? 이런 차림도 우스운데 횃불을 들고 환히 보이도록 서 있으라고요? 지금 전 남의 눈을 피해야 될 처지잖아요.

로렌조 그래서 그대가 아름다운 소년 복장으로 변장을 했구려. 자, 얼른 내려와요. 꾸물댈 시간이 없소. 바사니오의 만찬이 우릴 기다리고 있다고.

제시카 문단속을 하고, 돈을 좀더 챙겨서 가지고 갈 테니까 잠깐만 더 기다리세요. (창문을 닫는다)

그레시아노 맹세하지만, 저 상냥한 여인은 유태인 같지 않아.

로렌조 난 저 여잘 진심으로 사랑하네. 그녀는 현명한데다가 미인이고 성실하지. (제시카가 안에서 나온다) 자, 여보게들, 어서들 가세. 지금쯤 가장무도회의 친구들이 목을 빼고 우릴 기다리고 있을 걸세.

로렌조, 제시카, 살레리오 퇴장하고 안토니오가 거리를 나선다.

안토니오 누구냐?

그레시아노 안토니오 아닌가?

안토니오 여기서 뭘 하고 있나, 그레시아노? 다들 어디 있지? 벌써 아홉시야. 자네들을 얼마나 기다렸는지 아나? 오늘밤 가장무도회가 취소됐거든. 순풍이 불어 바사니오가 곧 배를 타게 됐어. 그래서 자네를 찾으려고 사방으로 사람들을 풀어놓았지.

그레시아노 그거 잘됐군. 오늘밤에 떠난다니, 나로서는 더 이상 기쁜 일은 없구먼. (두 사람 퇴장)

제 7 장 벨몬트, 포셔의 집

화려한 나팔 소리. 포셔, 모로코 왕과 시종들 등장.

포 셔 자, 커튼을 젖히고 세 개의 상자를 왕께 보여 드려라. (하인이 커튼을 젖히고 탁자 위에 놓인 상자를 보여준다) 자, 그럼 골라 보세요.

모로코 왕 첫째 상자는 금 상자로군. 가만, 상자 위에 글귀가 적혀 있는데, "나를 선택하는 자는 만인이 원하는 것을 얻으리라." 다음은 은 상자고, 여기에도 글귀가 적혀 있군. "나를 선택하는 자는 신분에 맞는 것을 얻으리라." 세 번째 상자는 형편없는 납 상자로군. 이런, 글귀도 형편없어. "나를 선택하는 자는 전 재산을 내놓고 모험을 해야 한다." 오, 상자를 제대로 선택했는지 어떻게 알 수 있단 말이오?

포 셔 한 상자에만 저의 초상화가 들어 있지요.

모로코 왕 신이시여, 저의 판단력을 바르게 인도하소서! 어디 글귀를 다시 한 번 읽어보자. 납으로 된 함은 뭐라고 했더라? "나를 선택하는 자는 전 재산을 바쳐서 모험을 해야 한다." 이건 완전히 협박이로구나. 내 전 재산을 바치면 도대체 뭘 주겠다는 거지? 황금 같은 내가 납덩어리 때문에 마음을 굽힐 수는 없는 법. 그러니까 동전 한 닢이라도 바치는 시시한 모험 따위는 하지 않겠다. 그럼 은으로 된 함에는 뭐라고 씌어 있나? "나를 선택하는 자는 그 신분에 맞는 것을 얻으리라." 신분에 맞는 것이라고? 옳지, 바로 저 여자다! 똑똑한 모로코의 왕이여, 무엇을 망설이는가? 가문으로 보나 재산으로 보나 인품이나 교양으로 봐도 내 신분에 맞는 여자가 바로 저 여자고말고. 이제 그만 망설이고 선택해 볼까? 어디 한 번 다시 보자. 금으로 된 상자엔 뭐라고 새겨져 있나. "나를 선택하는 자는 만인이 원하는 것을 얻으리라." 옳지, 그것도 바로 저 여자다! 온 세상이 저 여잘 열망하고 있지. 저 여자야말로 만인이 원하는 것임에 틀림없어. 이 셋 중의 하나에 천사 같은 포셔의 초상화가 들어 있다. 혹시 이 납덩어리 상자 속에 들어 있는 건 아닐까? 그런 야비한 생각을 하면 지옥에 떨어지겠지. 그럼 이 은 상자 속에 들어 있을까? 오, 아냐. 저렇게 값진 보석이 금보다 못한 것 속에 들어 있을 리가 없어. 에라, 모르겠다. 열쇠를 이리 주시오. 이걸 고르겠소. 이젠 운명에 맡길 수밖에!

포 셔 자, 열쇠를 받으세요. 제 초상화가 그 속에 들어 있으면 저는 당신의 아내가 되지요! (모로코 왕 황금 상자를 연다)

모로코 왕 오, 이게 뭐냐? 더러운 해골바가지로구나. 가만 텅 빈 눈구멍에 낀 종이 쪽지를 읽어보자꾸나. "반짝인다고 해서 모두 금은 아니다. 황금의 무덤 속엔 구더기가 우글대는 법. 그대 용감한 만큼 지혜롭고, 젊음과 힘이 넘치듯 신중함과 판단력이 조금이라도 있었다면 이런 결과는 나오지 않았을 텐데. 잘 가시오. 당신의 청혼은 끝났소." 꿈은 사라졌도다. 잘 가라, 사랑의 열정이여. 싸늘한 현실이여, 이리 오너라. 포셔 아가씨, 이제 작별이오. 가슴이 아파 긴 인사는 못하겠소. 패자는 말없이 사라져야죠. (그는 시종들과 퇴장)

포 셔 점잖게 가버렸구나. 시꺼먼 얼굴을 한 저런 남자들은 앞으로도 계속 저렇게 헛물만 켜고 돌아갔으면 좋으련만. (모두 퇴장)

제 8 장 베니스의 거리

살레리오, 솔라니오 등장.

솔라니오 유태놈이 그렇게 화내는 거 난생 처음이라네. 길거리에서 고래고래 소리를 지르며 길길이 뛰는 꼴이란. 정말이지 머리털이 나고선 처음이었네. "내 딸! 내 돈! 오, 그년이 예수쟁이와 도망치다니! 예수쟁이놈이 내 돈을! 내 금화 두 주머니를 내 딸년이 훔쳐가다니! 귀하고 값진 보석 두 개까지 훔쳐갔어! 재판이다! 내 딸년을 찾아라! 내 보석! 내 돈!"

살레리오 맞아. 베니스의 아이들이 "내 딸, 내 돈, 내 보석" 하면서 그 놈 뒤를 쫓아다니는 꼴이라니!

솔라니오 안토니오도 정신차리고 약속한 날짜에 돈을 갚아야 할 텐데.

안 그랬다간 큰 봉변을 당할 걸세.

살레리오 그러고 보니 생각나는군. 어제 어떤 프랑스 사람을 만났는데, 그 사람 말이 프랑스와 영국 사이의 좁은 해협에서 화물선이 난파당했다지 뭔가. 그 얘길 듣는 순간 안토니오 얼굴이 떠오르더라고.

솔라니오 그 얘길 안토니오에게 해주는 게 좋을 듯하네. 그렇다고 아닌 밤중에 홍두깨처럼 불쑥 말해 충격을 주지는 말고.

살레리오 그렇게 마음 착한 친구는 보지 못했네. 바사니오가 될 수 있으면 빨리 돌아오겠다고 말하자 그는 조급히 굴진 말고 오로지 청혼하는 일에만 정신을 집중하라고 말하더군. 그러면서도 눈물이 글썽해지자 얼굴을 옆으로 돌린 채 바사니오의 손을 꽉 잡는 거야.

솔라니오 아마 그 친구의 유일한 기쁨은 바사니오에게 우정을 베푸는 일일 거야. 자, 우리 그를 찾아 무슨 짓이든 해 울적한 기분을 풀어주세.

살레리오 그렇게 하세. (두 사람 퇴장)

제 9 장 벨몬트, 포셔의 집

하인 한 사람이 커튼 앞에 서 있다. 네리사 등장.

네리사 자, 커튼을 걷어 줘. 아라곤의 왕께서 곧 오실 거야.

나팔 소리. 아라곤 왕과 포셔, 그리고 시종들 등장.

포 셔 저기 상자가 있습니다. 저의 초상이 들어 있는 상자를 선택하시면, 즉시 우리들 결혼식이 거행될 겁니다. 하지만 잘못 선택하시는 경우엔, 아무 말씀도 마시고 즉시 물러 가셔야 합니다.

아라곤 왕 나는 조금 전에 세 가지 조건을 지킨다고 맹세를 했소이다. 첫째, 내가 어떤 상자를 선택했는지 누구에게도 발설하지 않는다. 둘째, 상자 선택에 실패하면, 두 번 다시 처녀에게 청혼하지 않는다. 그리고 마지막으로, 불행히도 잘못 선택하면, 즉시 작별 인사를 하고 물러간다.

포 셔 이토록 보잘것없는 소녀를 위해 운명을 걸려는 구혼자들 모두 그 세 가지 조건을 지키겠다고 맹세를 하지요.

아라곤 왕 나도 그런 각오는 되어 있소. 자, 운명의 여신이여, 내 소원을 이루어주소서! (그는 달려가 상자들을 살펴본다) 황금과 은, 그리고 싸구려 납 상자로군. "나를 선택하는 자는 전 재산을 내놓고 모험을 해야 한다." 재산을 바치든 모험을 하든 모양새부터 그럴 듯해야 하는데 넌 생김새부터 틀려먹었어. 금 상자에는 무엇이라고 써 있는가? "나를 선택하는 자는 만인이 원하는 것을 얻으리라." 만인이란 우매한 대중들을 뜻하는 것이렷다. 그들은 겉모습만으로 사물을 판단할 뿐, 속은 전혀 꿰뚫어 볼 줄 모르는 놈들이지. 난 우둔한 만인이 원하는 것을 택하진 않겠다. 그렇다면 바로 너로구나. 너 은 상자여! 네 위에 새겨진 글귀를 한 번 더 보여다오. "날 선택하는 자는 그 신분에 맞는 것을 얻으리라." 바로 요것이다. 요행을 노려 명예를 얻으려고 하면 안 되지. 자, 그럼 내 신분에 합당한 것을 얻기로 하자. 열쇠를 이리 주시오. 당장 내 운명을 열어 보겠소. (은 상자를 열어보고 깜짝 놀라 한 걸음 물러선다)

포 셔 (방백) 그토록 심사숙고해 알아낸 게 고작 이거라니!

아라곤 왕 이게 뭐냐? 눈을 끔벅이는 멍청이 광대가 글을 내밀다니. 아니, 어쩌면 이렇게도 포셔와 딴판이냐! 나의 희망과는 너무나 거리가 멀구나. "날 택하는 자는 그 신분에 맞는 것을 얻으리라"고? 그래 내 가치가 이 바보의 머리만도 못한가? 이게 내 분수에 맞는 것이란 말인가? 내 가치가 요것밖에 안 된다?

포 셔 죄짓는 자와 재판하는 사람은 그 입장이 분명히 다르고 성질도 완전히 반대지요.

아라곤 왕 (두루마리 종이를 펴본다) 무엇이 적혀 있지? "일곱 번 불에 달군 은 상자여. 판단 또한 일곱 번 달궈야 선택에 흠이 안 갈 것을. 세상에는 그림자에 입을 맞추는 자가 있으며, 이를 축복하는 자 또한 그림자뿐이니라. 이 세상에 은으로 본성을 감춘 바보가 살아 있나니, 바로 이 은 상자가 그러하다. 그대가 어떤 여자와 잠자리에 들든 그대 영원히 바보의 머리를 가질 것이다. 속히 떠나라, 네 일은 끝났으니." 일이 이렇게 됐으니 한시라도 빨리 떠나자. 이곳에서 꾸물대다가는 더 바보가 될 것 같구나. 청혼하러 올 때는 바보 머리 하나로 왔는데, 떠날 때는 바보 머리 두 개가 되어 가는구나. 아름다운 아가씨, 안녕히! 맹세는 지키리다. 슬픔과 괴로움을 꾹 참고. (시종들을 거느리고 퇴장)

포 셔 불나방이 불꽃으로 뛰어들어 몸을 태운 꼴이 되었구나. 똑똑한 체하는 바보들아! 제 꾀에 제가 넘어가고 마니 어리석은 지혜로구나.

네리사 교수대에 목을 매달거나 여자에게 목을 매는 일은 팔자소관이라다더니, 옛말이 하나도 틀리지 않나 보군요.

하인 등장.

하 인 아가씨, 어디 계십니까?

포 셔 여기 있다. 무슨 일이냐?

하 인 방금 젊은 베니스 사람이 말에서 내려, 곧 도착하신다고 알려 왔습니다. 그리고 주인의 정중한 인사말을 담은 서찰과 값진 선물도 가지고 왔습니다. 사랑의 전령으로서 그처럼 잘 어울리는 이는 보지 못했습니다. 춘삼월의 날씨가 아무리 상쾌하다 할지라도 이 전령보다 더 상쾌하지는 못할 것입니다. 아주 키가 큰데다 미남이고 예의바르고……

포 셔 그만해 둬라. 그렇게 침이 마르도록 칭찬하는 걸 보니 조금 있으면 그 사람이 네 친척 뻘이라는 말이 나오겠구나. 자, 네리사, 그렇게도 멋진 큐피드의 전령이 있다니, 나도 어서 만나 보고 싶구나.

네리사 그분이 바사니오님이라면 얼마나 좋을까! (일동 퇴장)

제 3 막

제 1 장 베니스의 거리

솔라니오와 살레리오 등장.

솔라니오 그래, 거래소에서 무슨 소식 못 들었나?

살레리오 글쎄 소문이 파다해. 안토니오의 배가 굿 윈즈에서 난파됐대. 그곳은 아주 험한 지역이라 큼직한 선박들의 잔해가 무수히 묻혀 있다지 뭔가. 소문이 사실이라면 말일세. .

솔라니오 제발 소문이 틀렸으면 좋겠네. 아니면, 이것으로 그의 손실이 끝나든가. 여보게, 유태인으로 둔갑한 악마가 오고 있네. (샤일록 그의 집에서 나온다) 이봐요, 샤일록! 무슨 새 소식이라도 있소?

샤일록 당신들도 알고 있겠죠. 내 딸년이 달아난 것 말이외다.

살레리오 물론 알고 있소이다. 당신 딸이 날아가도록 날개를 달아 준 재봉사는 내가 잘 아는 친구거든.

솔라니오 당신도 그 새가 혼자 날 수 있다는 걸 잘 알고 있었을 텐데. 언제든 새끼새란 어미새 품을 떠나는 게 자연의 이치가 아니오?

샤일록 천벌 받을 년 같으니!

살레리오 그렇게 되겠지요, 악마가 재판관이 된다면.

샤일록 내 살과 피를 물려받은 혈육이 날 배신하다니!

솔라니오 말도 안 되는 소리! 영감님처럼 쭈글쭈글하고 차가운 노인네가 살이든 피든 물려줄 만한 거라도 있소?

샤일록 내 딸년 말이오. 그 년이 내 살과 피란 말이오.

살레리오 영감 살과 딸의 살은 검정 돌멩이와 흰색 상아보다 더 차이가 나는걸. 피로 말할 것 같으면 붉은 포도주와 백포도주만큼 서로 다르지. 그런데 그건 그렇고, 영감, 안토니오가 바다에서 큰 손해를 입었다는 소문은 들었소?

샤일록 아이고, 이건 엎친 데 덮친 격이군. 파산자, 방탕한 놈, 이젠 거래소에 감히 얼굴을 내밀지 못하겠지. 비렁뱅이 같은 놈. 그 차용증서나 잊지 말라지! 날더러 악질 고리 대금업자라고 불렀겠다. 차용증서를 들여다보라고 그래!

살레리오 설마 안토니오가 위약을 한다고 그 친구의 살을 떼내겠다고 고집하지는 않겠지?

샤일록 물고기를 낚는 미끼가 될 거요. 다른 데엔 아무짝에도 쓸모가 없더라도 내 원한을 푸는 데는 도움이 되겠지. 그자는 날 모욕했소. 내가 손해를 보면 좋아라 웃어대고 내가 이익을 보면 날 멸시했지. 내 장살 방해하고, 친구 사이를 이간질하고, 내 적들을 충동질했다고. 단지 내가 유태인이라는 이유로 말이지. 유태인은 눈도 없나? 손도, 오장육부도, 사지도, 감정도, 희로애락도 없단 말이오? 우리도 당신네 예수쟁이들처럼 음식을 먹고, 칼로 찌르면 상처가 나고, 겨울에는 춥고, 여름에는 더운 것을 느낀다고. 우린 뭐 찌르면 피 한 방울도 안 나는 그런 족속들인 줄 아오? 유태인이 당신들을 모욕하면, 당신들은 어쩌겠소? 당연히 보복을 하겠죠. 바로 그거요. 우리가 당했으니 당신네 예수쟁이들이 하는 것처럼 보복을 해야 할 게 아니겠소. 이참에 난 당신네들 방법대로 할 것이외다.

안토니오의 하인 등장.

하 인 두 분 나리께 말씀드립니다. 안토니오 나리께서 두 분께 드릴 말씀이 있으시답니다.
살레리오 우리도 사방으로 그 사람을 찾아다니는 중이라네.

튜벌 등장.

솔라니오 유태인 족속이 또 오는군. 악마가 유태인으로 둔갑해 나타나지 않는 한 저 두 놈에겐 당할 수가 없어. (솔라니오와 살레리오, 그리고 하인 퇴장)
샤일록 오, 튜벌! 제노바에선 무슨 소식이라도 들었는가? 내 딸년을 찾았나?
튜 벌 백방으로 찾았지만 허탕이었네.
샤일록 아이고, 난 망했다! 다이아몬드가 없어졌다고. 프랑크푸르트에서 자그마치 2천 더컷이나 주고 산 건데! 우리 민족에게 이런 저주는 여태껏 없었어. 딸년이 차라리 내 발치에서 뒈져 버렸으면 좋겠다! 귀에 보석만 달고 있다면 말야. 오, 그년을 찾는답시고 내가 돈을 얼마나 썼는지 아나? 마른하늘에 날벼락이지! 그 도둑년이 큰돈을 가져갔고, 그 도둑년을 잡느라고 또 큰돈을 써야 한다니. 그러고도 결과는 꽝이고. 재수 없는 포수는 곰을 잡아도 웅담이 없다더니, 세상의 한숨은 모두 내 입에서 나오고, 눈물도 모두 내 눈에서만 흐르는 꼴이 되었네. (흐느낀다)

튜 벌 아냐, 재수 옴 붙은 사람은 자네뿐만이 아냐. 제노버에서 들은 이야긴데, 안토니오도······.

샤일록 뭐, 뭐라고? 옴이 붙어, 누가? 안토니오가?

튜 벌 트리폴리스로 돌아오던 상선 한 척이 난파당했다네.

샤일록 아이고, 고마워! 그게 사실인가?

튜 벌 난파선에서 구사일생으로 돌아온 선원을 만나 들은 얘기야.

샤일록 정말 고맙네, 튜벌. 아무럼 반가운 소식이고말고. 하하!

튜 벌 제노바에서 자네 딸앤 하룻밤에 팔십 더컷을 썼다더군.

샤일록 자네, 내 가슴에 비수를 꽂는군. 내 돈, 팔십 더컷을 한꺼번에 썼다고, 팔십 더컷을!

튜 벌 베니스로 오는 길에 안토니오의 채권자와 동행했는데, 모두들 이젠 그 사람이 쪽박을 차게 될 거라고들 하더군.

샤일록 그것 참, 어깨춤이 절로 나는구나. 옳거니, 그놈을 단단히 혼내 줘야겠구나. 아무튼 기쁜 소식이야.

튜 벌 채권자 한 사람이 내게 금반지 하나를 내보여 주더군. 원숭이 한 마리 값으로 자네 딸한테서 받은 거라고.

샤일록 죽일 년! 튜벌, 그건 바로 터키석 반지야. 내가 총각 때 죽은 아내한테서 받은 것이었어. 원숭이 몇 만 마리를 준다 해도 그것과는 바꿀 수 없지.

튜 벌 이젠 안토니오는 파산한 거나 다름없어.

샤일록 암, 그렇고말고. 튜벌, 지금 가서 법정 관리 한 사람을 매수해 놓게. 2주일 전에 예약을 해야 돼. 위약만 해 봐라. 놈의 심장을 받을 거야. 그자만 없애 버리면, 난 베니스 바닥에서 마음대로 장사할 수가 있을 거야. 잘 가게, 튜벌. 이따가 교회에서 만나세. (두 사람 퇴장)

제 2 장   벨몬트, 포셔의 집

바사니오, 포셔, 그레시아노, 네리사, 시종들 등장.

포 셔 너무 서두르지 마시고 예서 좀 쉬신 다음에 하시지 그러세요. 만일 선택을 잘못하신다면 우린 이대로 헤어져야 한답니다. 그러니 운명을 시험하시기 전에 한 두어 달 그냥 머물러 주셨으면 해요. 저로서는 상자에 관해서는 어떤 귀띔도 드릴 수가 없는 처지랍니다. 그러면 맹세를 깨뜨리는 게 되니까요. 그렇다고 그냥 내버려두어 잘못 선택하시게 된다면, 아마 저는 맹세를 깨지 못한 걸 평생 후회하게 될 겁니다. 당신의 눈빛이 원망스럽군요. 그 눈빛에 제 마음은 그만 산산조각 나고 말았답니다. 아, 야속한 세상이여, 시간을 붙들어 매거나 무거운 추를 달아 잠시라도 운명의 순간을 지연시킬 수 있으면 좋으련만.

바사니오 아가씨, 어서 선택하게 해주시오. 이대로 있는 건 마치 고문대에 올라 기다리는 심정이라오.

포 셔 고문대라뇨? 어서 말해 보세요. 당신의 사랑 속에 어떤 거짓이 숨어 있는지.

바사니오 당치 않은 말씀이오. 혹시 당신의 사랑을 얻지 못하게 될까봐 두렵고 불안한 마음뿐이오. 마치 흰 눈과 뜨거운 불이 함께 있을 수 없듯이 나의 사랑에는 거짓된 마음이 있을 수가 없다오.

포 셔 아, 그러나 고문대 위에서 하시는 말씀이 아닌가 싶어 두렵군요. 고문대에선 무슨 말이든 할 수 있으니까요.

바사니오 내가 할 수 있는 말은 오로지 당신을 사랑한다는 것뿐이오. 오, 행복한 고문이로다. 고문하는 사람이 내가 살아나갈 수 있는 해답을 가르쳐 주다니. 자, 어서 날 상자 앞으로 안내해 주시오.

포 셔 그러시다면 저쪽으로! 저기 저 상자들 중 하나에 제 초상화가 들어 있답니다. 절 사랑하신다면 찾아내실 거예요. 네리사, 그리고 모두들 비켜서거라. 이분이 상자를 선택하시는 동안 음악을 연주하도록 하거라. 실패하셔도 백조의 최후처럼 음악과 더불어 조용히 가시게. (모두 복도로 간다) 만일 실패하시면 내 눈물이 강을 이루어 백조에게 어울리는 슬픈 임종의 자리가 마련되겠지. 하지만 성공하신다면, 그럼 그때는 화려한 나팔 소리를 울리는 거지. (음악 소리. 바사니오는 상자의 글귀를 읽으면서 생각에 잠긴다)

바사니오 그러니까 겉이 번지르르하면 속이 빈약한 법, 그런데도 사람들은 겉모습에 쉽게 속아넘어가지. 제아무리 더럽고 썩은 냄새 나는 소송도 그럴 듯한 언변으로 장식하면 사악한 표면이 가려지게 마련이지. 종교도 그래. 저주받아 마땅한 악마의 소리도 신부가 엄숙한 표정으로 성경 말씀을 인용하면 그럴싸한 허식으로 감싸지지 않던가. 우윳빛처럼 하얀 간 덩어리를 가진 겁쟁이들도 헤라클레스의 수염으로 위장을 하고 다니지 않는가. 미인을 보라고. 그 아름다움도 실제로는 얼굴에 바른 화장품 값에 따라 값이 매겨지지. 이름난 미인의 머리에서 희롱하는 추파를 던지는 저 뱀 같은 곱슬머리도 정체를 알고 보면 남에게 빌려온 머리털이야. 그 머리털의 주인은 이미 무덤 속에서 해골이 되어 있을 것이고. 그러니 허식이란 위험한 바닷속으로 사람을 유혹하는 음흉한 파도요, 인도 여인의 검은 얼굴을 감싼 아름다운 면사포에 불과해. 한마디로 가장 현명한 사람마저 교활하게 함정에 몰아넣는 허울뿐인 진실인 게지. 그러니 너 번쩍이는 황금, 마이다스 왕도 먹지 못했던 황금 음식이여, 너하고는 난 볼 일이 없다. 또 창백한 낯짝을 하고 사람들 사이를 싸질러 다니며 잡일에나 쓰이는 은이여, 너도 필요 없다. 그러나 보잘것없는 납이여, 희망을 말해 주기보다는 오히려 사람들에게 겁을 주는 듯한 모습, 이 가식 없는 네 모습이 어떠한 것보다 날 감동시키는구나. 그래, 난 널 택하겠다. 제발 기쁜 결과가 나오기를! (하인이 열쇠를 내준다)

포 셔 (방백) 어머나, 불안과 절망과 공포와 질투, 이 모든 감정이 안개처럼 사라져 버렸어. 오로지 내게 남은 것은 사랑뿐. 오, 내 사랑! 진정해야지. 너무 기뻐하지 말아야지. 환희의 비를 조금만 뿌려다오. 호사다마라. 기쁨이 지나치면 화를 불러들이는 법이거늘.

바사니오 (상자를 연다) 이게 뭐지? 아름다운 포셔의 초상화로구나! 신의 솜씨가 아니고서 어찌 이리 똑같을 수가 있나? 그러나 어떠한 초상화도 실물의 아름다움에는 미치지 못하지. 이 안에 두루마리 족자가 있군. 내 운명의 요약이겠지. "겉모습만으로 선택하지 않은 그대여, 진실을 선택한 그대에게 행운이 있으라. 그대는 이 같은 행운을 거머쥐었으니, 이것에 만족하고 새 것을 찾지 말라. 이걸 진정으로 지상의 행복이요, 하늘의 축복이라 생각한다면, 그대의 연인 앞으로 가서 사랑의 입맞춤으로 청혼을 하라." 친절한 글이로구나. (포셔에게 향하며) 아가씨, 허락해 주신다면, 이 글귀대로 줄 것은 주고 받을 것은 받겠습니다. 마치 경주에서 이긴 자가 박수갈채에 넋을 잃듯이 저 역시도 지금 그렇답니다. 당신이 확인해 주고 서명, 그리고 날인할 때까지 저는 믿을 수가 없소이다.

포 셔 바사니오님, 저는 지금 당신께서 보고 있는 대로 그저 한 여자에 불과합니다. 게다가 지금보다 더 잘되고 뛰어나고 싶은 야심도 전혀 없답니다. 그러나 당신을 위해서라면 지금보다 백 배나 더 훌륭한 여자가 되고 싶고, 천 배나 더 아름다워지고 싶고, 만 배나 더 부자가 되고 싶습니다. 오로지 당신에게 잘 보이고 싶어서 덕성으로나, 미로나, 재산으로나, 친구로서나 예전보다 훨씬 나은 여자가 되고 싶답니다. 그러나 지금의 저는 저에게 있는 모든 것을 죄다 모아봤자 내놓을 만한 것이 별로 없는 존재랍니다. 대충 말씀드리자면, 저는 교양도, 교육도, 경험도 없는 여자예요. 그러나 다행스럽게도 아직 충분히 배울 수 있을 정도로 어리며, 더욱더 다행스러운 것은 그렇게 아둔한 여자도 아니라는 겁니다. 특히 가장 다행스러운 점은 성품이 온순하여 당신의 가르침에 순종할 수 있다는 것입니다. 제 자신뿐 아니라 제가 소유한 것 모두가 이제는 당신 것이에요. 지금까지 저는 이 집의 주인이었으며 저 자신의 여왕이었습니다. 그러나 지금부터는 집, 하인들, 그리고 이 몸까지도 저의 주인이신 당신의 것입니다. 이 반지와 더불어 저의 모든 것을 당신께 드립니다. 만일 이걸 버리거나, 잃거나, 남에게 주신다면 그건 당신의 사랑이 사라진 증거로 생각하여 절대로 용서하지 않을 겁니다.

바사니오 내가 할 말을 다 하시니 난 할 말이 없소이다. 내 심장 속에 흐르는 피만이 내 마음을 전하고 있을 뿐이지요. 나의 이성은 마치 축제에 참석한 무리처럼 기뻐 날뛴다오. 그러나 한 가지 분명한 것은 이 반지가 내 손가락에서 떠날 때는 내 생명도 다하는 날이라는 거요. 그땐 이 바사니오가 죽었다고 단언해도 좋소이다.

네리사와 그레시아노 등장.

네리사 지금까지는 강 건너 불 구경하듯 보고만 있었지만, 두 분의 소원이 이루어졌으니, 진심으로 축하인사 드려요.

그레시아노 바사니오, 그리고 상냥한 아가씨, 축하드립니다. 맘껏 기쁨을 누리십시오. 그러나 제 몫의 기쁨은 드리기가 어렵게 됐네요. 왜냐하면, 아가씨께서 저 친구와 백년가약을 맺으실 때, 이 몸의 결혼도 허락해 주십사 간청해야 할 처지가 되고 말았거든요.

바사니오 아가씨는 기쁜 마음으로 그렇게 할걸세. 자네에게 신부가 있다면 말이지.

그레시아노 고맙네, 바사니오. 자네 덕택에 신부를 구했다네. (네리사의 손을 잡고) 내 눈이 민첩한 건 자네한테 뒤지지 않아. 자네가 아가씨에게 정신이 팔린 동안 난 이 아가씨에게 눈독을 들였지. 자네가 사랑을 맹세할 때 나도 사랑을 맹세했다네. 그리고 자네의 운명이 저 상자에 걸려 있었듯이 내 운명도 역시 마찬가지였다네. 왜냐하면 자네가 포셔 아가씨를 차지하게 되면, 이 여자도 나와 부부가 되겠다고 했단 말일세.

포 셔 네리사, 그게 사실이냐?

네리사 그래요, 아가씨. 아가씨께서 허락만 하신다면.

바사니오 그레시아노, 자네 진정이겠지?

그레시아노 암, 진정이고말고!

바사니오 우리들의 잔치가 자네들의 결혼으로 더욱 빛나겠군.

그레시아노 우리 누가 먼저 아들을 만드나 천 더컷을 걸까?

네리사 어머, 걸긴 뭘 걸어요?

그레시아노 아니지. 이 내기에선 내가 질 것 같군. 내 것도 내 마음대로 걸지 못할 처지가 되었으니. 저기 오는 게 누구지? 로렌조와 유태인의 딸 아냐? 아니, 저 친구 살레리오도?

로렌조, 제시카, 살레리오 등장.

바사니오 여보게들, 어서 오게나. 내가 이 집 주인이 된 지 얼마 되지 않아 자네들을 환영할 자격이 있는진 모르지만 어쨌든 잘 왔네. (포셔에게) 부탁하오, 포셔! 이 사람들을 환영해 주시오. 내 절친한 친구들이오.

포 셔 환영하고 말고요. 여러분, 어서 오세요.

로렌조 감사합니다. 이곳에서 자넬 만날 줄을 몰랐네. 살레리오의 성화에 못 이겨 이렇게 따라 왔네.

살레리오 바사니오, 그럴 이유가 있었네. 안토니오가 자네에게 안부를 전하더군. (바사니오에게 편지를 준다)

바사니오 그래, 그 친구 요즘 어떻게 지내나?

살레리오 그 편지에 자세한 소식이 적혀 있을 테니, 어서 뜯어서 읽어 보게나. (바사니오 편지를 뜯는다)

그레시아노 네리사, 저 여자 손님과 인사 좀 나누어요. (네리사가 제시카에게 인사를 한다) 자, 살레리오. 베니스에서 좋은 소식은 없었나? 우리 친구 안토니오는 어떻게 지내나? (방백) 우리들이 성공한 소식을 들으면 그 친구도 틀림없이 크게 기뻐할 텐데 말야.

살레리오 자네들의 성공이 안토니오의 실패를 갚을 수만 있다면 얼마나 좋겠나. (그레시아노와 한쪽으로 물러서서 이야기한다)

포 셔 불길한 사연인가 봐. 바사니오님의 얼굴에서 핏기가 사라졌잖아. 친구 분이 돌아가시기라도 한 걸까? 미안하지만, 바사니오님, 전 당신의 반쪽이니, 그 편지 내용의 절반은 저도 알 권리가 있어요.

바사니오 오, 포셔. 이 글보다 더 침통한 사연이 어디 있겠소. 내가 처음 당신에게 사랑을 고백했을 때, 내가 가진 전 재산은 혈관 속을 흐르는 피뿐이라고 말했소. 하지만 그것조차도 허풍이었소. 난 그보다 훨씬 더 비참한 상태라고 말했어야 했던 거요. 나는 여기 오는 여비를 마련하기 위해 친구한테 빚을 내야 했소. 그 돈은 친구가 그의 원수에게 빌린 돈이었지. 이게 그 친구의 편지요. 그런데, 이게 사실인가, 살레리오? 안토니오의 배가 모두 난파되었단 말인가? 트리폴리스 것도, 멕시코 것도, 잉글랜드, 리스본, 바바리, 인도 것도. 단 한 척도 그 무서운 암초를 피하지 못했단 말인가?

살레리오 그렇다네, 바사니오. 어디 그뿐인가. 안토니오의 수중에 갚을 만한 현금이 있다 해도 그놈이 기일이 약간 지난 걸 핑계로 받지를 않겠다는 거야. 사람의 탈을 쓰고 그토록 잔인하고도 악착같이 구는 놈은 처음 보았네. 놈은 밤낮을 가리지 않고 공작 각하를 조르며, 공정한 재판을 열어 달라고 떠들어댄다는 거야. 공작 각하는 물론 여러 고관들과 상인들까지도 놈을 설득하려고 애썼지만, 아무 소용이 없었다네.

제시카 빌린 돈의 스무 배를 갚는다 해도 아버지는 거절할 거예요. 아버지가 필요로 하는 건 오직 안토니오님의 살덩이일 테니까요. 그러니 만일 제 아버지를 막지 못한다면, 안토니오님은 곤경에 처하게 되겠죠.

포 셔 곤경에 처한 사람이 당신의 친구란 말씀이세요?

바사니오 그렇소. 나의 가장 절친한 친구라오. 고결한 성품에다, 남 돕기를 좋아하는 그런 사람이지.

포 셔 그분이 유태인에게 얼마나 빌렸는데요?

바사니오 나 때문에 삼천 더컷을 빌렸소.

포 셔 어머나, 겨우 그거요? 육천 더컷을 주고 차용증을 말소시키세요. 육천의 두 배 아니 세 배라도 좋아요! 그렇게 훌륭한 친구 분이라면 머리칼 한 올이라도 다쳐서는 안 되죠. 우선 같이 교회로 가셔서 예식을 올려요. 그리고 그 친구 분을 찾아가세요. 불안한 맘으로 이 포셔 곁에 누울 수는 없으니까요. 그 정도의 빚이라면 스무 배라도 드릴 테니, 빚을 청산하고 그 친구 분과 함께 이리로 오세요. 그 동안 저는 네리사와 함께 당신을 기다리고 있을게요. 어서 가보세요. 혼례식날에 떠나시게 되니까 유쾌한 표정을 지으시고요. 그건 그렇고, 친구의 편지를 들려주세요.

바사니오 (읽는다) "바사니오, 내 배들은 모두 난파됐네. 채권자들은 가혹하고 내 형편은 말이 아닐세. 유태인에게 준 차용증서는 기한이 지나 내 목숨을 내놓지 않고는 도저히 갚을 길이 없을 것 같네. 그러면 우리 사이의 부채는 다 청산이 되네. 죽기 전에 단 한번이라도 자넬 볼 수만 있다면 여한이 없겠네. 무리는 말게. 우정에 끌려온다면 고맙지만 자네 우정이 자넬 움직이지 못한다면 이 편지는 잊어버리게."

포 셔 만사를 제쳐놓고 어서 가보세요!

바사니오 당신이 기꺼이 허락을 해주었으니 곧 갔다 오리다. 그리고 다시 돌아올 때까지 하룻밤이라도 필요 없이 묵어서 우리의 재회를 지연시키는 일이 없도록 하리다. (일동 퇴장)

제 3 장   베니스의 거리, 샤일록의 집 앞

유태인 샤일록, 솔라니오, 안토니오, 그리고 간수 등장.

샤일록 여보시오 간수 양반, 이 자를 잘 감시해요. 내게 자비니 뭐니 하는 그 따위 말은 입에 담지도 말고. 이 사람은 무이자로 돈을 빌려주는 바보라니까. 간수 양반, 잘 지켜요.

안토니오 샤일록, 내 말 좀 들어보오.

샤일록 난 차용증서에 써 있는 대로 할 거요. 천지가 개벽된다 해도 말이지. 당신은 나보고 개새끼라고 불렀겠다. 그래, 난 개새끼니까 내 이빨을 조심하라고. 공작님께서도 법대로 처리해 주실 거야. 멍청한 간수 같으니라고, 죄수가 요청한다고 이 작자를 끌고 나오다니!

안토니오 제발 내 말 좀 들어보오.

샤일록 당신 얘길 들어야 할 까닭이 없어. 차용증서에 적힌 대로 할 테니까, 더 이상 얘긴 집어쳐. 내가 예수쟁이들의 중재에 넘어가서 고집을 꺾고 귀를 기울이는 천치바보는 아니니까. 그냥 차용증서에 쓴 대로 하자고. (안으로 들어가 문을 닫아 버린다)

솔라니오 세상에! 저렇게 몰인정한 놈은 처음 보는군.

안토니오 내버려두게. 아무리 빌어도 소용이 없으니 더 이상 애원하지는 않겠네. 저놈이 노리는 건 내 목숨이야. 내가 놈의 빚 독촉에 시달리던 많은 사람들을 도와준 적이 여러 번 있었거든. 그 때문에 저놈이 날 철천지원수로 생각하는 거야.

솔라니오 설마하니 공작님이 그 따위 터무니없는 엉터리 차용증서를 인정하시기야 하겠나?

안토니오 공작님이라 해서 법을 어길 수는 없지. 이 베니스에선 외국인에게도 우리와 똑같은 권리가 주어졌거든. 만일 그것이 무시되면 이 도시엔 정의가 없다는 비난을 받게 될 걸세. 이곳의 무역과 이권이 세계 각국과 관련되어 있기 때문이야. 어쨌든 가세나. 어찌나 고민하고 슬퍼했는지 살이 쏙 빠져 내일 혹독한 저놈에게 떼어 줄 1파운드의 살도 없을 것 같군. 자, 간수 양반, 갑시다. (일동 퇴장)

제 4 장 벨몬트, 포셔의 집

포셔, 네리사, 로렌조, 제시카, 밸서저 등장

로렌조 송구스럽습니다만 부인께 제 친구에 관해 몇 마디 올리겠습니다. 부인께서 친절을 베푸시는 상대가 과연 어떤 인물인지, 얼마나 성실한 신사이며, 부인의 남편에게 얼마나 소중한 친구인가를 아시게 된다면, 아마 더욱더 큰 자랑과 보람을 느끼실 겁니다.

포 셔 전 친절을 베풀고 후회한 적은 없답니다. 이번에도 마찬가지죠.

친구들이란 오랫동안 영혼을 우정의 굴레로 씌워 놓은 존재들이죠. 그래서 그 모습이나 태도, 정신이 서로 비슷해지죠. 아마 안토니오라는 분도 제 남편과 분명 닮은 점이 있을 거예요. 제 영혼과 마찬가지인 남편과 닮은 분을 구해 내는 데 이까짓 돈이야 아무 것도 아니겠죠. 너무 내 자랑만 한 것 같네요. 참, 부탁이 있는데 들어주시겠어요? 남편이 돌아오실 때까지 이 집의 관리를 맡아 주셨으면 해요. 네리사의 남편과 제 남편이 돌아오실 때까지 네리사와 전 수도원에 머물며 기도할 작정이에요. 당신의 우정을 믿고 부득이 부탁드리는 것이니 제 청을 꼭 들어주세요.

로렌조 물론이죠. 기쁜 마음으로 부인의 뜻에 따르겠습니다.

포 셔 고마워요. 저희 집안 사람들은 당신과 제시카를 주인처럼 섬길 거예요. 그럼 다시 뵐 때까지 안녕히 계세요.

로렌조 부디 행복한 시간을 보내시길!

제시카 평온한 시간을 보내시도록 기도 드릴게요.

포 셔 감사합니다. 두 사람에게도 행운이 함께 하길 빌게요. (제시카와 로렌조 퇴장) 벨서저, 파듀어까지 전속력으로 달려가서 사촌 오라버니 벨라리오 박사에게 이 편지를 전하렴. 그리고 박사님이 주시는 서류와 의상을 가지고 선착장으로 와 줘. 베니스로 가는 그 선착장 말이다. 인사는 나중에 하고 빨리 가 봐. 난 너보다 먼저 거기로 가 있을 거야.

벨서저 마님, 바람처럼 후딱 다녀오겠습니다. (퇴장)

포 셔 자, 네리사, 우린 남편들을 만나러 가자꾸나.

네리사 그분들이 단박에 우릴 알아볼 텐데요.

포 셔 그러니까 변장을 해야지. 우리가 남자 옷을 입으면 그분들이 우릴 알아볼 리가 없지. 말할 땐 변성기의 소년처럼 째지는 목소리를 내야 돼. 그리고 걸음걸이도 남자처럼 의젓하게 걸어야겠지. 싸움을 하면 누구한테도 진 적이 없다고 허풍도 떨고. 그럼 사람들은 내가 학교를 졸업한 지 일 년은 넘었을 거라고 믿을 거야. 허풍쟁이들이 하는 거짓말쯤은 나도 천 가지 정도는 알고 있어. 그걸 한번 해보고 싶단다.

네리사 그럼 우리가 남자들과 한판 붙기라도 하나요?

포 셔 이런, 그 따위 질문이 어디 있니? 자, 가자! 자세한 계획은 마차를 탄 뒤 얘기해 줄게. 오늘 안으로 20마일을 달려야 해. (급히 퇴장)

제 5 장 벨몬트, 포셔의 집 정원

론슬롯과 제시카 등장.

론슬롯 정말 그래요. 아버지의 죄는 대물림이라니까요. 그래서 전 아가씨가 걱정이라고요. 아가씨에게만은 늘 모든 걸 솔직하게 털어놨으니까 말씀드리는 거예요. 그러니까, 자 기운을 내세요. 아가씬 영락없이 지옥에 갈 거라고요. 그러나 구원받을 희망이 딱 한 가지 있긴 한데, 그것도 별로 신통한 방법은 못 되지요.

제시카 그 희망이란 게 뭐니?

론슬롯 말하자면, 아가씨의 아버지는 유태인이 아니다라고 생각하면 희망이 있다 이 말씀이에요.

제시카 정말 대단한 희망이로구나! 그럼 이번에는 어머니의 죄를 대물림받고?

론슬롯 그럴지도 모르죠. 큰일났네. 앞문에서 바다의 큰 괴물 같은 아버지를 겨우 피했다 했더니 뒷문에 가서 위험한 소용돌이인 어머니를 만나게 되는 격이니까요. 아가씬 어느 길을 가든 살아날 길이 막막하네요.

제시카 남편이 도와줄 거야. 나를 기독교도로 만들어 주었으니.

론슬롯 바로 그것 때문에 주인은 비난을 받아요. 기독교도들은 지금 거리에 넘쳐나거든요. 사이좋게 서로 의지하며 서로 돕고 살아가기 힘들 만큼 많아요. 이런 식으로 기독교도를 많이 만들다 보면 돼지 값만 오를 거예요. 너도나도 돼지고기를 먹게 되는 날엔 아무리 돈을 내더라도 돼지고기 한 점 못 먹게 될 테니까요.

로렌조 등장.

제시카 네가 한 말, 서방님에게 전해야겠다. 저기 오시네!

로렌조 론슬롯, 내가 질투를 하면 어쩌려고 내 부인을 이런 으슥한 곳으로 끌고 다니니?

제시카 그런 걱정은 마세요. 론슬롯과 전 싸우는 중이니까요. 내가 유태인의 딸이니까 천당에 갈 수 없다고 함부로 지껄이지 않겠어요. 또 당신도 이 나라의 훌륭한 시민이 아니래요. 유태인을 기독교도로 개종시켜서 돼지고기 값만 올린다나요.

로렌조 검둥이 계집의 배를 불룩하게 만든 네놈보다는 내가 더 훌륭한 시민이지. 검둥이 계집은 네놈 아이를 가졌어, 론슬롯!

론슬롯 그 검둥이 계집애 배가 남산만해졌다면 이거 큰일인데요. 정말 보기보다는 앙큼한 계집이구먼요.

로렌조 어릿광대들은 저렇게 얼렁뚱땅 말을 잘 둘러댄다니까! 그러나 지혜로운 사람들은 오히려 침묵을 지키지. 말 잘한다고 칭찬받는 건 앵무새밖엔 없을 거다. 이봐, 론슬롯, 안으로 들어가서 하인더러 식사 준비를 하라고 말하게나!

론슬롯 식사 준비는 다 되어 있습니다. 모두들 대단한 밥통을 갖고 있으니까요!

로렌조 거참, 주둥이 하나는! (론슬롯 퇴장) 저 녀석 머릿속엔 이상한 말만 가득 차 있는 모양이야. 난 광대를 여럿 알고 있는데, 모두 저 녀석처럼 말뜻은 생각도 않고 나오는 대로 마구 지껄여댄단 말야. 사랑하는 제시카, 당신 생각엔 어떠오? 바사니오의 부인이 마음에 드오?

제시카 제가 무슨 말을 할 수 있겠어요. 바사니오 씨는 정말 행실을 단정히 하셔야 해요. 천사 같은 부인을 얻으셨으니까. 지상에서 가장 행운 아잖아요! 여기서 품행을 단정히 하지 않으면 천국의 문턱에도 갈 수 없을 거예요. 만일 두 신이 지상의 두 여자를 걸고 내기를 하실 때 한쪽이 포셔면, 다른 쪽 여자에겐 덤으로 여러 가지 잔뜩 경품을 보태야 비교가 될 거예요. 이 세상에 포셔 아씨 같은 분은 없을 테니까요!

로렌조 아내로서 포셔가 탁월하듯이, 당신은 그런 훌륭한 남편을 갖게 되었소.

제시카 그 문제에 관해서라면 나도 할 말이 있어요.

로렌조 나중에 듣기로 합시다. 우선 식사부터 하고.

제시카 아니에요. 지금 당장 말하고 싶어요.

로렌조 아니, 그건 식사할 때 반찬 삼아 합시다. 어떤 얘길 해도 다른 음식과 같이 삼켜서 소화해 버리면 될 테니까 말이오. (두 사람 퇴장)

제 4 막

제 1 장   베니스의 법정

공작, 고관들, 안토니오, 바사니오, 그레시아노, 솔라니오, 기타 등장.

공 작 안토니오는 출정했는가?

안토니오 예, 여기 있습니다, 각하.

공 작 자네 정말 딱하게 됐네. 상대방은 돌덩이같이 냉혹하고 비정한 인간이야. 동정심도 없고 비인간적인데다 자비심이라고는 털끝만큼도 찾아볼 수 없는 짐승 같은 인간일세.

안토니오 공작 각하께서 그자의 가혹한 주장을 무마시키시려고 애써 주신 걸 알고 있습니다. 하지만 그자의 태도가 워낙 완강해서 어떤 합법적인 수단으로도 그자의 손아귀에서 벗어날 길이 없다고 생각하게 됐습니다. 그래서 모든 걸 단념하고 차분한 마음으로 그자의 횡포와 잔인한 보복을 그냥 견디어 낼 각오입니다.

공 작 그 유태인을 이 법정으로 불러오도록 하라.

솔라니오 이미 법정 밖에서 대기하고 있습니다. 아니, 벌써 들어오고 있습니다, 각하.

공 작 길을 터줘라, 저자를 내 앞에 세워라. (군중들이 길을 비켜준다. 샤일록, 공작 앞으로 나와서 절을 한다) 샤일록, 그대가 지금은 일부러 고집스럽게 주장을 굽히지 않더라도 재판이 막바지에 이르면 그 괴상한 행동과는 달리 자비와 동정을 베풀 것으로 나와 세상 사람들은 믿고 있네. 지금은 위약금조로 이 불쌍한 상인의 살덩이 1파운드를 꼭 받아내겠다고 고집을 피우지만 실은 위약금뿐만 아니라 원금의 일부까지도 감해 줄 것이라고 믿고 있단 말이네. 최근에 입은 손실은 아무리 안토니오 같은 거상이라도 감당하기 어려울 정도로 엄청난 것이지. 그래서 아무리 쇠붙이나 부싯돌처럼 냉혹한 사람들이라 해도, 아니 무자비한 터키인, 포악한 타타르인이라 해도 저 상인에게 동정심을 느끼지 않을 사람이 없을 거야. 우리 모두는 그대의 자비로운 답변을 기대하고 있네.

샤일록 소인의 결심은 이미 각하께 죄다 말씀드렸습니다. 따라서 저는 신성한 안식일을 걸고 맹세한 대로, 차용증서에 명시된 대로 원금과 위약금을 받겠습니다. 각하께서 이것을 거절하시면 각하의 권위와 베니스의 자유가 위태롭게 되고 정의는 땅에 떨어지고 말 것입니다! 왜 제가 3천 더컷을 마다하고 한사코 썩은 살 한 덩어리를 달라고 고집하느냐고 저에게 물으신다 해도 전 대답하지 않겠습니다! 저의 변덕 때문이라고 해두지요. 우리 집에 쥐새끼가 한 마리가 나타나 귀찮게 구니 그 쥐를 독살해 주면 1만 더컷을 내겠다고 하면 각하께선 뭐라고 하시겠어요. 여전히 납득이 안 되십니까? 세상엔 입을 떡 벌린 돼지 통구이가 싫다는 사람도 있고, 고양이만 보면 미치겠다는 사람도 있는 법입니다. 피리 소리만 들으면 오줌이 마려워 참기 힘들다는 사람도 있죠. 희로애락의 감정은 각자의 기분에 따라 생겨나니까요. 마찬가지로 저도 안토니오에게 쌓이고 쌓인 증오와 혐오의 감정 때문에 손해보는 소송을 제기하게 됐다고 말씀드릴 수밖에 없군요. 이것이 저의 답변입니다.

바사니오 그런 답변이 어디 있어, 이 인정머리없는 놈. 그것으로 네 잔인한 짓거리가 얼버무려지게 될 줄 아느냐!

샤일록 당신 마음에 드는 답변을 해야 할 의무는 내게 없소이다!

바사니오 미운 것은 모조리 죽여야 직성이 풀린단 말인가?

샤일록 미우면 죽이고 싶은 것이 인지상정 아니오.

바사니오 마음에 안 든다고 다 죽일 순 없잖은가!

샤일록 당신이라면 같은 독사한테 두 번씩이나 물리겠소?

안토니오 바사니오, 상대는 유태인이야. 차라리 바닷가에 서서 밀물더러 물러가라고 외치는 편이 나아. 늑대더러 왜 새끼양을 잡아먹어 어미양을 울렸느냐고 따지는 게 낫단 말야. 산꼭대기에서 바람에 흔들리는 소나무에게 가지를 흔들지 말고 소리도 내지 말라고 호통치는 것과 같지. 저 유태인의 얼어붙은 마음을 녹일 수 있다면 이 세상에서 안 될 일이 하나도 없을 걸세. 그러니 제발 부탁이네. 더 이상 아무 말 말고 다른 방법을 쓸 생각도 말게. 될 수 있는 대로 아주 간단하고 쉽게 결말이 나도록 도와주게. 나에겐 판결이, 저 유태인에겐 소원이 이루어지도록.

바사니오 자, 삼천 더컷 대신 육천 더컷을 더 내마.

샤일록 그 육천 더컷의 일 더컷이 여섯 개로 나누어지고, 나누어진 하나하나가 일 더컷이 된다고 해도 나는 받아들이지 않겠소. 나는 이 차용증서대로 받겠소이다!

공 작 인간에게 자비를 베풀지 않고 어떻게 신의 자비를 바라겠는가?

샤일록 제가 잘못을 저지르지 않았는데 무슨 판결인들 두렵겠습니까? 여러분들은 많은 노예들을 사서 당나귀, 개처럼 천하고 고된 일에 마구 부려먹지 않습니까? 왜요? 그들을 샀기 때문이죠. 어디 한번 말씀드려 볼까요? "노예들을 해방시켜 여러분들의 상속녀인 따님들과 결혼시키시지요. 노예들에게 일도 시키지 말고 잠자리와 식사도 여러분과 똑같이 대접해 주면 어떨까요?" 아마 이러면 여러분은 펄펄 뛰시겠죠. 저 역시 마찬가집니다. 제가 요구하고 있는 1파운드의 살덩이는 제가 비싼 대금을 치르고 산 것입니다. 그건 제 소유물이니 꼭 받아내고야 말겠습니다. 각하께서 제 뜻을 거절하신다면 법이 무슨 소용입니까? 베니스의 법은 있으나마나 한 것이 되고 말 겁니다! 자, 판결을 내려 주십시오. 저 사람의 살 1파운드는 제 것입니다. 그러니까 제가 떼어가도 되겠지요?

공 작 내 직권으로 이 재판을 기각시킬 수도 있다. 그러나 이 소송은 석학 벨라리오 박사께서 오셔서 판결을 내리기로 하셨다.

살레리오 각하, 박사께서 보내는 편지를 갖고 온 사자가 파듀어에서 지금 막 도착하였습니다.

공 작 그 사자를 들게 하라.

바사니오 기운을 내게, 안토니오! 저 유태놈에게 내 살, 내 피, 내 뼈를 다 준다 해도 자네한테서는 피 한 방울 흘리게 할 수는 없어. (샤일록, 칼을 꺼내어 날을 갈기 위해 무릎을 꿇는다)

안토니오 나는 양떼로 치면 병들고 거세된 숫양이야. 죽어도 괜찮아. 과일 중에서도 가장 약한 것이 맨 먼저 땅에 떨어지는 법이지. 그러니 날 그냥 내버려두게. 하지만 자네는 살아남아서 내 묘비명이나 써주게.

네리사가 법관 서기 복장을 하고 법정에 등장.

공　작　그대가 파듀어의 벨라리오 박사가 보내서 왔는가?

네리사　(절을 하며) 그렇습니다 각하. 벨라리오 박사님께서 안부 말씀 전하셨습니다. (편지 한 통을 전하자 공작은 받아서 읽는다)

바사니오　칼은 왜 그렇게 열심히 갈고 있나?

샤일록　저 파산자로부터 담보물을 잘라내기 위해서지.

그레시아노　차라리 네 놈의 그 딱딱한 심장에다 대고 칼을 갈지 그래. 이 무지막지한 유태놈 같으니. 어떤 비수도, 아니 사형수의 목을 단번에 쳐내는 망나니의 도끼도, 네 놈의 그 날카로운 집념에 비하면 오히려 무디다고 해야겠다. 네 놈 가슴엔 애원도 소용이 없는가?

샤일록　소용없고말고. 너희 예수쟁이들이 무슨 말을 해도 어림없지.

그레시아노　오, 이 지옥에 떨어져야 마땅할 개자식! 너 같은 놈을 살려두다니, 법이 무슨 소용이야! 너를 보니까 인간의 몸뚱어리엔 짐승의 혼이 있다는 피타고라스의 주장이 옳구나! 네 놈의 잔인성과 탐욕은 피에 굶주린 늑대를 똑 닮았어!

샤일록　어디 그렇게 발광을 하고 법석을 떨어봐. 이 차용증서의 날인 서명이 지워지나. 쓸데없이 소리를 꽥꽥 질러대면 네 허파만 아플 거다.

공　작　이 편지에는 벨라리오 박사가 젊고 박식한 한 박사를 법정에 추천한다고 했는데, 그분이 어디 계신가?

네리사　네, 문 밖에서 공작 각하의 허가를 기다리고 있습니다.

공　작　진심으로 환영한다. 어서 가서 이곳으로 정중히 모셔 오도록 하라. (시종 몇 사람이 절을 하고 나간다) 그 동안 난 벨라리오 박사의 편지를 이 법정에서 낭독해 드리겠소. (공작 편지를 읽는다) "각하의 친서를 받았을 때 공교롭게도 소생은 와병 중에 있었습니다. 그러나 마침 로마로부터 젊은 박사 한 분이 문병차 와 있었습니다. 소생은 박사에게 유태인과 상인 안토니오의 소송 사건을 설명해 준 뒤 많은 문헌을 함께 조사했고, 소생의 의견도 얘기해 주었습니다. 그의 해박한 지식은 소생이 아무리 말씀드려도 부족합니다. 다행히 소생의 간청을 받아들여 그가 그곳으로 가게 되었습니다. 아무쪼록 그가 젊다는 점 때문에 훌륭한 평가를 받는 데지장이 없도록 배려해 주시기 바랍니다. 아직 젊은데도 그토록 노련한 판단력을 지니고 있는 사람을 소생은 여태껏 본 적이 없습니다. 각하께서 그를 환대해 주시길 바라며 그의 명석한 판결은 소생이 드리는 추천의 말을 증명하고도 남을 것으로 확신합니다." (포셔가 법학 박사 복장을 하고 손에 책을 들고 입장) 아, 저기 그 젊은 박사가 오는군. 손을 이리 주시오. 벨라리오 박사가 보낸 분이오?

포 셔 그렇습니다.

공 작 반갑소. 자리에 앉아 주시오. (시종이 포셔를 공작 옆으로 안내한다) 지금 이 법정에서 심의 중인 소송 사건에 대해서는 들으셨겠죠?

포 셔 네, 그렇습니다. 어느 쪽이 상인이고 어느 쪽이 유태인입니까?

공 작 안토니오와 샤일록, 두 사람은 앞으로 나오라. (두 사람 앞으로 나와서 공작에게 인사를 한다)

포 셔 그대가 샤일록인가?

샤일록 그렇습니다.

포 셔 괴상한 소송을 제기하셨더군. 하지만 법적으로는 아무런 하자가 없으니 비난할 수가 없소. (안토니오에게) 당신의 목숨은 이 사람의 손아귀에 들어 있는 걸 알고 있소?

안토니오 이 사람도 그렇게 말하고 있습니다.

포 셔 이 증서를 인정하오?

안토니오 인정합니다.

포 셔 그렇다면 유태인이 자비를 베푸는 일만 남았군.

샤일록 제가 뭣 때문에 그래야 합니까? 있다면 말씀해 주시지요.

포 셔 자비란 강요되는 것이 아니라 하늘에서 내리는 단비와 같은 것으로 축복이라오. 주는 자와 받는 자를 함께 축복하는 것이니 미덕 중에서도 최고의 미덕이며 왕관보다 더 국왕을 국왕답게 해주는 덕성이지. 왕의 왕홀은 현세의 권력을 상징하는 것으로 두려움과 공포를 나타내지만, 자비는 왕의 가슴속에 있는 신이 베푸는 최상의 미덕이오. 따라서 왕홀의 위력을 능가하지. 따라서 엄격한 정의를 자비심으로 부드럽게 만들면 지상의 권력은 신의 권세에 가깝게 접근하게 되는 것이오. 그러니 유태인이여, 그대가 호소하는 바는 정의이지만 정의만 내세우면 구원받을 자가 아무도 없다는 걸 명심하시오. 우리는 자비를 구하기 위해 기도를 드리며이 기도야말로 우리가 서로에게 자비를 베풀도록 도와주는 거요. 내가 이처럼 장황하게 말하는 것은 정의를 요구하는 그대의 경직된 마음을 부드럽게 만드는 데 도움이 될까 해서인데, 만일 그대가 자비 없는 정의만을계속 고집한다면 이 엄격한 베니스의 법정은 부득이 저 상인에게 불리한선고를 내릴 수밖에 없소.

샤일록 자신이 한 일은 자신이 책임져야죠! 소인은 이 증서대로 시행되기를 바랍니다.

포 셔 이 사람은 그 차용금을 갚을 수 없는가?

바사니오 있습니다. 제가 저 사람 대신 제가 갚겠습니다. 당장 원금의 두 배를 갚겠습니다. 아니 열 배라도 내라면 내겠습니다. 제 손, 제 머리, 제 심장을 담보로 하는 한이 있어도요. 그래도 부족하다면 정의란 빛 좋은 개살구일 뿐 악이 선을 짓밟고 세상을 지배하게 될 겁니다. (무릎을 꿇고 양손을 든다) 부탁드립니다. 이번 한번만 법을 굽히시어, 직권으로 이 잔혹한 악마의 의도를 꺾어 주십시오. 그것은 큰 정의를 실현하기 위한 작은 잘못에 지나지 않습니다.

포 셔 안 되오. 베니스의 어떠한 권력도 이미 정해진 법을 바꿀 순 없소. 그것이 판례로서 기록되면 많은 위법 행위가 반복되어 국가가 문란해질 테니 그럴 순 없소.

샤일록 명판사 다니엘의 재현이로구나. 다니엘 같으신 판사님이셔! 현명하신 판사님, 존경하옵니다! (그는 포셔의 법복에 입을 맞춘다)

포 셔 그 차용증서를 나에게 보여다오.

샤일록 여기 있습니다. 공정하신 판사님, 이것이 차용증서입니다.

포 셔 샤일록, 이 돈의 삼 배를 받으면 어떤가?

샤일록 맹세, 하늘을 두고 한 맹세는 어떻게 되는 겁니까? 맹세를 어긴 죄를 제 영혼이 짊어집니까? 어림도 없습니다. 안 됩니다. 베니스를 다 준다 해도 바꿀 수 없어요.

포 셔 (증서를 받아들며) 그렇군, 약속한 날짜가 지났군. 이 상인의 심장에서 가장 가까운 곳에 있는 살을 1파운드 떼내겠다는 이 유태인의 주장은 정당하다. (샤일록에게) 그러나 자비를 베풀어 돈을 세 배 받고 이 증서를 찢어 버리는 게 어떻겠소?

샤일록 증서의 내용대로 빚이 청산되고 나면 그렇게 하겠습니다. 제가 보기에 나리께선 참으로 훌륭한 판사님이십니다. 법에도 해박하시고, 법 해석도 지극히 온당하십니다. 법에 따라 부탁합니다. 나리께서 제발 판결을 내려 주십시오. 저의 영혼을 두고 맹세하지만 사람의 입으로선 제 결심을 바꿀 순 없습니다. 이 증서대로 판결을 내려 주십시오.

안토니오 저도 법에 따라 판결을 내려 주시기를 간절히 바랍니다.

포 셔 그렇다면 도리가 없군. 가슴을 열고 저 사람의 칼을 받을 준비를 하시오.

샤일록 오, 젊으신 분이 어쩜 저렇게 훌륭하실까!

포 셔 법의 취지와 목적으로 보아 이 증서에 기록된 대로 집행되어야 마땅하오.

샤일록 과연 그렇습니다. 오 슬기롭고 공정하신 판사님! 겉보다는 속이 훨씬 더 깊으신 분이야!

포 셔 (안토니오에게) 이제 상인은 가슴을 내놓으시오.

샤일록 그렇습니다. 바로 저 가슴팍이에요. 증서에도 그렇게 씌어 있지요. 훌륭하신 판사님, 정확히 말해서 "심장에서 가장 가까운 곳"입니다.

포 셔 좋소. 살덩어리의 무게를 달 저울은 준비가 되어 있소?

샤일록 예, 여기 가지고 왔습니다. (외투 밑에서 저울을 꺼낸다)

포 셔 샤일록, 자네가 비용을 대서 의사를 불러오시오. 상처를 치료 못하면 출혈로 인해 죽을지도 모르니.

샤일록 증서에 그렇게 씌어 있습니까? (증서를 달라고 해서 자세히 살펴본다)

포 셔 그런 말은 없지만 그 정도의 자선은 베풀어야 하지 않겠는가.

샤일록 그런 글귀는 없습니다. 증서에 없어요.

포 셔 안토니오, 남기고 싶은 말은 없는가?

안토니오 별로 없습니다. 각오는 되어 있습니다. 손 좀 이리 주게, 바사니오. 잘 있게, 친구. 자네 때문에 내가 이 지경이 됐다고 슬퍼하지는 말게. 운명의 여신이 그 어느 때보다 친절을 베풀고 있네. 흔히 파산한 가엾은 사람을 오래오래 살게 해서 눈은 푹 꺼지고 이마엔 굵은 주름살이 잡히고, 가난에 시달리는 노년을 겪게 만드는데 나는 그런 비참하고 괴로운 나날을 보내며 겪을 고통을 면하게 되었으니 말일세. (두 사람 포옹한다) 훌륭한 부인께 안부 말씀 드려 주게. 내가 자넬 얼마나 사랑했는지도 말해 주고 부인께 바사니오가 얼마나 진정한 친구를 가졌던가를 말해 주게. 그리고 안토니오가 당당하게 최후를 맞이했다는 말도 잊지 말고. 자네가 친구를 잃는다고 슬퍼만 해준다면 난 자네의 빚을 갚은 걸 결코 후회하지 않겠네.

바사니오 오, 안토니오, 내 아내는 나에겐 생명처럼 귀중하네. 하지만 내 목숨도, 내 아내도, 온 세상도 자네보다 더 소중할 순 없어. 난 모든 걸 잃어도 좋아. 내가 자넬 구할 수 있다면 내 아내뿐만 아니라 모든 걸 저 악마에게 주어도 좋아.

포 셔 만일 그대 아내가 이 얘기를 듣는다면 달갑지 않을 거요.

그레시아노 저도 아내가 있습니다. 물론 아내를 끔찍이 사랑하지요. 그러나 저 개같은 유태놈의 심보를 바꿀 수만 있다면 제 아내를 지옥사자에게라도 보내 간청을 드리게 할 것입니다.

네리사 그런 말은 아내가 없는 자리에서나 할 수 있지요. 그렇지 않으면 가정에 파탄이 일어날 테니까요.

샤일록 (방백) 예수쟁이 남편이란 죄다 저 모양이야! 내 딸년을 예수쟁이에게 주느니 차라리 천하의 날도둑 바라바스에게 주는 편이 더 나았을 걸. (큰 소리로) 시간이 갑니다. 빨리 선고를 내려 주십시오.

포 셔 저 상인의 살 1파운드는 그대의 것이오. 본 법정이 그걸 인정하고 법이 보장한다.

샤일록 과연 공정한 판사님이시다! 판결이 났다. 자, 각오하라. (그는 칼을 빼들고 앞으로 나간다)

포 셔 잠깐, 서두르지 마라. 이 증서엔 피는 단 한 방울도 당신에게 준다는 말이 없다. 여기에는 '살 1파운드'라고만 적혀 있다. 이 증서대로 살을 1파운드만 떼어 가라. 단, 살을 떼내면서 이 기독교도의 피를 단 한 방울이라도 흘린다면 그대의 토지를 비롯한 재산은 모두 베니스 국법에 따라 국고에 몰수된다는 사실을 명심하라.

그레시아노 오, 공명정대한 판사님이시다! 들었는가, 유태인 놈아. 오, 박식한 판사님!

샤일록 소생은 아까 그 제안을 받아들이겠습니다. 증서에 명시된 금액의 세 배를 받게 해주시고 저 예수쟁이를 풀어 주십시오.

바사니오 여기, 돈 있다.

포 셔 잠깐! 유태인은 정의로운 재판을 요구했다. 증서에 적힌 것 이외에는 아무것도 받을 수가 없다.

그레시아노 어떠냐, 유태놈아! 공명정대하신 판사님이시다!

포 셔 자, 살을 떼어낼 준비를 하라. 단, 한 방울의 피도 흘리면 안 된다. 가령, 1파운드 이상 또는 그 이하의 살을 도려내면, 그 무게가 1파운드에서 천분의 일이나 만분의 일만 벗어나더라도, 저울이 머리카락 한 올만큼만 기울더라도 그대는 사형이다. 그리고 전 재산을 압수한다.

그레시아노 다니엘 명판사의 재현이다. 유태인이여, 다니엘 판사님이다! 이놈, 이단자여, 네놈은 이제 꼼짝달싹 못하게 되었다.

포 셔 무엇을 주저하느냐? (샤일록에게) 어서 담보물을 받아 가라.

샤일록 원금만 받고 물러가겠습니다.

바사니오 여기 있다. 갖고 가게.

포 셔 저 사람은 이 법정에서 공공연히 그것을 거절했다. 그러니까 정의와 증서에 기록된 대로 위약금만 받아가면 된다.

그레시아노 오, 다니엘 판사님이셔. 그 명판관이 다시 오셨어!

샤일록 원금만이라도 받으면 안 됩니까?

포 셔 그대가 받을 수 있는 것은 오로지 담보물인 살 1파운드뿐이오. 유태인이여, 그것도 그대의 생명을 걸고서.

샤일록 제기랄, 마음대로 하시오. 나는 더 이상 이런 엉터리 재판엔 응하지 않겠소. (그는 퇴정한다)

포 셔 잠깐, 유태인! 본 법정은 그대를 퇴정시킬 수 없소. (법전을 읽는다) 베니스의 국법에 따르면, 외국인이 베니스 시민에 대해 직접 또는 간접으로 그 생명을 노린 사실이 판명될 경우 가해자의 재산의 반은 생명을 빼앗길 뻔한 시민에게 귀속되고, 나머지 반은 국고로 몰수되오. 또한 범인의 생명은 오로지 공작의 재량에 달려 있소. (법전을 덮는다) 그런데 지금 그대의 입장은 이 조문에 해당되오. 그대도 알다시피 명백한 행위에 의해 직접 또는 간접적으로 이 피고의 생명을 노렸다는 것이 입증되었소. 그러니 그대는 본관이 읽은 법대로 생명의 위험을 자초한 거요. 그러므로 어서 무릎을 꿇고 엎드려 공작 각하의 자비를 구하시오.

그레시아노 재산이 국고에 몰수당했으니, 밧줄 살 돈도 없잖은가? 아니면 제 손으로 목을 매달든가, 국비로 목을 매달아야겠구나.

공 작 우리가 그대와 얼마나 다른가 보여 주겠다. 그대가 간청하기 전에 생명만은 살려주겠다. 재산의 반은 안토니오에게, 나머지 반은 국가에 귀속될 것이다. 그러나 개선의 여지가 보인다면 벌금형 정도로 감형할 수도 있다.

포 셔 그것은 국고분에 한해서지, 안토니오의 몫은 정해진 대로이다.

샤일록 아닙니다. 제 생명이고 뭐고 다 가져가시오. 감형도 필요 없소. 집의 기둥뿌리를 빼 간다면 집을 빼앗는 것과 뭐가 다르오. 내가 살아갈 재산을 빼앗아가면 그게 바로 내 생명을 빼앗는 거지 뭐겠소.

포 셔 안토니오, 이 사람에게 그대는 자비를 베풀겠는가?

그레시아노 목 달아맬 밧줄이나 주게나. 그 외엔 어림도 없어.

안토니오 존경하옵는 공작 각하. 그리고 이 법정에 참석하신 여러분, 감히 말씀드리겠습니다. 국고에 귀속될 저 사람의 재산 절반을 돌려주시고 벌도 면해 주셨으면 합니다. 그리고 나머지 반은 제가 관리하고 있다가 저 사람이 사망하면 최근 그의 딸과 결혼한 젊은 사람에게 양도해 주었으면 합니다. 물론 전제 조건이 두 가지 있습니다. 하나는 이 같은 은혜를 입었으니 유태인은 당장에 기독교로 개종할 것과 둘째로는 본 법정에서 재산 양도 증서를 작성하는 일입니다. 즉, 유산의 일체를 사위 로렌조와 딸 제시카에게 남긴다는 내용이죠.

공 작 좋아, 그렇게 하도록 하겠소. 이 결정을 거부하면 유태인한테 지금 막 선언한 특별사면을 취소하겠소.

포 셔 어떤가, 샤일록. 더 할 말이 있는가?

샤일록 없습니다.

포 셔 (네리사에게) 서기에게 양도 증서의 작성을 요청한다.

샤일록 부탁이 있습니다. 먼저 퇴정할 수 있도록 허락하여 주십시오. 몸이 좋지 않아서요. 증서는 집으로 보내 주시면 서명하겠습니다.

공 작 그렇게 하시오. 그러나 약속은 지켜야 되오.

그레시아노 내가 판사라면 널 교수대로 보내겠다. (샤일록 휘청거리며 퇴장)

공 작 박사님, 내 집으로 가서 식사라도 하시지요.

포 셔 죄송합니다. 호의는 감사하옵니다만 오늘밤에 파듀어로 가야 합니다. 당장 이곳을 떠나지 않으면 차를 놓치게 됩니다.

공 작 그것 참 유감이오. (단상에서 내려오며) 안토니오는 이분에게 큰 은혜를 입었으니 감사드려야 하오. (공작 및 고관들 그리고 시종들과 군중들 퇴장)

바사니오 박식하신 박사님, 저와 이 친구는 박사님의 지혜로 죽음을 면하게 되었습니다. 그 은혜에 보답하기 위해 유태인에게 갚으려던 삼천 더컷을 드리고자 하오니 받아 주셨으면 합니다.

안토니오 이 큰 은혜를 어떻게 갚아야 할지 모르겠습니다. 평생토록 잊지 않겠습니다.

포 셔 마음이 흡족하면 보수는 충분히 받은 거나 다름없습니다. 당신들을 구한 것으로 난 만족합니다. 그러니까 충분히 보수를 받은 셈이죠. (지나가면서) 원컨대 다음 기회에 만나게 되거든 이 사람을 잊지나 마세요. 자, 안녕히 계십시오. 이만 실례합니다. (포셔, 퇴장하려고 한다)

바사니오 제발 제 호의를 받아 주십시오 보수라고 생각지 마시고 기념품이라고 생각하시고 받아 주십시오. 제발 간청드리건대 사양하지 마십시오. 이대로 떠나시면 너무 섭섭합니다.

포 셔 그렇게까지 말씀하시니 받아들이겠소이다. 그 장갑을 벗어주시면 당신을 만난 기념으로 간직하겠습니다. 그리고 우정의 표시로 그 반지를 빼어 주십시오. 손은 왜 숨기십니까? 설마 싫다고는 안 하시겠지요?

바사니오 이 반지 말씀입니까? 이것은 싸구려 반지입니다! 차마 이런 싸구려를 드릴 수는 없습니다.

포 셔 내가 받고 싶은 것은 그것뿐입니다. 그러고 보니 그 반지가 너무 갖고 싶네요.

바사니오 실은 이 반지에는 사연이 있습니다. 이것 대신에 베니스 최고의 반지를 드리겠습니다. 곧 광고를 내어 구해 보겠습니다. 이 반지만은, 부탁입니다. 용서해 주십시오!

포 셔 알겠습니다. 당신은 말로만 선심을 쓰시는 분이군요. 무엇이든 요구하라고 하셔서 청했더니 구걸하는 거지꼴을 만들어 버리는군요.

바사니오 이 반지는 사실 제 집사람의 선물입니다. 아내는 이걸 끼워주면서 저에게 맹세를 시켰습니다. 이것을 절대로 팔거나 양도해서는 안된다고 말입니다.

포 셔 사람들이 물건을 주기 싫을 때 구실삼는 말이죠. 당신의 아내가 양식 있는 여자라면, 그리고 내가 그 반지를 받을 가치가 있다고 생각한다면, 내게 주어도 원망하지는 않을 것입니다. 자, 그러면 안녕히 계십시오! (포셔는 네리사와 함께 퇴장)

안토니오 여보게 바사니오, 그 반지를 드리게. 자네 부인의 명령을 저버리자는 건 아니지만 저분의 수고와 내 우정을 생각해 주면 고맙겠네.

바사니오 그레시아노, 빨리 뒤쫓아가서 이 반지를 드리게. 가능하면 안토니오 집으로 모시고 오고. (그레시아노 황황히 퇴장) 가세, 안토니오. 내일 아침 일찍 벨몬트로 달려가는 걸세. (모두 퇴장)

제 2 장 베니스의 거리

포셔와 네리사 등장.

포 셔 샤일록의 집을 찾아 이 증서에 서명을 받아야 해. 그리고 오늘 밤 이곳을 출발해서 남편이 도착하기 전에 귀가해야 해. 이 증서를 보면 로렌조는 얼마나 기뻐할까. (그레시아노 등장)

그레시아노 아, 간신히 따라잡았군요. 실은, 바사니오가 고심 끝에 이 반지를 박사님께 드리면서 식사 초대에 응해 주시기를 바라고 있습니다.

포 셔 그럼 반지만 고맙게 받겠습니다. 제 뜻을 잘 전달하시고, 부탁입니다만 이 젊은이에게 샤일록의 집을 가르쳐 주시지요.

그레시아노 그렇게 하겠습니다.

네리사 박사님, 잠깐. (포셔에게 방백) 저도 제 남편을 시험해 봐야겠어요. 그 반지는 영원히 빼지 않겠다고 맹세한 것이지만.

포 셔 (네리사에게 방백) 좋아. 아마 그분들은 반지를 준 상대가 남자라고 말하면서, 거듭거듭 사랑을 맹세하겠지. 어쨌든 급히 서둘러 가자! 우리가 만나는 곳을 알고 있겠지?

네리사 (그레시아노에게) 샤일록의 집으로 안내해 주세요. (모두 퇴장)

제 5 막

제 1 장 포셔의 집 앞, 가로수 길

로렌조와 제시카 등장.

로렌조 달빛이 휘영청 밝기도 하구나. 산들바람이 나뭇가지에 살며시 키스하며 소리 없이 스쳐가는 밤. 아마 이런 밤이었을 거요, 트로일러스 왕자가 성벽 위에 올라가 연인 크레시다가 잠들어 있는 적진을 바라보고 땅이 꺼져라 탄식하던 밤이.

제시카 바로 이런 밤이었겠죠. 시스비가 살금살금 이슬을 밟고 님을 만나러 가다가, 사자 그림자를 보고 겁에 질려 정신없이 도망가던 밤이.

로렌조 아마 이런 밤이었을 거요. 다이도가 거친 파도가 밀려오는 바닷가에 서서 버드나무 가지를 흔들며 연인 이니어스를 카데이지에 불러 들이고 싶어했던 밤이.

제시카 바로 이런 밤이었겠죠. 미디어가 늙은 시아버지 이슨을 회춘시키려고 마법의 불로초를 캐던 밤이.

로렌조 정말이지 이런 밤이었을 거요. 제시카라는 처녀가 부유한 유태인 아버지 몰래 건달과 도망쳐서 벨몬트까지 온 밤이.

제시카 바로 이런 밤이었죠. 로렌조라는 젊은이가 처녀의 마음을 훔치려고, 마음에도 없는 진실한 사랑을 연거푸 맹세하던 밤이.

로렌조 정말이지 이런 밤이었을 거요. 어여쁜 제시카가 연인의 험담을 늘어놓아도, 그 연인은 그걸 용서했던 밤이.

제시카 이런 말놀이에는 이길 자신이 있는데, 누가 오고 있네요. 사람 발자국 소리가 들려요. (하인 스테파노가 뛰어온다) 누굴까요?

로렌조 거 누구요, 고요한 밤에 급히 달려오는 사람이?

스테파노 수상한 사람은 아닙니다요.

로렌조 수상한 사람이 아니라고? 그럼 당신은 누구요?

스테파노 포셔 아씨를 모시는 스테파노입니다. 주인 아씨께서 먼동이 트기 전에 벨몬트에 오신답니다. 아씨께서는 성 십자가 앞을 지나실 때마다 무릎을 꿇고 행복한 결혼 생활을 기도드린답니다.

로렌조 누가 동행했는가?

스테파노 수도승과 시녀입니다. 주인 나리께서는 귀가하셨습니까?

로렌조 아직 소식이 없으시구나. 집안으로 들어가자. 제시카, 이 댁 마님이 돌아오신다니 집안 정돈을 하고 맞을 준비를 합시다.

론슬롯 등장.

론슬롯 우, 하, 호! 여보게, 여보게!

로렌조 누구요? 우리를 부르는 사람이?

론슬롯 여보게, 로렌조 나리를 못 보셨나요? 로렌조 나리요!

로렌조 여기 있으니까 고함지르지 말게.

론슬롯 로렌조 나리께 전해 주시오. 주인 나리한테서 심부름꾼이 왔는데요, 뿔나팔 소리에 희소식이 가득합니다. 주인 나리께서는 아침까지는 도착하신답니다. (퇴장)

로렌조 제시카, 우리 안으로 들어가서 기다립시다. 아니, 들어갈 필요는 없어. 들어가면 뭘 하겠소? 여보게 스테파노, 수고스럽지만 안에 들어가 주인 아씨가 곧 돌아오실 거라고 전하고, 악사들을 불러주게. (스테파노 안으로 들어간다) 이 둑 위에서 잠들고 있는 달빛은 참으로 아름답구나! (앉는다) 제시카, 앉아요. 앉아서 저 밤하늘을 쳐다봐요. 반짝이는 작은 황금 접시가 하늘을 온통 수놓아 가며 천사처럼 노래부르고 있소. 아기 천사들의 연주에 맞추어서 말이오. 인간의 영혼 속에도 저런 불멸의 화음이 있는 법이오! 그러나 진흙 같이 썩은 육신에 감싸진 동안은 우린 그 소릴 들을 수 없다오.

악사들 나와 음악소리 시작된다.

제시카 저는 감미로운 음악을 들으면 왠지 눈물이 나와요.

로렌조 당신이 너무 지쳐서 그래. 거칠게 뛰어 노는 소떼나 어린 망아지들을 보면 미친 듯이 히잉거리며 야단들이지. 하지만 어쩌다 음악 소리가 귓전을 스치기만 해도 그 사나운 눈초리는 온순한 눈빛으로 바뀌거든. 그게 바로 음악의 힘이라오. 그러니까 전설의 시인 오르페우스는 피리로 나무, 돌, 시냇물까지도 움직였다고 하잖소. 이 세상엔 아무리 목석같이 완고하고 난폭한 사람일지라도 음악 소리에 잠깐 동안이나마 감동하지 않는 사람은 없을 거요. 마음속에 음악이 없는 사람, 아름다운 음악의 조화에 감동하지 못하는 사람, 그런 사람이란 배신이나, 음모, 강도질밖엔 하지 못하는 인간 이하의 존재겠지. 그런 자의 정신작용은 밤처럼 우둔하고 감정은 지옥처럼 깜깜할 거야. 그런 자들은 믿을 수가 없지. 자, 저 감미로운 선율에 귀를 기울여 봐요.

포셔와 네리사 등장.

포 셔 저길 봐. 저기 보이는 불빛이 우리 집 홀에서 나오는 불빛이지? 어쩌면 저 조그만 촛불이 이렇게 멀리까지 비쳐 올까! 사람이 착한 일을 하면 칠흑같이 캄캄한 세상에서도 저처럼 밝게 빛을 내는 법.

네리사 달이 밝을 땐 촛불은 보이지도 않아요.

포 셔 그렇지. 큰 영광이 있으면 작은 영광은 희미해지지. 왕이 없을 때는 대리인도 왕처럼 빛나지만 왕이 돌아오면 시냇물이 바닷물에 빨려드는 것과 같지. 들어 봐! 음악 소리야!

네리사 아씨, 저건 우리 집의 악사들의 연주 소리예요.

포 셔 역시 주위 환경이 중요하구나. 저 음악도 낮에 듣는 것보다 훨씬 더 아름답게 들리는 것을 보면.

네리사 밤에는 주위가 아주 조용하니까요.

포 셔 주위에 아무도 없을 때면 까마귀 울음소리도 종달새 소리처럼 아름답게 들리지만 나이팅게일의 고운 목소리도 거위 떼가 꽥꽥거리는 가운데서 지저귀면 굴뚝새만도 못한 소음이 되고 말거든. 세상 만사 때를 잘 만나야 진가도 발휘되고 정당한 칭찬도 받을 수 있어. 쉬, 조용히! 달

님이 그의 연인 엔디미온과 함께 곤히 잠들어 있어. (음악 소리 멎는다)

로렌조 사람 말소리가 들린다. 저건 분명히 포셔 아씨 목소리야.

포 셔 내 목소리가 흉한가 봐. 소경이 뻐꾸기 소릴 알아내듯 금방 알아보네.

로렌조 안녕히 다녀오셨습니까, 부인.

포 셔 우리 두 사람은 남편들이 무사하시기를 기도 드리러 갔었어요. 제발 기도의 효험이 있었으면. 그래, 두 분께서 돌아들 오셨어요?

로렌조 아직요. 그러나 곧 돌아오신다는 전갈이 있었습니다.

포 셔 네리사, 들어가서 우리가 집을 비웠다는 사실을 발설하지 않도록 하인들의 입단속을 시켜라. 로렌조, 그리고 당신 제시카도 내색하지 말아요.

나팔 소리, 사람들 목소리가 들린다.

로렌조 돌아오시나 봅니다. 우리 걱정은 하지 마세요.

포 셔 오늘밤은 마치 병든 낮과 같구나. 좀 창백해 보이지만 태양이 숨어버린 대낮 같애. 그 어느 때보다도 창백해 보인다. 지금은 낮인가 보다. 태양이 숨어 있는 그런 대낮도 있으니깐.

바사니오, 안토니오, 그레시아노, 그리고 수행원들 등장.

바사니오 태양이 없다 해도 당신만 있어주면 나에겐 지구*의 저쪽처럼 이 밤이 대낮같이 밝아 보이는구려.

포 셔 밝은 건 좋지만 경박한 여자라는 소리는 듣기 싫어요. 경박한 아내는 남편을 침울하게 만든다고 하잖아요. 저 때문에 당신이 침울해하지 않도록 기도하며 노력할게요. 아무튼 무사히 다녀오셨으니 기뻐요. (그레시아노와 네리사가 따로 떨어져 얘기한다)

바사니오 고맙소, 부인. 내 친구를 환영해 주시오. 이 친구가 바로 내가 많은 신세를 졌던 안토니오요.

포 셔 당연하죠. 당신 때문에 큰 변을 당할 뻔하셨다지요.

안토니오 아무 것도 아닙니다. 이렇게 풀려 나왔으니까요.

포 셔 잘 오셨습니다. 말보다는 다른 방법으로 환영을 해야 할 테니 말로 하는 인사는 이만 간단히 해두겠습니다.

그레시아노 (네리사에게) 저 달에 맹세하지만 당신이 오해한 거요. 맹세코 그 반지를 판사의 서기에게 줬다니까. 여보, 당신이 그렇게까지 언짢아할 걸 미리 알았다면, 제기랄 그 녀석이 고자라면 좋겠군.

포 셔 아니 벌써부터 부부 싸움인가요? 무슨 일로 싸우죠?

그레시아노 금가락지 때문이죠. 저 사람이 내게 준 싸구려 반지 말입니다. 그런데 거기 새겨둔 글귀라는 게 고작 칼장사가 식칼에 새겨놓듯 "날 사랑해 주고, 버리지 마세요"거든요.

네리사 뭐라고요? 싸구려 물건이라니? 그 반지를 드렸을 때 당신은 제게 죽을 때까지 꼭 끼고 있겠다고 맹세하셨잖아요. 그리고 무덤 속에도 같이 묻어 달라고. 적어도 당신의 열렬한 맹세를 위해서라도 그걸 서기놈에게 줘 버릴 게 아니라 소중히 간직했어야 했어요. 안 될 말씀! 그 서기는 한평생 수염이라곤 나지 않는 사람일 거예요.

그레시아노 어른이 되면 나겠지, 뭘.

네리사 그럴 테죠, 여자가 나이 먹어 남자가 된다면 말이죠.

그레시아노 그래, 이 손에 걸고 맹세하지. 젊은 청년에게 줬다니까. 아니, 애송이 머슴아라고. 키는 당신만 한데 그 판사의 서기라더군. 그게 싹싹하게 굴면서 재판정에서의 자기 노력에 대한 대가로 그 반지를 달라고 애걸복걸하지 뭐요. 그러니 거절할 수가 없었소.

포 셔 당신이 나빠요. 솔직히 말해서 부인한테서 받은 첫 선물을 그렇게 가볍게 줘버리다니. 맹세를 거듭하며 참사랑의 정표로 끼신 반지를 말예요. 저도 남편에게 반지를 드리면서 결코 빼지 않겠다는 맹세를 받았어요. 지금 여기 계시지만, 아마 온 세상의 보배를 다 준다 해도 이분은 그걸 남에게 줘버리지는 않았을 거라고요. 정말이에요. 그레시아노 씨, 그런 황당한 일을 당하면 나 같아도 머리가 돌아 버렸을 거예요.

바사니오 (방백) 아이고, 이 왼손을 잘라 버렸으면 좋겠다. 그러면 반지를 잃어버렸다고 변명이라도 할 수 있을 것을.

그레시아노 바사오니도 반지를 줘버린걸요. 그 판사분이 굳이 반지를 청하셨는데 거절할 수가 없었지요. 그 머슴애가, 그 서기 말예요, 아, 그놈이 내 걸 달라고 그러지 않겠어요. 그러자 그 판사도 반지 외엔 아무것도 받지 않겠다는 데 어쩝니까?

포 셔 설마 그 반지를 드린 건 아니겠죠?

바사니오 잘못한데다 거짓말까지 한다면 안 되겠지. 그렇소, 손가락에 반지는 없소. 나도 줘버렸소.

포 셔 그렇군요. 당신의 마음에는 진실이라곤 눈을 씻고도 찾아볼 수가 없군요. 하늘을 걸고 나는 당신과 잠자리를 않겠어요. 그 반지를 다시 볼 때까지는 말이죠.

바사니오 포셔, 그 반지를 누구에게 주었는지 당신이 알게 된다면, 그리고 그 반지를 주게 된 사연을 알게 된다면 당신의 노여움도 풀어질 거요. 내가 얼마나 괴로운 심정으로 그걸 빼냈는지를 안다면.

포 셔 당신도 이해해 주셔야겠군요. 그게 어떤 반지였는지 그 반지를 드린 여자가 어떤 가치가 있는지 반만이라도 알았다면 그걸 그렇게 순순히 내주지는 않았을 거예요. 누가 뭐래도 당신만 거절하셨다면, 굳이 달라고 억지를 쓸 몰지각한 사람이 어디 있겠어요. 네리사의 말대로 여자한테 준 게 틀림없어요.

바사니오 아니오. 절대로 그렇지 않소. 내 명예, 아니 내 영혼을 걸고 맹세하리다. 여자가 아니라 법학박사가 가져갔어요. 그분은 내가 주겠다는 삼천 더컷을 굳이 사양하고 그 반지를 달라고 졸랐소. 물론 거절했더니, 불쾌해하며 가버렸소. 둘도 없는 내 친구의 목숨을 구해 준 사람인데, 그래서 어쩔 수 없이 반지를 주었던 거요. 배은망덕하다는 소리는 듣고 싶지가 않았기 때문이오. 용서하시오. 저 성스럽고 총총한 밤하늘의 촛불에 걸고 맹세하겠소. 만약에 당신이 그곳에 있었다면 당신이 먼저 그 반지를 빼어 그 훌륭한 박사님께 드리라고 애원했을 거요.

포 셔 여보, 그 박사님을 우리 집 가까이 오시지 않게 하세요. 저도 당신처럼 인심 좋게 무엇이든 드릴지도 모르니까요. 이 몸이라도, 아니 남편의 잠자리라도. 그분하곤 어쩐지 마음이 통할 것 같네요. 아니 분명 그렇게 될 거예요. 그러니 단 하룻밤이라도 집을 비워선 안 돼요. 눈이 백 개 달린 아르고스처럼 절 감시하지 않으면 큰 변이 일어날 거예요. 만일 저를 혼자 내버려두면 그 박사님과 한 침대 속에서 잘지도 몰라요.

네리사 저도 그 서기와 그렇게 될 수 있어요.

그레시아노 그래, 마음대로 해. 그러나 발각되는 날에는 그 서기놈 연장이 부러질 줄 알아.

안토니오 제가 이 불행한 싸움의 원인이군요.

포 셔 아니에요. 당신만은 대환영이에요.

바사니오 포셔, 내 잘못을 용서해 주오. 이 많은 친구들이 듣는 앞에서 당신에게 맹세하겠소. 아니, 지금 내 모습이 비치는 당신의 아름다운 두 눈동자에 걸고 맹세하겠소.

포 셔 저 양반 말하는 것 좀 봐! 내 눈동자가 둘이니 당신 모습이 두 개가 비치겠지요. 한 눈에 하나씩. 그러한 맹세를 하니 아주 믿음직한 맹세가 되겠군요.

바사니오 정말이지 내 말 좀 들어보오. 이번 일만은 용서해 주시오. 이 영혼을 걸고 맹세하겠소. 두 번 다시 당신과의 약속을 깨뜨리지 않겠소.

안토니오 저는 한때 당신 남편의 행운을 빌며 제 몸을 저당잡혔지요. 남편의 반지를 가져간 그분이 없었더라면 전 지금쯤 이미 황천에 가 있을 겁니다. 이번엔 제 영혼을 담보로 맹세합니다. 남편께서 다시는 맹세를 깨뜨리는 일이 없을 겁니다.

포 셔 그럼 친구분께서 다시 보증인이 돼 주세요. (손가락에서 반지를 빼서) 이걸 저분에게 주시고, 저번 것보다 훨씬 소중히 간직해야 된다고 말씀해 주세요. (안토니오에게 반지를 건넨다)

안토니오 자네, 이 반지를 받게나. 그리고 잘 간직하겠다고 맹세하게.

바사니오 아니, 이것은 내가 박사에게 주었던 그 반지가 아닌가!

포 셔 바사니오, 용서해 줘요. 이 반지를 받은 답례로 나는 박사와 함께 밤을 보냈어요.

네리사 그레시아노, 용서해 주세요. 저도 어젯밤, 그 서기와 이 반지의 대가로 동침했어요.

그레시아노 어찌된 영문인가? 길 닦아놓으니까 문둥이 먼저 지나가는구나! 남편 구실을 하기도 전에 아내가 먼저 바람나다니!

포 셔 그런 상스러운 말은 하지 마세요. 여러분 모두 놀라셨을 거예요. 여기 편지가 한 통 있으니 틈이 나면 읽어보세요. 파듀어의 벨라리오 박사로부터 온 거죠. 읽으시면 알게 되겠지만, 그 박사는 포셔였고, 서기는 네리사였습니다. 여기 로렌조가 증인이 되어 줄 거예요. 저는 당신이 출발하신 직후에 출발해서 지금 막 돌아왔거든요. 안토니오님, 잘 오셨습니다. 생각지도 못한 희소식이 있어요. 이 편지를 빨리 뜯어보세요. 당신의 상선 세 척이 뜻밖에도 짐을 가득 싣고 입항한다는 소식이 있어요. 이 편지가 어떻게 제 손에 들어오게 됐는지는 묻지 마세요.

안토니오 그저 말문이 막힙니다!

바사니오 당신이 그 박사였다고? 내가 당신을 몰라봤단 말이오?

그레시아노 당신이 그 서기였소, 나를 병신으로 만들었던?

네리사 그래요, 하지만 걱정하지 마세요. 남자 구실 하려면 어른이 되어야 가능할 테니까.

바사니오 아름다운 박사님, 이젠 내 잠자리 상대가 돼 주오. 내가 집을 비울 땐 내 아내와 한 침대를 쓰셔도 좋소.

안토니오 아름다운 부인이시여, 당신 덕분에 나는 목숨과 재산을 건졌습니다. 이 편지를 보니 상선이 무사히 항구에 닿았군요.

포 셔 그리고 로렌조 씨, 당신에게도 좋은 소식을 가지고 왔답니다.

네리사 그렇습니다. 수수료 없이 그냥 드리죠. 자, 당신과 제시카에게 유태인 샤일록으로부터 유산 전부를 양도한다는 특별 양도증서예요.

로렌조 두 분 부인, 이건 굶주린 사람에게 하늘이 만나를 내리시는 것 같군요.

포 셔 벌써 새벽인가 봐요. 여러분께선 아직 이번 일에 대해 궁금한 게 많으실 거예요. 자, 안으로 들어가 마음껏 저희들을 심문해 보시지요. 속시원하게 대답해 드리죠.

그레시아노 그럽시다. 내가 먼저 묻겠습니다. 우선 네리사한테 묻겠는데요, 잠자리에 드는 걸 내일 밤까지 기다리겠는가, 아니면 두 시간 남짓 남았으니 지금 당장 들겠는가 하는 겁니다. 그러나 내일은 해가 좀 늦게 떴으면 좋겠습니다. 내가 박사님의 서기를 껴안고 누워 있을 수 있도록 말이에요. 어쨌든 앞으로 평생 살아가는 동안 네리사의 반지를 잘 간직할 수 있을는지 정말 걱정스럽습니다. (일동 퇴장)

한여름밤의 꿈

┃ 등장인물

시시어스 _ 아테네의 공작

히폴리타 _ 아마존의 여왕, 시시어스의 약혼녀

이지어스 _ 노인, 허미아의 아버지

라이샌더 _ 허미아를 사랑하는 총각

디미트리어스 _ 허미아의 약혼자

허미아 _ 이지어스의 딸, 라이샌더를 사랑하는 처녀

헬레나 _ 디미트리어스를 사랑하는 처녀

필러스트레이트 _ 시시어스의 축제준비위원장

오베론 _ 요정의 왕

타이테니아 _ 요정의 여왕

요 정 _ 타이테니아의 시녀

퍽 _ 로빈 굿펠로라고도 불리는 작은 요정

콩 꽃 / 거미줄 / 겨자씨 _ 요정들

퀸스 _ 목수 / 보톰 _ 직조공 / 플루트 _ 오르간 수리공 /

스너우트 _ 땜장이 / 스너그 _ 접합공 / 스타블링 _ 재봉사

요정의 왕과 왕비의 시중을 드는 다른 요정들

시시어스와 히폴리타의 시중을 드는 시종들

제 1 막

제 1 장 아테네, 시시어스의 궁전

시시어스, 히폴리타, 필러스트레이트 및 시종들 등장.

시시어스 아름다운 히폴리타, 이제 우리들의 결혼식이 코앞에 다가왔
군요. 새로운 초승달이 뜨는 밤이 바로 그날이오. 하지만 세월은 황소걸
음처럼 더디게 흘러, 마치 계모가 유산을 축내는 것처럼 내 소원을 늦추
는 것만 같구려.

히폴리타 나흘의 한낮은 밤의 어둠 속에 녹아들고 나흘의 밤은 꿈이
되어 사라질 거예요. 그러면 초승달이 은활처럼 밤하늘에 걸려 우리의 결
혼식 밤을 지켜보겠죠.

시시어스 자, 필러스트레이트야, 아테네의 젊은이들에게 가서 즐거움
을 불어넣어 주거라. 울적한 마음은 장례식장에 보내고, 창백한 얼굴은
거두라고 하여라. (필러스트레이트 퇴장) 히폴리타, 사실 나는 이 검으로
당신에게 청혼했으며, 거친 행동으로서 당신의 마음을 사로잡았소. 하지
만 결혼식만은 화려하고 성대하게, 그리고 유쾌하게 치르고 싶소.

이지어스, 허미아, 라이샌더, 디미트리어스 등장.

이지어스 실은 제 딸년 허미아가 속을 썩이기에 이렇게 달려왔습니다. 디미트리어스, 앞으로 나서게. 공작님, 이 청년은 제가 딸년을 주기로 허락한 사람입니다. 라이샌더, 자네도 나오게. 공작님, 이 청년은 제 딸년의 마음을 사로잡은 사람입니다. 이 자는 밤마다 내 딸의 창가에 몰래 기어들어와 사랑의 연가를 노래했습죠. 그리고 자신의 머리털로 만든 팔찌라든가 반지, 값싼 장식품과 장난감, 꽃다발과 과자 등으로 순진한 내 딸의 마음을 훔쳐갔지요. 마음이 여린 내 딸에게 갖은 엉큼한 수작을 부려 배은망덕한 불효자식을 만든 거지요. 공작님, 만일 제 딸이 공작님 앞에서 제가 허락한 디미트리어스와의 결혼을 받아들이지 않는다면 이 사람에게 예로부터 전해 오는 아테네의 특권을 허락해 주십시오. 딸을 제 마음대로 처리하도록 말입니다. 즉, 아테네의 법에 따라 제 딸이 이 젊은이와 결혼하든가, 아니면 죽음을 택하든가 양자택일하도록 도와주십시오.

시시어스 허미아, 잘 생각해 보아라. 아버지는 하느님과 같은 법, 너에게 아름다움을 주신 분이기 때문이지. 그러니까 아버지 앞에서 너는 밀랍 인형과 다를 바가 없단다. 이처럼 미모를 주는 분도 부수는 분도 모두 그분의 뜻에 달려 있다. 디미트리어스는 훌륭한 신사잖니?

허미아 라이샌더도 그러하옵니다.

시시어스 물론 그렇겠지. 그러나 그는 아버지가 반대한 자고 디미트리어스를 아버지가 승낙했으니 남편감으론 더 훌륭하잖아.

허미아 아버지께서 제 입장을 고려해 주시면 좋겠습니다.

시시어스 아니다. 너야말로 아버지의 눈으로 세상을 보거라.

허미아 공작님, 용서해 주십시오. 고귀한 분들 앞에서 제 소견을 말하는 것이 외람된 일이라 생각되옵니다. 하지만 감히 부탁컨대 공작님, 제가 만일 디미트리어스와의 결혼을 거절한다면 어떤 벌을 받게 되는지요?

시시어스 교수형을 당하든가, 아니면 영원히 독신녀로 살든가 둘 중 하나이다. 그러니 허미아, 신중하게 판단해라. 너는 아직 젊고 정열적이지. 그러한 네가 수녀복을 걸치고 어둠침침한 수녀원에 영원히 갇혀, 평생 쓸쓸하게 독신녀로 생을 마감하고 싶으니? 물론 열정을 누르며 처녀로 평생 살아가는 것도 하늘의 축복일 수도 있겠지. 장미처럼 가시로 보호받으며 향기를 뿌리다가 도도히 홀로 시드는 것처럼.

허미아 저도 그렇게 살다가 죽겠습니다. 굳이 소녀가 싫어하는 남편에게 순결과 영혼을 바치며 평생을 사는 것보다는 그게 나을 듯합니다.

시시어스 다시 한 번 생각해 보아라. 초승달이 뜨면 나는 사랑하는 히폴리타와 영원한 동반자가 되는 백년가약을 맺을 것이다. 그때까지 너도 불효의 죄로 교수형을 당하든가, 아버지의 명을 따라 디미트리어스와 결혼하든가, 아니면 처녀신 다이아나의 제단에서 한 평생 독신으로 살아간다고 서약하든가 선택해야 한다.

디미트리어스 사랑스런 허미아, 그만 고집을 피워요. 라이샌더, 자네도 그만 단념하고 내 권리를 인정해 주게.

라이샌더 디미트리어스, 허미아는 내게 맡기고 아버지의 사랑을 독차지하니 아버지하고 결혼하게나.

이지어스 이 발칙한 놈, 너 말 잘했다. 내 것은 내가 좋아하는 사람에게 주고 싶은 게 인지상정 아니냐. 그래서 좋아하는 디미트리어스한테 내 딸을 주겠다는 거다.

라이샌더 공작님, 제가 이 자보다 못한 것이 무엇입니까? 가문입니까, 재산입니까? 아니면 허미아를 사랑하는 마음입니까? 물론 신분에 있어서도 디미트리어스와 낮지는 않지만 최소한 동등하다고 생각합니다. 게다가 아름다운 허미아의 사랑을 차지한 제가 제 권리를 주장하는 것이 잘못되었습니까? 감히 말씀드리건대 디미트리어스는 네다의 딸 헬레나와 사랑에 빠져 있습니다. 가련한 헬레나는 더럽고 날강도인 이 자에게 홀딱 반해서 거의 넋을 잃고 신처럼 숭배하고 있지요.

시시어스 실은 나도 소문을 들어 알고 있다. 그러잖아도 디미트리어스와 그 얘기를 하려고 했는데, 요즘 내 일로 바빠 깜빡 잊고 있었다. 디미트리어스와 이지어스, 은밀히 할 얘기가 있으니 나를 따라오게나. 그리고 허미아, 너는 아버지의 뜻에 따르거라. 그러지 않으면 아테네의 법에 따라 교수형이냐, 독신이냐를 어쩔 수 없이 택해야 한다. 자 히폴리타, 이리 오구려. 아니 무슨 일이오? 아름다운 얼굴에 먹구름이 끼었구려. 디미트리어스, 이지어스, 내 결혼식 준비로 자네들에게 부탁할 일도 있고, 자네들 문제로 상의할 일도 있으니.

이지어스 네, 알겠습니다. (라이샌더와 허미아만 남겨두고 일동 퇴장)

라이샌더 어찌된 일이오, 내 사랑. 당신 뺨이 백짓장 같구려. 붉은 장밋빛이 이토록 변하다니.

허미아 비가 내리지 않아서 그래요. 오늘은 내 눈에서 폭우처럼 쏟아질 것 같아요.

라이샌더 오오! 내 그 많은 이야기와 책을 읽어봤지만, 진정한 사랑이 순탄하게 진행된 경우를 본 적이 없소. 신분에 차이가 난다든가 해서 반드시 장애물이 있었지.

허미아 아아, 신분의 차이로 사랑을 못한다니, 기막힌 일이구나.

라이샌더 아니면 나이 차가 심하든가.

허미아 안타까운 일이네요! 나이 차가 심해 사랑을 못한다니.

라이샌더 아니면 집안 식구들의 강요에 의해서든가.

허미아 참으로 화가 나는 일이네요! 남의 눈으로 배우자를 택한다니.

라이샌더 그렇잖으면 자신들의 뜻대로 선택했다 하더라도, 전쟁이나 질병, 죽음으로 인해 불행에 빠져 버린다오. 마치 소리처럼 순간적이고 그림자처럼 빠르고 꿈결처럼 사랑은 짧다오. 그리고 번개처럼 '저것 봐!' 하는 말이 떨어지기도 전에 어둠 속으로 묻혀 버린다오. 아름다움은 순식간에 사라지는 법이지.

허미아 진정한 사랑의 여정이 그토록 험난한 것도 운명의 법칙 때문이 아닐까요. 우리도 사랑의 고통을 감내할 수 있도록 마음을 다스리지요.

라이샌더 좋은 생각이오. 허미아, 내 말 좀 들어보시오. 내게는 날 끔찍이 여기는 숙모 한 분이 살아 계시다오. 부유한 미망인으로 아이들은 없고 아테네로부터 10킬로미터쯤 떨어진 시골에 살고 계시지. 허미아, 우리 그곳에 가서 결혼식을 올립시다. 그곳까지는 가혹한 아테네의 법률도 따라오지 못할 거요. 당신이 날 진정 사랑한다면, 내일 밤 마을에서 2킬로미터쯤 떨어진 숲에서 만납시다. 오월제 아침 우리가 헬레나를 만났던 그 숲 말이오.

허미아 오, 내 사랑 가고말고요. 큐피드의 가장 강한 활과 금촉이 달린 가장 좋은 화살에 걸고, 비너스의 청순한 비둘기에 걸고, 영혼과 영혼을 맺어주는 사랑의 신에 걸고, 배신한 트로이의 이니어스로 인해 다이도가 몸을 던진 불길에 걸고, 여자들이 깨뜨린 것보다 몇 배 많은 남자들의 맹세에 걸고, 내일 당신이 말한 그곳에 나가리라는 걸 맹세할게요.

라이샌더 허미아, 틀림없이 나와줘요. 아, 저기 헬레나가 오는구려.

헬레나 등장.

허미아 어여쁜 헬레나, 잘 있었니?

헬레나 내가 예쁘다고? 다시는 그런 말 하지 마! 디미트리어스가 사랑하는 사람은 바로 너야. 아름다운 너야말로 얼마나 행복하니! 네 눈은 저하늘의 북극성, 네 혀는 감미로운 선율이지. 보리가 푸르고 진달래가 만발할 때 들려오는 종달새 소리보다도 더 싱그러운가 봐. 아, 네 아름다움이 전염병처럼 옮겨진다면, 네 목소리를, 네 아름다운 눈을, 네 혀의 달콤한 선율을 나한테 옮기면 얼마나 좋을까. 만일 내가 이 세상의 주인이라면, 디미트리어스를 제외한 모든 걸 몽땅 줄 텐데. 오, 허미아, 디미트리어스의 마음을 어떻게 사로잡았는지 나에게 알려주려무나.

허미아 글쎄, 내가 오만상을 찡그려도 그는 날 좋아하는구나.

헬레나 아, 찡그리는 네 모습이 내 웃는 얼굴에도 있었으면!

허미아 온갖 악담을 퍼부어도 그는 싱글싱글 웃는단다.

헬레나 아, 내 기도가 네 악담처럼 사랑을 불러일으키면 좋으련만!

허미아 내가 미워할수록 더 끈질기게 쫓아다니는구나.

헬레나 그는 내가 사랑하면 할수록 더욱 멀리해.

허미아 헬레나, 그가 그렇게 못되게 구는 건 내 책임이 아냐.

헬레나 바로 네 아름다움 때문이야. 오 내가 너처럼 된다면 얼마나 좋을까!

허미아 걱정하지 마. 두 번 다시 날 만날 수 없을 테니. 난 라이샌더와 도망갈 거야. 라이샌더를 만나기 전에는 이곳 아테네가 낙원이었는데, 이 사람을 만나고 나서는 지옥으로 변해 버렸어!

라이샌더 헬레나, 당신에게만 우리의 비밀을 털어놓는 거요. 내일 밤 달의 여신 피비가 얼굴을 드러낼 때, 풀잎이 진주 이슬로 장식할 무렵 우리는 이곳 아테네를 빠져나갈 작정이오. 아마 그 시간은 연인들이 사랑의 도피를 한다 해도 아무도 모를 거요.

허미아 혹시 너 기억하니? 전에 앵초꽃이 만발한 그곳에 누워 서로 허심탄회하게 말하던 그 숲 말야. 그곳에서 라이샌더와 만나 정처 없는 나그네길을 떠날 결심이야. 아마 아테네에는 두 번 다시 돌아오지 않을 거야. 잘 있어, 헬레나. 우리 둘을 위해 기도해 줘. 너도 디미트리어스와 행복하게 맺어지길 바랄게! 라이샌더, 약속 지키는 것 잊지 말아요. 내일 밤까지는 보고 싶어도 참아야겠군요. (허미아 퇴장)

라이샌더 물론이지, 허미아. 헬레나, 잘 있어요. 나도 디미트리어스가 그대를 사랑하도록 빌겠소. (라이샌더 퇴장)

헬레나 행복이란 사람에 따라 이토록 다르단 말인가! 내 미모도 저 애 못지 않게 아름답다는 말을 들었는데, 디미트리어스가 그렇게 생각해 주지 않으니 무슨 소용이야. 세상 사람들이 다 아는 사실을 유독 그만은 모른단 말야. 그가 허미아에게 넋을 빼앗겼듯이 나 또한 그의 장점에 끌려 빠져 있나봐. 천박하고 추악하고 멸시할 만한 것이라 해도 사랑은 단번에 아름답고 훌륭한 것으로 바꿔놓지. 사랑은 마음으로 본다잖아. 그래서 날개를 단 큐피드도 장님으로 그렸나 봐. 날개만 있고 눈이 없는 것은 분별력이 없다는 뜻이지. 그래서 큐피드를 어린아이라고 하나봐. 장난꾸러기

어린아이들이 함부로 맹세를 하듯이 사랑의 신 큐피드도 늘상 거짓 맹세를 하는 것도 그 때문이야. 디미트리어스도 사랑의 맹세를 내게 우박처럼 퍼부어댔어. 하지만 허미아를 보고 난 뒤에는 그 우박과 함께 맹세도 하릴없이 녹아버렸지. 바로 그거야. 그이에게 달려가 허미아가 사랑의 도피를 한다고 말하자. 그러면 그는 허미아를 잡기 위해 그 숲 속으로 뛰어가겠지. 오, 아냐. 이 일을 알려주면 그는 내게 감사할지 몰라도 나는 상처를 받아. 하지만 그의 모습을 보는 것만으로도 충분히 보상이 되지.

제 2 장 퀸스의 집

퀸스, 스너그, 보톰, 플루트, 스너우트, 스타블링 등장.

퀸 스 어디……, 다 모였나?

보 톰 명단을 보고 한 사람 한 사람 이름을 부르는 것이 좋겠네.

퀸 스 맞아. 명단에는 공작님의 결혼식날 펼쳐질 연극에 등장할 만한 사람들을 전 아테네를 통틀어 모두 골라 적어놨지.

보 톰 퀸스, 우선 줄거리를 들려주게나. 그런 다음 배역을 발표한 뒤 마무리하면 되겠네.

퀸 스 좋아, 우리가 할 연극은 가장 슬픈 희극으로서 피라므스와 시스비의 처참한 죽음을 다룬 거야.

보 톰 아주 유쾌한 연극이겠군. 자, 퀸스, 어서 배역을 발표해. 자, 우리는 널찍하게 자리를 잡고.

퀸 스 그럼 발표하겠네. 직조공 닉 보톰, 피라므스 역이네.

보 톰 피라므스가 맡은 역은 애인 역인가, 폭군 역인가?

퀸 스 애인 역이네. 사랑 때문에 용감하게 죽음을 택하지.

보 톰 내가 제대로 해내면 울음바다가 되겠군. 아마 관객들은 눈을 조심해야 할 거야. 장대비 같은 눈물을 쏟을 테니. 그건 그렇고, 다음 은…… 그런데 난 폭군 역을 더 잘할 수 있는데, 헤라클레스 역이나 고양이를 찢어 죽이는 난폭한 역도 기막히게 해낼 수 있고말고.

거대한 암석이 와그르르 굴러 지옥문을 박살내도다
피버스 태양신의 수레가 멀리서 비쳐 올 때
어리석은 운명의 여신들 남김없이 쓰러지리라.

어떤가, 장엄하지 않나? 이것은 헤라클레스식 어조요, 폭군의 어조야. 연인 역은 이와 달리 애상조가 되겠지. 자, 다른 배역들을 마저 부르게.

퀸 스 풀무장이 프란시스 플루트는 시스비 역을 해줘.

플루트 시스비가 누군데? 방황하는 기사인가?

퀸 스 피라므스가 사랑하는 여인이야.

플루트 맙소사, 여자 역은 딱 질색이야. 여기 보라고, 턱수염이 난걸.

퀸 스 가면을 쓰니까 상관없어. 목소리만 가늘게 뽑으면 돼.

보 톰 얼굴을 숨기고 한다면 내가 시스비 역을 할게. 가느다란 목소리를 내볼 테니, 들어봐. "아, 피라므스, 내 사랑, 당신의 사랑스런 시스비, 당신의 연인이 여기 있어요!"

퀸 스 안 돼. 넌 피라므스를 하고, 플루트가 시스비 역을 해. 그럼 이젠 재봉사 로빈 스타블링! 자넨 시스비의 어머니 역을 해주게. 그럼 다음은 톰 스너우트, 땜장이! 넌 피라므스의 아버지 역이야. 나는 시스비의 아버지 역이고. 스너그, 넌 사자 역이야. 이것으로 배역은 끝이야.

스너그 사자 역도 대사가 있나? 있으면 이리 주게. 난 머리가 둔해서 외우는 데는 젬병이거든.

퀸 스 그저 즉흥적으로 하면 돼. 으르렁대는 일밖에 없으니까.

보 톰 나도 사자 역을 하고 싶다. 사람들이 오싹해지도록 짖어대게. 내가 으르렁거리면 아마 공작님은 이렇게 말씀하시겠지. "한 번만 더해봐, 한 번만 더 으르렁거려 봐!"

퀸 스 맞아. 네가 그렇게 으르렁거리면 공작님 부인이나 귀부인들이 놀라 비명을 지를 거야. 그렇게 되면 우리들은 교수형 당하겠지.

일 동 그렇고말고. 우리 목이 댕강 날라가겠지.

보 톰 허기야 귀부인들이 놀라 자빠지는 날엔 우리들 목을 날릴 정도로 분별력이라곤 전무할 걸세. 그러면 귀여운 비둘기나 사랑스런 꾀꼬리처럼 부드러운 소리로 짖어대면 어떨까.

퀸 스 자네는 피라므스 역을 해야 돼. 피라므스는 아주 미남인데다 멋쟁이이고 신사 중의 신사지. 그러니 자네가 딱 적격일세.

보 톰 좋아, 그럼 받아들임세. 그런데 어떤 수염을 달아야 하지?

퀸 스 그건 자네 마음대로 하게나.

보 톰 밀짚 빛깔로 할까, 주황빛으로 할까. 아니면 보랏빛으로 할까, 샛노란 프랑스 금화빛으로 할까?

퀸 스 프랑스 사람들은 매독 때문에 머리털이 없네. 그럼 자네도 수염 없이 하게나. 그건 그렇고, 자 여기에 외어야 할 대사가 있네. 제발 부탁하건대 내일 밤까지 대사를 외어 오게. 그럼 오늘은 그만 흩어지고 내일 밤 마을에서 2킬로미터쯤 떨어진 궁전의 숲에서 만나도록 하지. 마을 한복판에서 하면 사람 등쌀에 치여 모처럼 준비한 계획이 탄로나기 쉽거든. 나는 연극에 필요한 소도구 일람표를 만들어 오겠네. 자, 모두들 잊지 말고 꼭 와야 돼.

보 톰 좋아. 그곳이라면 음탕한 대사라도 대담하게 연습할 수 있지. 자, 우리 모두 힘을 합해 완벽하게 해야겠군. 내일 만나세!

퀸 스 다시 말해 두지만 공작님네 떡갈나무 아래서 보는 거다.

보 톰 알았어. 꼭 가겠네.

제 2 막

제 1 장 아테네 근교의 숲

요정과 퍽, 각각 반대편에서 등장.

퍽 얘, 요정아! 어디 가니?

요 정 산 너머, 계곡 너머 가시덤불 헤치고 뜰을 가로질러 담을 넘고 시냇물을 헤치고 불길을 뚫고 어디든지 가지요. 달님보다 더 빨리 풀밭에 이슬을 뿌리며 요정나라 여왕님의 분부를 받들지요. 키다리 앵초는 여왕님의 시녀 황금 코트엔 향기로운 루비 보석이 빛나지요. 나는 이슬을 따다가 앵초꽃잎에 진주 귀걸이를 달아 줄 거야. 잘 있어, 장난꾸러기 요정들아. 아마 여왕님을 시중드는 요정들이 곧 이곳으로 올 거예요.

퍽 오베론 왕께서 오늘밤 이곳에서 잔치를 베풀 테니까, 너희 여왕님은 오시지 않는 게 좋을 거야. 우리 왕께선 요즘 심기가 사납거든. 여왕님이 인도 왕으로부터 귀여운 소년을 훔쳐와서 시종으로 삼았기 때문이지. 그토록 귀여운 소년이라면 질투가 날 만도 해. 게다가 시기심이 많은 오베론 왕은 더욱 그렇겠지. 그 소년을 사냥하러 갈 때 시종으로 부리고 싶었다나봐. 하지만 그 소년을 빼앗기고 싶지 않은 여왕님은 소년에게 화관을 씌우며 귀여워했지. 그래서 두 분은 서로 으르렁거리지. 그곳이 숲 속이건 들판이건 아름다운 샘터이건 별이 빛나는 밤이건 툭하면 싸움박질이야. 그래서 요정들은 겁에 질려, 도토리 속에 몸을 숨긴다나봐.

요 정 내가 잘못 보지 않았다면 너는 꾀 많은 장난꾸러기 요정 로빈 굿펠로구나. 맷돌을 혼자 돌게 하여 마을 처녀들에게 겁을 주고, 아낙네들이 젓는 우유를 엎질러서 허탕치게 하는 요정 말야. 또한 맥주거품을 일지 않게 하고, 밤길 가는 나그네를 골탕먹이면서도 좋아라 웃어대는 게 바로 너지. 너를 보고 홉고블린이니, 귀여운 퍽이니 하고 불러주는 사람에게는 일도 해주고 행운도 몰아다주기도 한다는, 네가 바로 퍽이지?

퍽 그래. 네 말대로 내가 바로 밤을 헤매는 오베론의 어릿광대다. 남을 웃기는 일을 하지. 암망아지로 둔갑하여 콩을 먹어 살찐 정력적인 수말을 속이기도 하고, 때로는 구운 사과로 변해서 떠버리 할매의 약주 속에 숨어 있다가 술을 마시려는 순간 쭈글쭈글한 젖가슴에 엎지르게도 하지. 때로는 호들갑스런 할매가 구슬픈 얘기라도 하려는 듯 날 의자로 착각해 앉으려 하면 나는 재빨리 비켜서 엉덩방아를 찧게 만들지. 할매는 철퍼덕 주저앉으며 외마디 고함소리를 지르고는 쿨럭쿨럭 기침을 하지. 사람들은 이 모습을 보고 이렇게 재미있는 일은 처음이라고들 하며 배꼽을 잡고 웃어대지. 어서들 비켜라, 오베론 왕께서 납신다.

요 정 우리 여왕님도 오시네. 왕께서 그냥 지나가시면 좋으련만.

오베론이 한편에서 시종들과 함께 등장하며, 다른 편에서는 타이테니아가 시중드는 요정들과 함께 등장.

오베론 거만한 타이테니아, 재수없이 만나게 되었군.

타이테니아 뭐라고요, 밴댕이 속알딱지 오베론이군요. 얘들아, 어서 가자꾸나. 저 양반과는 잠시라도 함께 있고 싶지 않구나. 절대로 잠자리에 드는 일이 없을 거야.

오베론 저런, 성질머리하고는. 나는 네 남편이 아니더냐?

타이테니아 누가 그걸 모르나요? 당신은 요정의 나라에서 몰래 도망쳐 나와 양치기 코린으로 변신해 바람둥이인 필리다에게 사랑을 호소하기 위해 하루종일 보리피리 불고 있다죠? 당신이 아득히 먼 인도에서 돌아온 이유가 뭐죠? 아마 가죽장화를 신은 당신의 연인인 아마존의 여왕을 시시어스와 결혼시키기 위해서겠죠. 그게 아닌가요?

오베론 타이테니아, 창피한 줄 알아요. 당신이 시시어스와 좋아한 것을 이미 알고 있거늘 나와 히폴리타와의 관계를 모함하다니. 달 밝은 밤에 당신이 그를 꾀어내지만 않았어도 그는 겁탈한 페리게니아를 버리진 않았을 거요. 또한 그가 이글즈와의 관계를 끊은 것도, 아리아드니와 안티오파 등과 헤어진 것도 모두 당신이 한 짓이지.

타이테니아 어림없는 소리 말아요. 모두 당신의 질투심이 조작해 낸 허무맹랑한 소리니까. 초여름 때부터 당신은 우리가 만나는 곳이면 어디든 쫓아와 훼방을 놓았죠. 언덕이든 계곡 아래든 숲 속이든 목장 변두리든 샘터나 냇가, 바닷가 모래밭 등 바람의 피리 소리에 맞추어 춤을 추려 하면 당신은 싸움을 걸어왔지요. 그 때문에 화가 치민 바람은 독기 품은 안개를 육지에 쏟아 놓아 물바다가 됐죠. 그러니 소들이 멍에를 진 것도 헛일이고, 농부들의 땀도 헛되고, 보리나 밀은 싹도 트기 전에 썩어문드러지고, 양우리는 물에 잠겨 형체도 없고, 까마귀만 가축 시체 위를 날며

배를 불리고, 모리스 놀이터는 진흙으로 뒤덮이고, 미로의 놀이터도 밟는 이 없어서 분간하기 힘들게 되었죠. 그러니 사람들은 한여름인데도 겨울 옷을 그리워하고, 여름밤을 즐기는 축제의 노래는 흔적도 없이 사라지는 게 당연하고요. 썰물과 밀물을 관장하는 달의 여신도 노여움에 파리해지고 습기찬 바람은 감기와 신경통을 가져 왔지요. 계절도 뒤죽박죽되어 흰 서리가 싱싱한 붉은 장미 무릎에 내리는가 하면, 동장군 대머리 얼음이 초여름 향기로운 꽃봉오리에 씌워지지요. 봄, 여름, 결실의 가을, 차가운 겨울은 사람들이 의복을 바꿔 입었기에 겉모습만 보고는 어떤 계절인지 알 수 없게 되었죠. 이러한 재앙이 일어난 것은 모두 우리가 싸워 비롯된 것들이에요. 우리가 불화해서 발생된 것들이죠.

오베론 그렇다면, 당신이 고치시오. 왜 나한테 맞서려고 하냔 말이오. 나는 단지 당신이 훔쳐 온 그 소년을 달라고 했을 뿐이오.

타이테니아 그만두세요. 난 요정의 나라를 몽땅 준다 해도 그 아이만은 포기할 수 없으니까요. 그 애의 어미는 나를 신봉했어요. 향기로운 바람이 감도는 밤이 되면 그녀는 내 곁에 와서 소곤소곤 얘기를 했죠. 때로는 바닷가 모래밭에 앉아 조류에 따라 항해하는 상선을 보고, 돛이 아이를 밴 것처럼 방종한 바람을 품는 것을 보고 배꼽을 잡고 웃곤 했지요. 당시 그녀는 그 애를 임신하여 배가 둥그스름했는데, 귀여운 걸음걸이로 범선을 흉내내며, 해변을 미끄러지듯 오가면서 온갖 물건을 주워 와서 내게 주곤 했죠. 그런데 그녀가 그 애를 낳고 죽은 거예요. 그래서 내가 그 애를 줄 수 없다는 거죠.

오베론 이 숲에는 언제까지 있을 셈인가?

타이테니아 시시어스의 결혼식이 끝날 때까지요. 당신이 얌전하게 우리들과 함께 춤을 춘다면 오셔도 좋아요. 그것이 싫다면 나는 상관하지 않을 테니 어디든 가도 좋아요.

오베론 그 소년만 준다면 나도 동행하리다.

타이테니아 절대로 그렇게는 못해요. 애들아, 가자! 더 이상 지체하면 또 싸울지도 몰라. (타이테니아와 요정들 퇴장)

오베론 갈 테면 가라지. 꼭 앙갚음을 하고 말 테니까. 어디 이 숲을 한 발짝이나 빠져나갈지 두고 보라지. 퍽, 이리 와. 너는 기억할 거야. 언젠가 내가 바닷가 바위에 앉아, 인어가 돌고래 등에 업혀서 달콤한 목소리로 노래하는 것을 들었던 것을. 그 아름다운 노랫소리에 거친 파도가 잠잠해지고, 별들도 매혹되어 미친 듯이 바다 위로 흘러내렸지.

퍽 물론 기억하고 말고요.

오베론 그때 보았어. 싸늘한 달과 지구 사이에 큐피드가 활을 들고 서 있는 모습을. 화살이 노리는 것은 서쪽 왕좌에 자리잡은 처녀왕이었지. 힘차게 활을 떠난 사랑의 화살은 맑은 달의 청순한 빛 속에 꺼져 버렸고, 독신을 맹세한 처녀왕은 그만 사라져 버렸지. 천만의 가슴을 단숨에 뚫을 것이라 생각한 젊은 큐피드의 불타는 화살도 순결한 처녀왕의 명상 속에서 사라지고 만 거야. 그때 나는 큐피드의 화살이 떨어진 장소를 눈여겨보았지. 작은 꽃 위에 떨어져, 하얀 꽃잎은 금세 사랑의 상처로 붉게 물들더구나. 사랑의 비올라 꽃으로 불리는 그 꽃을 따오너라. 언젠가 내가 너한테 가르쳐 주었을 거야. 그 꽃물을 잠자는 남자나 여자의 눈에 떨어뜨리면, 잠을 깨는 순간 최초로 본 사람을 미친 듯이 사랑하게 된단다. 고래가 십리를 헤엄쳐 가기 전에 단숨에 달려가 그 꽃을 따오너라.

퍽 40분이면 지구를 한 바퀴 돌지요. 냉큼 다녀오겠습니다.

오베론 그 꽃물을 가져오면, 타이테니아가 잠드는 때를 틈타 그녀의 눈에 떨어뜨려야겠다. 그러면 그녀가 최초로 보는 것, 그것이 사자건, 곰이건, 늑대건, 황소건, 장난꾸러기 원숭이건 무턱대고 상사병에 걸려 뒤쫓겠지. 이 마술을 그녀의 눈에서 풀어주기 전에 난 기필코 그 애를 차지할 거다. 어, 누구지? 어디 그들의 얘기를 살짝 엿들어볼까.

디미트리어스, 그 뒤를 쫓아 헬레나 등장.

디미트리어스 제발 날 따라오지 마. 난 널 사랑하지 않아. 라이샌더와 아름다운 허미아는 어디 있지? 내 그놈을 죽이고 말 테다. 하지만 사랑하는 임은 나를 죽이니. 두 사람이 몰래 이 숲 속으로 도망쳤다고 말하지 않았니? 그런데 코빼기도 찾을 수 없으니. 어서 가란 말야. 더 이상 나를 쫓아오지 마.

헬레나 당신이 나를 끌어당겨요. 당신의 가슴은 차가운 자석이지요. 그러나 딩신에게 끌림을 당하는 내 마음은 단순한 쇠붙이가 아니라 강철같이 충실하답니다. 당신이 끌어당기는 힘이 소멸되면 당신을 뒤쫓는 내 힘도 사라지고 말 거예요.

디미트리어스 내가 널 유혹했다고? 내가 너한테 한마디라도 사랑한다고 말한 적이 있어? 나는 분명히 말했어. 널 사랑하지도 않고, 사랑할 수도 없다고.

헬레나 당신이 그럴수록 당신을 향한 내 마음은 더욱 애틋해져요. 나는 당신의 스파니엘, 당신이 때리면 때릴수록 더욱 자주 꼬리를 흔들지요. 제발 당신의 스파니엘이 되게 해 주세요. 구박을 하든 걷어차든 무시하든 경멸하든 당신 곁에만 있다면 난 좋아요. 당신 마음속에 가장 후미진 장소라도 내게는 그지없이 고귀한 장소이기에, 나는 당신의 개가 되어도 좋아요.

디미트리어스 정나미 떨어지는 소리 그만 해. 너를 쳐다보기만 해도 진저리가 쳐지니까.

헬레나 나는 당신을 보지 못하면 애간장이 녹아요.

디미트리어스 넌 여자로서 최소한 지녀야 할 수치심마저 잃었구나. 자기를 사랑해 주지도 않는 남자에게 몸을 맡기려 하다니. 더구나 몸을 덮쳐도 모를 만큼 캄캄한 밤이고 으슥한 곳이라는 걸 알아야지.

헬레나 당신의 덕망이 저를 지켜 주시겠죠. 당신의 얼굴을 볼 수 있는 동안은 캄캄한 밤이 아니에요. 또한 으슥한 곳도 아니죠. 당신은 내게 이 세상 전부거든요. 그러니 온 세상이 나를 쳐다보고 있는 셈이죠.

디미트리어스 난 도망가서 숨어버릴 거야. 네가 짐승들한테 잡혀 먹든 말든.

헬레나 어떤 짐승도 당신처럼 무정하지는 않을 거예요. 어디 달아나 보세요. 그럼 얘기가 달라질 테니. 도망가는 아폴로를 뒤쫓는 다프네가 되겠군요. 비둘기가 독수리를 추격하고, 얌전한 암사슴이 호랑이를 덮치려는 꼴이네요. 강한 쪽이 줄행랑인데 겁쟁이가 뛰어도 허탕만 치겠죠.

디미트리어스 너와 입씨름할 틈이 없다. 자, 끝까지 따라붙으려면 단단히 각오해. 무슨 일을 당할지도 모르니.

헬레나 그래요. 신전과 마을에서, 그리고 들판에서 나를 골탕먹였죠. 디미트리어스, 당신은 지금 여성 전체에게 모욕을 주는 거예요. 남자들은 사랑 때문에 싸울 수 있어도 여자들은 그렇게 못하죠. 여자들은 사랑을 받을 수 있을 뿐이지, 사랑을 구할 수는 없어요. (디미트리어스 퇴장) 당신을 따라갈 테야. 사랑하는 이의 손에 죽을 수 있다면 지옥의 고통도 천국의 기쁨이 되겠지.

오베론 오, 숲의 요정이여, 내 그대가 원하는 대로 해주리라. 그대가 이 숲을 떠나기 전에 그가 그대 뒤를 뒤쫓도록 하고 그대가 도망 다니도록 역전시켜 줄 테다.

퍽 등장.

퍽 대왕님, 명령하신 대로 여기 가져 왔습니다.

오베론 수고했구나. 이리 내놓거라. 백리향이 흐드러지게 피어 있고, 앵초꽃과 오랑캐꽃이 바람에 나부끼고, 사향장미와 인동덩굴이 하늘을 덮으며 달콤한 향기를 뿜어대는 언덕으로 가자꾸나. 타이테니아는 밤이면 곧잘 그곳으로 가서 춤과 환희에 취해 꽃 이불을 덮고 잠을 자지. 그러면 이 꽃물을 그녀의 눈에 떨어뜨려야지. 아마 그 순간 그녀는 무시무시한 환상에 사로잡힐 거야. 너도 이 꽃물을 조금 가지고 가서 아테네 여인을 멀리하는 남자를 찾아라. 그리고 남자의 눈에 꽃물을 몇 방울 떨어뜨려 준 뒤 최초로 눈을 떴을 때 그녀를 보도록 하거라. 꼭 그렇게 해야 돼. 아마 남자는 금방 찾을 수 있을 거다. 그 남자는 아테네 복장을 했느니라. 그녀가 남자를 사랑하는 것 이상으로 남자가 그녀를 사랑하도록 만들어야 해. 이 일이 끝나면 첫닭이 울기 전에 돌아오너라. (모두 퇴장)

제 2 장 숲의 다른 곳

타이테니아, 요정들과 등장.

타이테니아 자, 우리 춤을 추며 노래를 부르자꾸나. 그리고 저쪽으로
가거라. 누구는 장미꽃 속의 자벌레를 죽이고, 또 누구는 박쥐의 날개를
떼어 꼬마 요정들의 웃옷을 만들어 주거라. 그리고 누구는 밤이면 눈을
부라리며 괴상한 소리를 내며 우는 부엉이를 쫓아라. 나는 쉬어야겠다.
우선 자장가를 불러 나를 재워 다오. 그리고 너희들은 각각 맡은 일을 하
거라. (요정들, 노래한다)

요 정
쌍혓바닥의 얼룩뱀들아
가시 돋친 고슴도치야 물러가라
도롱뇽과 도마뱀아
여왕님 곁에는 얼씬도 하지 말거라
나이팅게일이여, 부드러운 목소리로
달콤한 자장가를 불러 다오
자장자장 잘 자라 자장자장 잘 자라
재앙도 마법도 주문도
사랑스런 여왕님께 얼씬도 하지 말거라
좋은 꿈을 꾸며 잘 자라

110

요정 1

집 짓는 거미야
거미줄을 치지 마라
다리 긴 왕거미도 딱정벌레도
얼씬 하지 말아라
달팽이나 벌레들도 물러가거라
나이팅게일이여, 부드러운 목소리로……
달콤한 자장가를 불러 다오
(반복, 타이테니아가 잠이 든다)

요정 2 자, 물러가자꾸나. 잠이 드셨으니 한 사람은 망을 봐야 해.

요정들 퇴장하고 오베론 등장.

오베론 눈 뜨고 보는 것이 무엇이 되건 (타이테니아의 눈에 꽃물을 떨어뜨린다) 진정으로 사랑하도록 하라. 고양이건 산돼지건 살쾡이건 곰이건 표범이건 털북숭이 수퇘지건 무엇이건 보는 순간 정신을 잃고 사랑하게 하라. 흉측한 것이 나타났을 때 잠에서 깨어나라.

오베론 퇴장하고 라이샌더와 허미아 등장.

라이샌더 숲 속을 헤매느라 당신은 곤죽이 되었구려. 솔직히 말하자면 나도 잘 모르겠소. 우리 여기서 잠시 눈을 붙이고 새벽을 기다립시다.

허미아 좋아요, 라이샌더. 나는 이 언덕을 베개삼아 잘 테니, 당신도 잠자리를 찾아 주무세요.

라이샌더 잔디 한 뼘이면 우리들 베개로 충분할 거요. 몸은 둘이지만 마음은 하나, 잠자리도 하나지.

허미아 안 돼요, 라이샌더. 부탁이에요, 제발 가까이 오지 마세요.

라이샌더 깨끗한 이내 마음을 받아 줘요! 사랑을 통해서라면 모든 이야기가 아름다운 법이라오. 내가 마음이 하나라고 한 것은 내 마음과 당신의 마음이 맺어졌다는 뜻이오. 비록 몸은 둘이지만 하나의 맹세를 주고받기에 마음은 하나인 거요. 그러니 당신 곁에 누울 수 있도록 해 주시오. 절대로 추근덕거리는 일은 없을 거요.

허미아 아참, 말씀도 잘하시네요. 당신이 추근덕거리는 남자라면, 나야말로 무례하고 뻔뻔한 여자겠죠. 하지만 내 사랑, 우리 사랑을 위해, 정숙한 처녀와 예의 바른 신사에 알맞게 거리를 유지하지요. 그래요. 조금 거리를 두고 자기로 해요. 내 사랑, 당신의 달콤한 인생이 끝날 때까지 영원히 변치 않기를.

라이샌더 아멘, 당신 말대로 이루어지기를. 내가 변심하는 날에는 내 인생도 끝날 것이오! 나는 여기서 잘 테니, 잠이여, 그녀를 잠들게 하라.

허미아 그 소원의 절반은 당신 것이랍니다. (그들은 잠든다)

퍽 등장.

퍽 숲 속을 아무리 뒤져보아도 아테네 복장을 한 사람은 찾아볼 수가 없네. 나는 이 꽃물의 마력을 누구한테 시험해 볼까나. 참으로 고요한 밤이로구나. 어라, 누구지? 오베론 왕께서 지적한 아테네 사람의 복장을 했군. 이 사람이 아테네 여인을 능멸했겠다. 그러고 보니 그 여인도 눅눅하고 더러운 땅 위에 잠들어 있네. 피도 눈물도 없는 녀석, 여인을 제 곁에 눕히지도 않다니, 어디 혼 좀 나 봐라. 네 눈에 마술의 꽃물을 발라 주마. 네 놈은 이제 깨어나면 상사병으로 안절부절못할 것이다. 내가 가면 잠에서 깨어나거라. 어서 오베론 왕한테 가서 알려야겠구나.

디미트리어스와 헬레나, 뛰어서 등장.

헬레나 제발 날 죽여도 좋으니 잠깐만요, 디미트리어스!

디미트리어스 너야말로 귀찮게 따라다니지 마.

헬레나 나쁜 사람, 날 어둠 속에 버리고 갈 거예요?

디미트리어스 따라오면 혼날 줄 알아. 난 혼자 갈 거야. (퇴장)

헬레나 아아, 숨이 차서 죽을 것 같아. 하긴 어리석게도 뒤쫓기만 했으니! 기도하면 할수록 왜 은총은 적어질까. 행복한 허미아는 어디에 있을까? 그녀가 사랑을 받는 매혹적인 눈 때문일 거야. 어쩌면 눈빛이 영롱할까? 설마 눈물 때문이 아니겠지. 눈물은 내가 더 많이 흘렸잖아. 아냐, 나는 곰처럼 추악해. 나를 보면 짐승들도 도망갈 거야. 디미트리어스가 귀신을 만난 것처럼 도망치는 것도 이상할 건 없어. 나의 눈을 허미아의 별빛과 같은 눈과 비교하다니. 내 거울은 참으로 사악하고 위선적이야. 어, 누구지? 라이샌더네. 죽었나, 아니면 자는 걸까? 피도 흘리지 않고 상처도 없긴 하지만 라이샌더, 살아 있다면 제발 일어나요!

라이샌더 (벌떡 일어나며) 당신을 위해서라면, 불 속이라도 뛰어들 거요! 아름다운 헬레나! 당신 가슴을 통해 마음을 훤히 볼 수 있다니, 자연의 마법이 아니고 무엇인가. 디미트리어스는 어디 있지? 아, 얼마나 더러운 이름인가. 내 단칼에 죽어도 마땅할 이름이지!

헬레나 라이샌더, 제발 그런 말 말아요. 그가 당신의 허미아를 사랑한다 해도 허미아는 당신을 사랑하니까 상관없잖아요. 그러니 그걸로 만족하세요.

라이샌더 허미아로 만족하라고? 천만에! 그녀와 함께 지냈던 지루했던 그 세월을 생각만 해도 후회스럽다오. 내가 사랑하는 여인은 허미아가 아니라 당신이오. 검은 까마귀를 흰 비둘기와 바꾸는 것은 당연한 일, 본디 남자의 욕망은 이성에 지배를 받는다오. 내 이성은 당신이 허미아보다 낫다고 속삭이지. 모든 것은 때가 이르러 무르익듯이 내 이성 역시 과거엔 충분히 무르익지 않았던 거지. 그러나 이제야 나는 분별력을 갖게 되어 이성이 욕망을 지배하게 되었지. 당신의 눈빛을 통해서만이 사랑의 진실이 보이는구려.

헬레나 무슨 운명을 타고났기에 이렇단 말인가. 내가 무슨 짓을 했다고 당신은 날 모욕하나요? 참으로 너무들 하는군요. 내가 디미트리어스한테 따뜻한 눈길 한 번 받지 못한 것도 한이 되는데 당신까지 나를 멸시하다니. 정말 해도 너무 하는군요. 나는 당신이 정말로 멋진 신사라고 착각했어요. 아, 슬픈 여인의 운명이여. 한 남자로부터 버림받는 것도 모자라 또 다른 남자로부터 놀림을 당하는구나. (퇴장)

라이샌더 그녀가 허미아를 보지 못한 게 다행이야. 허미아, 거기서 푹 자고, 다시는 내 곁에 오지 마! 단것을 너무 먹으면 이가 상하는 것처럼 이단에 빠졌던 자가 깨닫게 되면 오히려 이단을 경멸하게 되지. 허미아,

당신은 나의 단것이요 이단이다. 그러니 내가 가장 증오할 수밖에. 내 사랑, 헬레나. 이제 난 온몸을 다 바쳐 당신을 사랑하고 당신의 기사가 될 것이오!

허미아 (눈을 뜨고) 살려줘요, 라이샌더. 사람 살려요! 독사가 가슴 위를 기어가고 있어요. 어서 떼어 줘요! 오, 무서운 꿈이로구나! 라이샌더, 이것 좀 보세요. 온몸이 진땀으로 흥건하네요. 뱀이 내 심장을 파먹으려고 하는데도 당신은 그저 웃고만 있지 뭐예요. 라이샌더! 아니, 어디로 갔지? 라이샌더! 내 말 안 들려요? 설마 소리도 없이 말도 없이 가 버린 건 아닐까? 대답해 봐요, 안 들리세요? 제발 겁이 나서 미칠 것 같아요. 정말 아무런 대꾸가 없네. 근처에 없나? 내가 죽든가 아니면 당신을 곧 찾아내든가 둘 중의 하나겠지. (퇴장)

제 3 막

제 1 장 숲 속

타이테니아가 자고 있다. 퀸스, 보톰, 스너그, 플루트, 스너우트, 그리고 스타블링 등장.

보 톰 다들 모였나?

퀸 스 그래, 모두 모였네. 이곳은 연습장으로 그만일세. 자, 무대를 풀밭으로 하고 분장실을 산사나무 덤불로 하세. 그럼 우리 지금부터 공작님 앞에서 하는 것처럼 해 보게나.

보 톰 퀸스!

퀸 스 뭔가, 보톰?

보 톰 이 희극을 몇 군데 손보면 어떻겠나? 첫 번째는 피라므스가 칼을 뽑고 자살하는 장면 말일세. 귀부인들은 이 광경을 보면 기절초풍할 거야. 자네들 생각은 어떤가?

스타블링 죽는 장면은 빼는 게 어때?

보 톰 군이 그럴 필요까지는 없고, 좋은 생각이 있어. 거기다 해설을 붙이면 돼. 즉, "칼은 뽑지만 피는 보지 않겠다. 피라므스도 실제로 죽는 것은 아니다." 이게 좀 미흡하면 이렇게 말하면 어떻겠나? "나 피라므스는 실제로 피라므스가 아니라 사실 직조공 보톰이다." 그럼 그들은 무서워하지 않을 거야.

퀸 스 좋아, 해설을 붙이자. 발라드 풍의 8×6조를 써넣도록 하자.

스너우트 귀부인들은 사자를 무서워하지 않을까?

스타블링 물론 무서워할 거야.

보 톰 잠깐, 이것도 생각해 봐야겠군. 귀부인들 앞에 사자를 내보인다는 건 매우 위험한 발상이야. 이 세상에 사자만큼 포악한 짐승은 없잖아. 이 일만은 한번 짚고 넘어가야 돼.

스타블링 그러니까 실제로 사자가 아니라고 해설을 붙이자는 거야.

보 톰 그럴 게 아니라 사자의 목에서 얼굴을 반쯤 내밀고 자기 이름을 말하면 어떨까? 그러고 나서 이렇게 말하면 돼. "귀부인들이여" 아니면 "아름다운 귀부인들이여, 부탁하건대 제발 무서워하지 마시고 전혀 떨지도 마십시오. 만일 여러분들이 이곳에 출현한 저를 사자라고 생각하신다면, 제 목숨을 걸고 통탄할 일입니다. 저는 사자가 아니라 인간이랍니다' 이렇게 말한 뒤 나는 "접합공 스너그입니다"라고 말야.

퀸 스 좋아, 그렇게 하자. 그래도 어려운 문제는, 궁전의 홀에 어떻게 달을 들여놓는가 하는 거야. 피라므스와 시스비는 달밤에 만나거든.

스너우트 우리들이 연극을 하는 밤에 달이 뜨지 않을까?

보 톰 달력을 가져오게! 달력을 보고 달이 뜨는지 조사해 보자.

퀸 스 (달력을 보며) 그날 밤엔 달이 떠.

보 톰 그럼 연극할 때 홀의 창문을 활짝 열어 놓으면 되겠군. 창문을 통해 달빛이 흘러들어올 테니까.

퀸 스 아니면, 누군가 가시덤불과 등잔을 들고 들어오면 돼. 그리고 "나는 달님으로 분장한 배우입니다"라고 말하면 되겠지. 또 한 가지 문제는 홀 안에 돌담이 있어야 해. 줄거리에 따르면 피라므스와 시스비는 갈라진 담 구멍을 통해 얘기를 나누거든. 담을 어떻게 들고 들어오지?

보 톰 누가 담으로 분장해야지 뭐. 온몸에 회반죽을 하거나 진흙이나 옥토를 바르고 나오면 돼. 그런 다음 손가락을 이렇게 벌리고 서 있는 거야. 그러면 피라므스와 시스비는 그 사이로 얘기를 나누지.

퀸 스 아, 이젠 만사형통이다. 자, 그러면 모두들 자리에 앉아 주게. 연습을 시작할 테니. 피라므스, 너부터 해 봐. 대사가 끝나면 저 덤불 속으로 몸을 숨기고. 자, 다들 자기 역할을 잊지 말도록. 피라므스, 대사를 해 봐. 시스비는 앞으로 나오고.

보 톰 시스비, 꽃향기 추악한 달콤함이여……

퀸 스 추악한이 아니라 향긋한일세.

보 톰 꽃향기 향긋한 달콤함이여! 사랑하는 시스비, 당신의 입김은 더욱 달콤하여라. 어이구, 사람 소리가 나는군! 잠시 여기서 기다리시오. 잠깐 다녀오리다. (퇴장)

퍽 이런 괴상망측한 피라므스는 처음 보는걸! (퇴장)

플루트 내 차롄가?

퀸 스 응, 자네 차례야. 피라므스는 잠시 나갔다가 돌아올 거야.

플루트 찬란히 빛나는 피라므스여, 그대의 흰 살결은 백합과 같고 붉은 뺨은 장미꽃보다 더 화사하구려. 젊음이 넘치는 그대여, 사랑스럽기 그지없는 유태인이여, 지칠 줄 모르는 준마의 충성스러움을 간직한 피라

118

므스여, 내 당신을 만나러 가리다, 니니의 무덤에서.

퀸 스 이 사람아, 니니가 아니라 '나이나스'야! 그 대사는 피라므스의 말에 대한 답변이니까 아직 해서는 안 돼. 그걸 한꺼번에 다하면 어떡하나. 다짜고짜 말야. 피라므스가 등장하니까 네 대사는 거기서 일단 끝나야 돼. 자, 다시 해 보게. '지칠 줄 모르는' 그 대목부터 해 봐.

플루트 그래. 지칠 줄 모르는 말의 충성스러움을 간직한 피라므스여.

퍽과 당나귀 탈을 쓴 보톰 등장.

보 톰 시스비, 내가 아름답다면 나의 아름다움은 당신의 것이라오.

퀸 스 으악, 귀신 나왔다! 이봐, 괴물이야! 모두 도망쳐! 사람 살려! (퀸스, 스너그, 플루트, 스너우트, 스타블링 퇴장)

퍽 저놈들을 쫓아가 뺑뺑이 돌려야겠다! 늪을 지나 숲과 가시덤불을 뚫고 들장미 사이로 뺑뺑이 돌려야지. 난 말이 되어 히힝거리고 개처럼 짖어대고 곰처럼 으르렁거리다 불꽃처럼 활활 타오르는 거야.

보 톰 모두들 왜 도망갔을까? 요것들, 나를 놀라게 할 계략이구나.

스너우트 등장.

스너우트 오, 보톰, 웬일이야? 머리 위에 있는 것이 뭐야?

보 톰 그게 뭐겠어? 자네 같은 얼간이 당나귀 대가리겠지?

스너우트 퇴장하고 퀸스 등장.

퀸 스 저런, 보톰, 가련하게도 자네 모습이 깡그리 변했구먼.

보 톰 네놈들 수작을 모를 줄 알고. 나를 얼간이 당나귀로 만들어 골려주려고 작당한 거지. 하지만 어림없는 일이야. 난 여기서 노래나 해야겠군. 내가 무서워하지 않는다는 것을 보여줘야 하니까. (노래한다)

황갈색 주둥이에 털이 검은 새
노래를 잘 부르는 티티새 작은 날개를 지닌 굴뚝새…….

타이테니아 (노랫소리에 깨어난다) 어떤 천사가 나를 깨우는 걸까?

보 톰 (계속 노래한다)

참새야 종달새야 단조롭게 노래하는 잿빛 뻐꾹새야
여편네가 서방질을 해도 남편은 찍 소리도 못하네…….

타이테니아 부탁이에요, 친절하신 분이여. 다시 한 번 들려주세요. 내 귀는 당신 노래에, 내 눈은 당신 모습에 홀딱 반했답니다. 당신의 아름다움에 나는 첫눈에 사랑의 말을, 사랑의 맹세를 하지 않을 수 없네요.

보 톰 부인이여, 이성이 있는 분이라면 절대로 그런 말을 하지 못하겠죠. 하긴 요즘 세상에 이성과 사랑은 썩 좋은 관계는 아닌 듯싶습니다. 이 둘을 결합시키는 성실한 이웃도 없고요. 참으로 딱한 노릇입니다. 나도 때에 따라서는 이 정도의 농담은 할 줄 안답니다.

타이테니아 당신은 멋지기도 하지만 더욱 지혜롭네요.

보 톰 무슨 말씀을. 지금 숲으로부터 벗어날 수 있는 지혜만 있다면,

그것으로 만족할 겁니다.

타이테니아 이 숲에서 나가실 생각은 아예 하지 마세요. 당신 마음대로 이곳을 빠져나갈 수는 없을 테니까요. 나는 보통 요정이 아니랍니다. 여름이 늘 따라다니며 복종하지요. 그러한 내가 당신을 사랑한답니다. 요정들에게 당신을 돌보라고 일러둘 테니 나와 같이 있어줘요. 바다에서 진주를 따다 드리고 꽃방석에 누워 잠들면 자장가를 불러 드릴게요. 당신의 육체도 죽지 않도록 공기의 요정처럼 만들어 드릴게요. 콩꽃아, 거미줄아, 나방아, 겨자씨야!

콩꽃, 거미줄, 나방, 겨자씨 등 네 요정들 등장.

일 동 네, 여기 대령했습니다. 어디로 갈까요?

타이테니아 이분을 정중히 모시거라. 이분이 가는 곳마다 춤을 추며 놀아라. 살구, 산딸기, 포도와 무화과, 그리고 뽕나무 열매를 따서 드려라. 벌집에서 꿀도 따다 드리고, 꿀벌의 넓적다리에 잔뜩 붙은 밀랍을 따서 불을 밝히거라. 개똥벌레 눈에서 불을 당겨 침실을 환하게 하라. 이분이 주무시는 동안 오색나비 날개로 부채질하여 달빛을 몰아내거라. 요정들아, 어서 머리를 조아려 인사를 드려라.

일 동 안녕하세요.

보 톰 말만이라도 참으로 고맙소. 실례지만 이름이 어떻게 되나요?

거미줄 거미줄입니다.

보 톰 거미줄 요정님, 잘 부탁드리오. 내가 손가락을 베거든 신세를 지겠소. 당신 이름은?

콩 꽃 콩꽃입니다.

보 톰 콩꽃 요정님, 잘 사귀어 봅시다. 양친께도 제 인사 좀 드리고.

겨자씨 전 겨자씨예요.

보 톰 겨자씨여, 참을성이 대단하다는 것을 알고 있지요. 겁쟁이 황소가 당신 집 식구들을 많이 잡아먹었죠. 그 덕택에 나도 눈물을 많이 흘렸답니다. 잘 사귑시다, 겨자씨 씨.

타이테니아 자, 이분을 나의 침실로 안내하거라. 달이 눈물을 흘릴 듯이 슬픈 표정이로구나. 더럽혀진 처녀의 순결을 슬퍼해 저 달도 울려나 보구나. 그럼 온갖 꽃들도 함께 슬퍼하겠지. 자, 이분을 조용히 모시고 가거라. (퇴장)

제 2 장 숲 속의 언덕

오베론 등장.

오베론 타이테니아는 눈을 떴을까? 그녀는 맨 처음 무엇을 보았을까? 지금쯤 홀려서 미쳐 있을 텐데. 옳지, 내 심부름꾼이 돌아오는구나.

퍽 등장.

떠버리야, 어떻게 했느냐? 과연 재밌는 일이 일어났느냐?

퍽 여왕님이 괴물과 사랑에 빠졌습니다. 여왕님이 단잠에 빠져 주무시는데 아테네 노점에서 막일하며 호구지책에 여념이 없는 한떼의 얼간이들이 모여들었죠. 시시어스 결혼식 날에 연극을 보여준답시고 연습하러 모인 거였죠. 그 멍청이들 가운데서도 가장 얼뜨기가 피라므스 역을 한답시고 법석을 떨어댔죠. 그 얼간이가 마침 덤불 속으로 들어가는 것을 보고 소생은 이때다 싶어 그 녀석 머리에 당나귀 머리를 씌워 줬죠. 이윽고 시스비와 대사를 주고받기 위해 이 얼간이가 연습장에 나타나자 동료들은 사냥꾼의 기미를 알아챈 기러기 떼처럼 혼비백산하여 사방팔방으로 흩어졌죠. 어떤 놈은 걸음아, 나 살려라 하며 줄행랑을 쳤고, 어떤 놈은 그루터기에 고꾸라지는가 하면, 어떤 놈은 "살인이다" 하고 소리치며 아테네에 도움을 청하기도 했지요. 산천초목조차 공포심에 창자가 쑥 빠진 이런 얼빠진 놈들을 업신여기는 판국이었죠. 어떤 놈은 옷이, 어떤 놈은 소매를, 어떤 놈은 모자가 가시덤불에 찢기고 걸리고 가관이 아니었죠. 이렇게 가련한 피라므스는 실성한 놈들을 쫓아냈죠. 바로 그 순간, 여왕님께서 깨어나 당나귀를 보고 한눈에 사랑에 빠져버린 겁니다.

오베론 잘했다. 생각했던 것보다 아주 잘했어. 그런데 아테네 사람 눈에 바르라는 심부름은 어떻게 했는가? 잘했겠지?

퍽 물론입죠. 그 사람이 잠들어 있을 때 발라 주었죠. 마침 그의 곁에는 아테네 여인이 있었고요. 아마 그가 깨어났을 때 그 여인을 안 볼 수 없었겠죠.

디미트리어스와 허미아 등장.

오베론 모습을 감추어라. 바로 저 사람이다.

퍽 여자는 틀림없는데, 남자는 다른데요.

디미트리어스 내 사랑, 당신을 이처럼 사랑하는데 악담을 퍼붓다니? 그런 악담은 원수 놈들에게나 퍼부어요.

허미아 지금은 입으로만 할퀴지만, 앞으로는 어떻게 될지 몰라요. 당신은 저주받을 만한 짓을 저질렀으니까요. 잠자는 라이샌더를 죽였죠? 어디 나도 죽여 봐요. 이왕 선혈이 낭자한 물에 젖은 몸 살아 무엇하겠어요. 그 사람은 한낮을 따라다니는 태양처럼 날 끔찍이 여겼죠. 그러한 사람이 잠든 나를 내팽개치고 가지는 않았을 거예요. 그 얘기를 믿을 바에는 차라리 달이 이 대지를 뚫고 지구 반대편으로 빠져나와 형님인 태양 을 노하게 만들었다는 얘기를 믿지요. 당신이 그 사람을 죽이지 않았다면 당신 표정이 이럴 리가 없어요. 살인자의 얼굴은 유령처럼 음산하죠.

디미트리어스 당연한 소리요. 나는 이미 죽은 몸, 그렇게 보이는 게 당연한 일 아니겠소. 내 심장은 당신의 냉혹한 눈빛에 찔려 피를 흘리고 있소. 그런데도 살인자인 당신 얼굴은 저 하늘의 별처럼 찬란하게 빛나고 있구려.

허미아 아니, 그게 라이샌더와 무슨 상관이죠? 제발 부탁이에요. 착한 디미트리어스, 그이를 돌려주세요.

디미트리어스 내 그럴 바에야 차라리 그 녀석의 시체를 사냥개에게 던질 것이오.

허미아 개 같은 놈, 꺼져버려! 이 똥개야! 처녀의 인내심에도 한계가 있는 법, 너 그 사람을 죽였지? 인간의 탈을 쓴 늑대야, 단 한 번이라도 진실을 말해 다오! 자고 있을 때 죽였을 테지? 참으로 장하구나! 벌레나 독사라면 그럴 수 있겠지. 그래, 독사가 한 짓이야. 너는 독사, 갈라진 혓바닥으로 날름대는 살무사도 너만큼 지독하지는 않을 거야.

디미트리어스 참으로 악담을 잘도 퍼붓는구려. 난 라이샌더를 죽이지 않았소. 분명히 말하건대 라이샌더는 죽지 않았소.

허미아 그렇다면 그분이 무사하다는 걸 말해 주세요.

디미트리어스 만일 말해 준다면, 나한테 무얼 줄 거지?

허미아 나를 보지 못하게 되는 특권을 드리다. 이제 지긋지긋한 당신과는 이별이에요. 두 번 다시 나를 찾지 마세요. 그분이 살았든 죽었든. (퇴장)

디미트리어스 저토록 화를 내니 쫓아가도 소용없겠지. 그렇다면 잠깐 쉬었다 가야겠구나. 슬픔의 무게가 가중되는 것은 잠이 모자라는 탓이지. 파산한 잠이 슬픔에 부채를 떠맡기기 때문이야. 자, 잠시 눈을 붙여 슬픔의 부채를 덜어 보자. (옆으로 누워서 잔다)

오베론 네가 무슨 짓을 한지 아느냐? 정말 크나큰 실수를 저질렀구나. 진실한 연인의 눈에 사랑의 묘약을 바르다니. 네 실수로 인해 진실한 사랑은 부서지고, 거짓 사랑은 진실을 잃게 되었어.

퍽 운명의 여신 탓이죠. 진실한 남자는 백만 명 중 한 명밖에 없지요. 나머지는 몽땅 거짓말쟁이들이죠.

오베론 쏜살같이 달려가 헬레나를 찾아라. 상사병으로 인해 얼굴은 창백하고, 탄식으로 하루하루 죽어가는 그녀에게 환각을 일으켜서라도 이곳에 데려오너라. 그때까지 난 이 남자의 눈에 마술을 걸어놓겠다.

퍽 알았습니다요, 바람처럼 날아갑지요! 타타르 인의 화살보다 빨리 갑니다요. (퇴장)

오베론 큐피드의 화살을 맞아 보랏빛으로 물든 꽃물을 너에게 주련다.

네가 눈을 떴을 때는 하늘의 별처럼 빛나는 모습의 여인이 환하게 보일 것이다. 결국 넌 그녀의 사랑을 얻겠지.

퍽, 다시 등장.

퍽 아뢰옵니다만 헬레나를 대령했습니다요. 제가 착각한 그 남자도 따라왔습죠. 그는 열렬히 구애하고 있습니다. 우리 잠깐 구경이나 할까요? 참으로 어리석은 게 인간이 아닌가 싶습니다!

오베론 저리 비켜라. 네 호들갑에 디미트리어스가 잠을 깨겠다.

퍽 그렇다면 두 남자가 한 여자한테 구애할 텐데 점점 재미있어지겠군요. 삼각 관계야말로 아주 좋은 흥밋거리임에 분명하죠.

라이샌더와 헬레나 등장.

라이샌더 내 사랑을 어째서 모욕으로만 몰아붙이는 거요? 모욕과 조롱은 진실한 눈물을 흘리지 않는 법이오. 하지만 난 눈물을 흘리며 맹세하오. 눈물을 흘리며 하는 맹세는 진실한 마음의 표시라오. 그런데 조롱이라니, 당치도 않소.

헬레나 이제 갖은 방법을 다 쓰시네. 한 진실이 다른 진실을 죽인다? 악랄한 싸움이군요! 이 따위 맹세는 허미아한테나 가서 하세요. 두 맹세를 달면 어떨까요? 허미아한테 가서 한 맹세와 나한테 하는 맹세를 저울에 단다면 제로가 되겠죠. 그러니 둘 다 거짓말이 되는 거예요.

라이샌더 허미아한테 맹세했을 때는 분별력이 없었소.

헬레나 분별력이 없기는 지금도 마찬가지 같군요.

라이샌더 그녀 옆에는 디미트리어스가 있어. 그는 당신을 사랑하지 않잖아.

디미트리어스 (깨어난다) 오, 헬레나! 숲의 요정이여, 완전하고도 성스런 님이여! 그대의 눈동자를 무엇에 비할 수 있으리. 수정도 그대의 영롱한 눈동자에 비한다면 진흙이로구나. 그대의 앵두 같은 입술은 나를 유혹하는구려! 그대가 손을 내밀면 새하얗게 얼어버린 토라스 산도 까마귀처럼 검게 보인다오. 오, 그대의 희디흰 손에 입을 맞추게 해 주오!

헬레나 아, 기가 막히구나! 이젠 두 사람이 합세해서 나를 조롱하다니. 당신들이 신사라면 이런 짓까지 하지는 않을 거예요. 나를 미워하는 줄은 알았지만, 이젠 그것도 성이 차지 않아 놀려대기까지 하다니. 당신네들은 겉으로만 신사일 뿐이야. 그렇지 않으면 숙녀를 이토록 학대할 수는 없겠죠. 겉으론 사랑의 맹세를 속삭이면서 속으론 나를 경멸하는 게 분명해. 당신들은 허미아를 사랑하는 경쟁자인데, 지금은 헬레나를 놀리는 경쟁자가 됐군요. 아주 훌륭하십니다. 대장부다운 일이군요. 이 가련한 처녀의 눈에서 눈물을 짜내다니! 점잖은 사람들이라면 날 이토록 괴롭히면서 즐기지는 않겠죠.

라이샌더 디미트리어스, 자네 나쁜 사람이로군. 자네가 허미아를 사랑한다는 사실은 모두 알고 있다네. 그래서 말인데 난 선의와 우정으로 허미아의 사랑을 자네에게 양보하겠네. 그러니 헬레나의 사랑을 양보하게나. 헬레나를 사랑하는 건 나야. 죽을 때까지 사랑할 거야.

헬레나 어떻게 이렇게 사람을 골린담!

디미트리어스 라이샌더, 자네야말로 허미아를 차지하게. 한때 나도 그녀를 사랑했지만, 이제는 아니네. 허미아에 대한 내 사랑은 그저 스쳐지나가는 바람이었어. 이제는 영원히 살아갈 고향집인 헬레나한테 돌아온 셈이네.

라이샌더 헬레나, 저 말을 믿지 마시오. 새빨간 거짓말이니까.

디미트리어스 개뿔도 모르면서 함부로 말하지 마. 계속 그러면 네 모가지를 뽑아버릴 테다. 저기 네 애인이 온다. 저길 봐.

허미아 등장.

허미아 캄캄한 밤이 사람의 눈을 멀게 하니 귀만 더욱 예민해지는구나. 보는 힘을 잃는 대신 듣는 힘은 두 배로 늘어나지. 라이샌더, 날 여기까지 이끈 것은 나의 눈이 아니라 당신 목소리를 따라 온 나의 귀랍니다. 아참, 어쩌자고 날 그런 곳에 내버리셨나요?

라이샌더 사랑이 가라고 재촉하는데, 어떻게 있을 수 있었겠소?

허미아 어떤 사랑이 날 버리고 떠나라고 했나요?

라이샌더 당신 곁을 떠나게 한 것은 바로 내 사랑이라오. 아니 아름다운 헬레나, 반짝이는 별빛보다 아름다운 헬레나가 나를 이끈 것이오. 왜 나를 쫓아왔소? 당신이 싫어서 떠났는데, 아직도 모르겠소?

허미아 믿을 수 없어. 당신, 아니라고 말해요.

헬레나 아, 허미아도 한통속이구나! 세 사람이 짜고 나를 골탕먹이려고 나선 거야. 허미아, 의리라곤 눈곱만큼도 없는 계집애! 남자들과 짜고 나를 놀리려 하다니. 우리가 어떤 사이인가. 둘이 나누었던 은밀한 얘기들, 자매처럼 즐겁게 보내던 시간들을 안타까워하며 우정을 나누었는데. 어

128

떻게 지난 시절의 우정을 잊을 수 있단 말인가? 수예품의 여신들처럼 두 개의 바늘로 한 떨기 꽃을 수놓았지. 둘이서 같은 방석에 앉아 같은 노래를 하며 같은 견본을 보고 수를 놓았지. 마치 우리는 손과 몸, 소리와 마음이 하나가 된 듯했어. 그렇게 자라났는데……. 두 개의 앵두가 한 줄기에서 나오듯 몸은 두 개였지만 마음은 하나였어. 이토록 오래 전부터 쌓아 온 우정을 무너뜨리고 남자들과 함께 날 놀려대다니. 친구라면 그렇게 하지 않을 거야. 물론 상처는 나만 받겠지만, 어떠한 처녀도 너처럼 행동하지는 않겠지.

허미아 헬레나, 화 내지 마. 난 진심이야. 네가 날 놀리는 거야.

헬레나 다 네가 시킨 일 아냐? 라이샌더가 내 눈이 빛난다느니 얼굴이 예쁘다느니 추켜세우면서 놀려대는 것 말야. 게다가 지금까지 헌신짝 쳐다보듯 하던 디미트리어스가 갑자기 나를 보고 여신이다, 숲의 요정이다, 보배다 하며 주접을 떤 것도 다 네가 시킨 일이지? 나를 증오하는 자의 입에서 어떻게 그런 말이 나오겠니? 네가 시키지 않았다면, 라이샌더가 너에 대한 사랑을 부정하면서까지 내게 구애할 수 있느냐 말야. 이 모든 일이 너와 그가 작당해서 일어난 거지? 비록 내가 너만큼 남자들의 사랑을 받지 못하고, 연인이 매달리기는커녕 짝사랑이나 하는 비참한 여인이긴 하지만, 너까지 나서서 꼭 그래야 했니?

허미아 도무지 네 말을 이해할 수 없구나.

헬레나 그래, 마음대로 시치미를 떼 봐. 억지로 심각한 표정을 짓다가 내가 등을 돌리면 입을 삐쭉거리겠지. 잘들 놀아 봐. 역사에 길이 남을 만한 연극이니까. 너에게 티끌만큼의 우정이나 인간적인 호의가 있다면, 나를 이렇게까지 비참하게 만들지는 않았을 거야. 그래도 좋아. 내 잘못도 전혀 없는 건 아니니까. 내가 죽든지 없어지면 일은 해결되겠지.

라이샌더 잠깐만, 헬레나. 내 말을 들어봐요. 내 사랑, 내 생명, 내 영혼, 아름다운 헬레나!

헬레나 제법이군!

허미아 제발 저 애를 놀리지 말아요.

디미트리어스 허미아의 부탁을 안 들으면 주먹다짐으로라도 입을 틀어막을 거야.

라이샌더 어림없는 소리! 네가 아무리 위협한다 해도 소용없는 일이야. 헬레나, 내 목숨을 걸고 당신을 사랑하오. 내 사랑하는 당신을 위해서라면 버려도 좋을 이 목숨을 걸어 맹세하오. 내 사랑을 부정하는 자는 그냥 두지 않겠다는 것을.

디미트리어스 헬레나, 난 저 녀석보다 더 사랑하오.

라이샌더 정 그렇다면 증명해 봐라.

디미트리어스 좋다, 덤벼라!

허미아 라이샌더, 도대체 어떻게 된 일이에요?

라이샌더 비켜, 에티오피아 검둥이 같으니라고.

허미아 못 비켜요.

디미트리어스 이놈은 일부러 당신을 뿌리치는 거요. 아무리 안간힘을 써도 넌 내 발꿈치도 못 따라오지! 이 허수아비야, 꺼져버려!

라이샌더 놔라, 요 고양이 같은 것! 더러운 것 같으니, 놓으라니까! 놓지 않으면 뱀처럼 패대기칠 거다.

허미아 내 사랑, 무슨 일이에요? 어째서 갑자기 난폭해졌어요?

라이샌더 내 사랑이라고? 꺼져라, 검둥이 넌! 육모초처럼 쓰디쓴 년아!

허미아 설마 농담이시죠?

헬레나 아무렴, 농담이지. 너도 농담이잖아.

라이샌더 디미트리어스, 약속은 꼭 지키겠네.

디미트리어스 내가 널 어떻게 믿지? 증거를 대 봐. 아직도 약한 여인의 소매에서 손을 놓지 못하고 있잖아.

라이샌더 그럼 이 여인을 때려죽이란 말야? 아무리 미워해도 여인에게 상처를 입힐 수는 없어.

허미아 말도 안 돼. 증오 이상 큰 상처가 있나요? 왜 날 미워하죠? 난 당신의 허미아예요. 라이샌더, 당신이 어젯밤까지 사랑한 나 허미아는 아직도 아름다워요. 오, 맙소사. 진정 저를 내버리셨나요?

라이샌더 물론이고말고! 두 번 다시 당신 얼굴을 보고 싶지 않소. 그러니 희망을 버리고 아무 말도 묻지 마오. 이보다 더 확실한 일은 없으니까. 농담이 아니오. 난 헬레나를 사랑해.

허미아 오, 난 어떡하지! (헬레나에게) 이 꽃뱀 같으니라고! 사랑의 날도둑! 지난밤 몰래 내 연인의 마음을 훔쳤지?

헬레나 잘들 논다! 넌 수치도 모르는구나. 창피도 모르는 것, 내 욕을 그렇게 듣고 싶니? 넌 인간의 탈을 쓴 짐승이야!

허미아 짐승이라고? 그래, 나 짐승이다. 이제야 알았니? 키가 크면 다니? 내가 땅딸막하다고 비웃으니까 기분이 어떻든? 넌 페인트칠한 멀대처럼 커서 좋겠구나. 입 있으면 말해 봐. 내 키가 작으니까 우습게 보이든? 내가 아무리 작아도 네 눈을 후벼 팔 수는 있으니까 조심해.

헬레나 제발 두 분께 부탁드릴게요. 날 희롱하는 것까지야 상관없지만, 저 애를 말려 주세요. 난 싸움질도 못 한다고요. 제발 저 애가 나를 때리지 못하도록 도와주세요. 두 분은 나보다 저 애가 작으니까 무슨 일이 있을까 싶겠지만 그렇지가 않아요.

허미아 내 키가 작다고? 말끝마다 키 타령하는 것 봐!

헬레나 허미아, 날 괴롭히지 마. 내가 널 좋아했다는 걸 알잖아. 네 비밀은 언제나 지켜 주었고, 널 배반한 적도 없어. 하지만 단 하나, 디미트리어스를 사랑한 탓으로 네가 이 숲 속으로 도망쳤다는 말은 했어. 나는 사랑 때문에 저 사람의 뒤를 쫓았지. 하지만 저 사람은 나한테 돌아가라고 야단치며 때리겠다 걷어차겠다 죽이겠다고 위협했어. 그러니 제발 나를 조용히 돌아가게만 해주면, 다시는 널 뒤쫓지 않을게. 제발 놓아줘.

허미아 그래, 어서 돌아가! 언제 붙들었다고 그래?

헬레나 내 어리석은 마음이지. 그것을 놔두고 갈게.

허미아 뭐라고! 라이샌더에게 놓고 간다고?

헬레나 아니, 디미트리어스에게 놓고 가는 거야.

라이샌더 걱정하지 마시오, 헬레나. 허미아는 당신을 해치지 못하오.

헬레나 모르는 소리 마세요. 저 애가 화내면 얼마나 표독스러운지 몰라요. 학창시절에도 과격했죠. 몸집은 작지만 성질이 보통이 넘어요.

허미아 또 그 소리! 키와 몸뚱이가 작다는 말뿐이구나. 내가 그렇게 만만하게 보이니? 이 나쁜 계집애, 어디 맛 좀 봐라!

라이샌더 그만 둬, 난쟁이야. 도토리만한 걸 보면 키가 안 크는 한약이라도 먹었나 보지? 이 콩알, 땅딸이야.

디미트리어스 라이샌더, 우습군. 헬레나 편을 든다고 해서 그녀가 좋아할 것 같나? 내버려 둬. 애써 이 여자를 사랑하는 체하지 마. 계속 그렇게 행동하면 내버려두지 않겠다.

라이샌더 좋아, 용기가 있으면 날 따라 와. 누가 헬레나를 품에 안는지 칼로 담판을 짓자.

디미트리어스 따라오라고? 좋아. (라이샌더와 디미트리어스 퇴장)

허미아 대단하구나. 이 소동은 다 너 때문에 벌어졌으니 도망치지 마.

헬레나 아직도 너를 믿지 못하겠어. 하지만 너와 싸우고 싶지는 않아. 네 손이 나보다 빠르니까. 하지만 내 발이 더 빠르니 난 도망치겠어.

허미아 기가 막혀서 할 말이 없군. (헬레나와 허미아 퇴장)

오베론 이건 모두 네놈 탓이야. 네놈은 실수를 하든가, 장난질 치든가 둘 중의 하나를 저지르지.

퍽 오베론 왕이시여, 제발 믿어 주세요. 이번만은 실수였어요. 왕께서는 아테네 복장을 한 사람을 찾아 떨어뜨리라고 하시지 않았습니까? 그러니 이 문제에 관한 한 저는 무죄예요. 분부대로 행한 저는 즐겁기만 한 걸요. 물어뜯고 싸우는 싸움판은 아주 좋은 눈요깃감이잖아요.

오베론 철딱서니 없는 것, 두 연인이 결투하려고 한단 말이다. 그러니 퍽, 어서 가서 밤의 장막을 펼치거라. 저 하늘에 있는 지옥의 아케론 강처럼 캄캄한 안개로 뒤덮이도록 하거라. 그래서 저 살기 등등한 연적들이 절대로 만나지 못하도록 하거라. 너는 라이샌더의 목소리를 흉내내어 디미트리어스에게 욕을 바가지로 퍼붓고, 또 다른 쪽에서 디미트리어스의 목소리로 악담을 늘어놓아 두 사람이 멀리 떨어지도록 유인하거라. 그러면 어느새 죽음 같은 깊은 잠이 두 사람의 눈꺼풀 위에 앉을 것이다. 바로 그때 이 풀잎의 즙을 자서 라이샌더의 눈에 뿌리면 예전의 모습대로 돌아올 것이다. 그래서 눈을 뜨게 되면, 한바탕의 헛소동이요, 부질없는 환상임을 알게 될 것이다. 그러면 그들의 애정은 예전으로 돌아가 죽을 때까지 변함없이 지낼 것이다. 이 모든 일은 너에게 달려 있다. 나는 왕비로부터 소년을 얻어야겠다. 만일 내 생각대로만 풀린다면, 괴물에 홀린 그녀의 눈을 정상으로 회복시켜 줄 것이다.

퍽 왕이시여, 빨리 서둘러야 하겠습니다. 이미 밤의 여신을 태운 수레를 끄는 용들이 구름을 헤치고 가거든요. 저기 하늘 끝자락에 새벽의 여신 오로라가 보이네요. 저것이 얼굴을 내밀면 유령들이 헤매다가 떼지어 무덤으로 돌아가지요. 길거리나 바닷속에 묻힌 기구한 망령들도 처참한 몰골을 보여주기 싫어 구더기가 들끓는 잠자리로 돌아갔고요. 그들은 영원히 검은 얼굴의 밤과 함께 지내야 하기 때문이죠.

오베론 우린 그 따위 족속과는 전혀 다르지 않느냐. 나는 아침의 연인 오로라와 노닥거리기도 하고 동녘 하늘이 붉게 타오르는 것을 산사람처럼 바라보곤 했지. 어쨌든 서두르거라. 꾸물거리지 말고 아침해가 떠오르기 전에 이 일을 처리해야 하는 걸 명심하거라. (퇴장)

퍽 요리조리 그들을 끌고 다니자. 들에서나 마을에서나 나는 퍽 대장이다. 오, 저기 한 놈이 오고 있구나.

라이샌더 등장.

라이샌더 야비한 디미트리어스, 어디 있느냐? 대답하라.

퍽 여기다, 악당아. 자, 칼을 뽑아라.

라이샌더 그래, 내가 상대해 주마.

퍽 어서 편평한 땅에 가서 겨루자. (퍽의 소리를 듣고 라이샌더 퇴장한다. 다른 쪽에서 디미트리어스 등장)

디미트리어스 라이샌더, 이놈아! 겁쟁이, 도망자! 이 비겁한 놈아, 어디로 튀었느냐? 덤불 속이냐, 아니면 아예 뺑소니쳤냐?

퍽 뭐라고? 겁쟁이라고? 너 말 한번 잘했다. 별에게나 큰소리치고 덤불을 상대로 싸울 놈! 네놈이야말로 몽둥이 찜질이다. 네놈한테 칼을 빼 봤자 내 손만 더럽히는 셈이지.

디미트리어스 요놈, 게 섰거라.

퍽 잔말 말고 날 따라오너라. 여기선 싸울 수 없으니까. (디미트리어스, 퍽의 목소리를 듣고 퇴장하고, 라이샌더 등장)

라이샌더 언제나 앞장서서 도전해 오지만 따라가 보면 흔적도 없단 말야. 요 악당놈이 나보다 빠르군. 빨리 따라가도 어디론가 다시 도망치니. 그놈 때문에 어두운 곳에서 길만 잃었네. 잠시 쉬었다 가자. (눕는다) 새벽이여, 그대가 조금이라도 밝혀 준다면, 내 반드시 디미트리어스를 찾아내어 복수를 하리라. (잠든다)

퍽, 디미트리어스 등장.

퍽 하하하! 이 비겁한 놈, 왜 따라오지 못하지?

디미트리어스 이놈, 네놈 속을 모를 줄 알고? 요리조리 피하면서 나와 맞상대하기 싫어한다는 걸 내 벌써 간파했다. 그래 이놈아, 어디 있는지 말해 봐라.

퍽 여기다, 여기.

디미트리어스 요 녀석, 이제 나를 놀리기까지 해. 해만 떠 봐라. 혼쭐낼 테니. 오, 오늘은 싸늘한 땅이지만 좀 쉬도록 하자. 아침이 되면 손봐 줄

테니 단단히 각오하고 있거라. (잔다)

헬레나 등장.

헬레나 아, 지루하고 권태로운 밤이여, 어서 가거라! 동녘 햇살아, 내게 위안의 빛을 던져 다오. 내가 아침 햇살을 받으며 아테네로 갈 수 있도록 도와 다오. 잠이여, 슬픔의 눈을 감겨 주는 잠이여, 살그머니 내 눈에 찾아와 잠시 모든 것 잊게 해 다오. (옆으로 누워 잠든다)

퍽 아직도 셋뿐인가? 한 사람은 어디 있지? 오, 저기 오는구나. 지치고 슬퍼하는 모습은 정말 안되었구나. 연인들을 미치게 만드는 큐피드는 심술쟁이.

허미아 등장.

허미아 이렇게 슬펐던 적은 내 일찍이 한 번도 없었어. 장미 가시에 찔리며 이슬에 흠뻑 젖어 더 이상 갈 수가 없네. 아, 동이 틀 때까지 잠시 누웠다 가자. 하느님, 만일 결투가 벌어진다면, 라이샌더를 지켜 주세요. (누워서 잔다)

퍽 가여운 연인이여, 네 눈꺼풀에 약을 발라 주마. (라이샌더의 눈에 꽃물을 떨어뜨린다) 그대가 깨어나 첫 눈길에 옛 연인과 눈을 맞추라. 그리하여 기쁜 모습만 있으라. 성경에도 있듯이 가이사의 것은 가이사에게로, 그녀는 그에게로, 그래서 온 세상이 기쁨이 넘치기를. 남자가 여자를 안으면, 모든 일이 제대로 풀리는 것을. (퇴장)

제 4 막

제 1 장 숲 속

타이테니아와 보톰이 나타나고 요정들이 뒤따른다. 오베론이 아무에게도
보이지 않는 상황에서 등장.

타이테니아 자, 여기 이 꽃침대 위에 앉으세요. 내가 당신의 귀여운 뺨
을 어루만지고, 당신의 부드러운 머리칼에 장미를 꽂아 드리고, 예쁘고
커다란 귀에 입맞춰 드릴게요.

보 톰 콩꽃은 어디 있지?

콩 꽃 여기 있습니다.

보 톰 내 머리를 긁어 다오. 거미줄은 어디 있지?

거미줄 네, 여기 있습니다.

보 톰 거미줄아, 너는 엉겅퀴 위에 앉은 붉은 엉덩이 벌을 죽인 뒤
꿀단지를 가지고 오게. 너무 안달하지는 말고. 자네 머리 위에 꿀단지가
쏟아지면 곤란하니까 깨지지 않도록 조심하게나. 겨자씨는 어디 있나?

겨자씨 여기 있습니다.

보 톰 우리 악수나 하지. 별일 아니네만, 콩꽃을 도와서 내 머리 좀 긁어 주게나. 아무래도 이발소에 가야겠어. 얼굴이 온통 털북숭이가 된 느낌이야. 나 이래봬도 신경이 예민하거든.

타이테니아 임이여, 음악을 좀 들어보면 어떻겠습니까?

보 톰 오호, 음악 좋지! 룰루랄라를 들려주시오.

타이테니아 임이여, 무엇을 먹는 건 어떨까요?

보 톰 여물이나 한 통 주시오. 거기다 건초 다발도 없고. 그보다 더 좋은 음식은 없으니까.

타이테니아 다람쥐 창고를 뒤져서 호두를 가져오면 어떨까요?

보 톰 그것보다는 마른 콩이 좋겠소. 사실 난 잠이 오니 모두들 조용히 있었으면 좋겠소.

타이테니아 그러세요. 제가 안아 드릴게요. 요정들아, 저리 물러가거라. (요정들 퇴장) 담쟁이덩굴이 느티나무 가지에 얽히듯이 난 당신을 정말 사랑한답니다! 미치도록 당신을 사랑하지요! (두 사람 잠든다)

퍽 등장.

오베론 (앞으로 나서며) 퍽, 저 광경이 보이느냐? 참으로 그녀가 측은한 생각이 드는구나. 조금 전에 숲 속에서 난 그녀와 싸웠단다. 그녀가 이 머저리를 위해 향긋한 꽃을 찾는 걸 보니 울컥 화가 치밀지 뭐니. 그녀는 넋이 나가 이놈의 털북숭이 이마에 화관을 씌우고 있더구나. 그때 난 진주처럼 눈부시게 빛나던 이슬방울이 이제는 나의 불명예를 슬퍼하는 눈물방울이 되어 떨어진다는 걸 깨달았단다. 그래서 그녀를 책망했더니, 그녀는 제발 참아 달라고 간청하더구나. 그때 나는 소년을 달라고 요구했지. 그녀는 즉석에서 승낙하여 그 소년을 곧바로 나한테 보내 주었단다. 이제 그 아이를 내 수중에 넣었으니, 그녀한테도 마술을 풀어 주어야겠다. 그러니 퍽, 너도 저 얼간이 아테네 사람의 목에서 당나귀 대가리를 떼어 주도록 하거라. 그래서 저놈이 눈을 뜨면, 이 모든 일이 꿈속에서 일어난 어처구니없는 소동이라고 아테네에 가서 알릴 수 있도록 하거라. 우선 내가 타이테니아의 악몽을 풀어 줘야겠다. (꽃물을 짜서 그녀의 눈꺼풀에 떨어뜨린다) 그 옛날 너의 모습으로 돌아가거라. 큐피드의 화살의 마력보다는 다이아나의 꽃봉오리에 더 큰 은혜가 있으라. 자, 내 사랑 타이테니아여! 나의 아름다운 왕비여, 눈을 뜨고 깨어나라.

타이테니아 (깨어나며) 오베론! 정말 이상한 꿈을 꾸었어요! 내가 당나귀에 반했던 것 같아요.

오베론 저기 당신의 연인이 누워 있소.

타이테니아 어떻게 이 같은 일이 일어날 수 있죠? 오, 저 몰골은 보는 것만으로도 끔찍하군요!

오베론 잠깐만! 퍽, 그 머리를 벗겨 주어라. 타이테니아, 음악을 연주하도록 하오. 이 다섯 사람을 깊은 잠 속에 빠지게 합시다.

타이테니아 자, 자장가를 부르자! 모두 잠이 들도록! (조용한 음악)

퍽 (보톰의 머리에서 당나귀 머리를 떼어놓는다) 네가 깨어나면, 본래 지녔던 어리석은 눈으로 세상을 볼 것이다.

오베론 점점 더 크게 노래를 부르거라! 왕비여, 손을 잡고 춤을 춥시다. (오베론과 타이테니아 춤을 춘다) 우리는 이제 사랑으로 새로 결합된 거요. 내일 밤, 시시어스 공작의 혼례식에서 즐겁게 춤을 추며 자손의 번영을 축하해 줍시다. 이 두 쌍의 연인들도 시시어스와 함께 결혼식을 성대하게 하도록 만들어 줍시다.

퍽 요정의 임금님, 들어보세요. 종달새가 우짖는 소리가 들려옵니다.

오베론 왕비여, 우리는 묵묵히 신중하게 사라져가는 밤의 그림자를 좇아, 흐르는 달보다 더 빠른 속도로 갑시다. 지구를 한바퀴 돌고 돌면서.

타이테니아 그래요. 지난 얘기를 말하면서 날지요. 어떻게 제가 이 밤에 인간들과 누워서 꿈꾸었는지를. (세 사람 퇴장)

뿔피리 소리. 시시어스, 히폴리타, 이지어스와 시종들 등장.

시시어스 누가 산지기를 불러오너라. 오월제도 무사히 끝났구나. 하지만 이제부터는 사랑하는 히폴리타에게 사냥개들의 음악을 들려주고 싶으니 서쪽 산골짜기에 사냥개들을 풀어놓아라. 자, 얼른 산지기를 불러오너라. (시종 퇴장) 내 사랑 히폴리타, 우리는 저 산꼭대기에 올라가서, 사냥개들이 짖어대는 소리와 그 소리에 화답하는 메아리를 들어봅시다.

히폴리타 나도 헤라클레스 등과 함께 크레타 섬 숲에 가서 사냥개들을 풀어놓고 곰 사냥을 한 적이 있어요. 그렇게 우렁찬 울음소리는 들어본 적이 없었죠. 마치 숲과 하늘과 샘물이 한꺼번에 소리를 지르는 것 같았어요. 그토록 통쾌한 불협화음은 난생 처음 들었지요.

시시어스 내 사냥개들은 몽땅 스파르타 종자라오. 턱은 축 늘어지고 갈색 털에 머리에는 이슬을 떨어낼 수 있는 큰 귀가 달리고, 무릎은 굽고, 가슴은 테살리 황소처럼 군살이 철렁댔지. 비록 걸음은 느렸지만, 짖는 소리가 흡사 종과 같아 장단을 맞추었지. 들어보면 알겠지만 그와 같은 사냥개들의 합창은, 크레타·스파르타·테살리에서는 들을 수 없을 정도로 장엄하오. 그런데 누구지? 저 숲의 여신들은?

이지어스 공작님, 제 딸자식입니다. 라이샌더와 디미트리어스, 그리고 헬레나가 자고 있군요. 늙은 네다의 딸도 떠 있고요. 이 아이들이 무슨 이유로 옹기종기 자고 있는지 모르겠습니다.

시시어스 아마 오월제를 보기 위해 이 숲에 왔나 보오. 그건 그렇고, 이지어스, 오늘은 허미아가 신랑을 선택하는 날 아니오?

이지어스 그렇습니다, 공작님.

시시어스 사냥꾼들에게 일러 뿔피리를 불어 네 사람을 깨우거라. (뿔피리 소리, 네 연인들 잠에서 깨어난다) 여보게들, 좋은 아침이오. 발렌타인 데이는 지났는데, 이 숲의 새들은 아직도 연인을 찾고 있는가?

라이샌더 용서하십시오, 공작님. (연인들, 무릎을 꿇는다)

시시어스 모두들 일어나게나. 너희들은 서로 연적들이 아닌가. 그런데 웬일로 사이가 좋아졌지? 서로 증오하는 원수끼리 같이 잠을 자다니?

라이샌더 저도 지금 얼떨떨합니다. 하지만 물으시니 말씀드리겠습니다. 꿈인지 생시인지 제가 아직도 어떻게 이곳까지 왔는지 기억이 없습니다. 그러나 곰곰이 생각해 보니 저는 허미아와 함께 사랑의 줄행랑을 치려고 이곳에 온 것 같습니다. 아테네 법망을 피해 보기 위해서였죠.

이지어스 그것으로 충분합니다, 공작님. 그만하면 충분한 증거가 되지요. 저는 이 사람에게 법의 심판을 청원하옵니다. 두 사람은 사랑의 도피를 꾀하려고 했습니다. 디미트리어스, 너와 나를 빼돌리고 말야. 너로부터는 아내를, 나로부터는 아버지로서의 권리를 탈취하려고 했어.

디미트리어스 공작님, 제가 한 말씀 드리겠습니다. 실은 저는 두 사람이 사랑의 도피를 하기 위해 이 숲에서 서로 만날 거라는 걸 아름다운 헬레나에게서 들었습니다. 그 얘기를 듣고 울컥 치밀어올라 여기까지 뒤쫓아왔지요. 물론 저를 사모하는 헬레나도 뒤따라왔습니다. 그러나 어떤 힘이 작용했는지 허미아에 대한 저의 사랑은 눈처럼 녹아 사라졌습니다. 마치 어릴 때 몰두했던 귀중한 장난감이, 지금은 보잘것없는 추억에 지나지 않는 것처럼요. 그제야 저는 헬레나를 깊이 사랑한다는 걸 깨달았습니다. 그녀는 제 가슴속 깊이 숨어 있어 몰랐던 거지요. 헬레나는 제가 허미아를 만나기 전에 약속한 사이였습니다. 병들었을 때는 쳐다보지도 않던 음식을 건강해지면 다시 찾게 되듯이 말입니다. 저는 그녀를 평생 사랑하고 죽을 때까지 성실히 남편으로서의 의무를 다할 것입니다.

시시어스 사랑하는 젊은이들이여, 다들 잘되었구나. 너희들 얘기는 천천히 듣기로 하자. 이지어스, 그대의 뜻을 묵살할 수밖에 없겠소. 나는 이 두 쌍의 연인들을 신전으로 인도해서 우리와 함께 영원한 사랑의 맹세를 해야겠다. 벌써 아침도 꽤 지났으니 사냥은 취소해야겠다. 모두 아테네로 돌아가자. 세 쌍의 연인들이 행복한 결혼식을 올리는 걸 축하하도록 하자. 갑시다, 히폴리타. (시시어스, 히폴리타, 이지어스, 시종들 퇴장)

디미트리어스 아득한 저 산들이 구름 속에 사라지듯이 모든 일이 하찮은 거품처럼 가물가물 사라지는구나.

허미아 지금까지의 일들을 따로따로 본 같네요.

헬레나 나도 그래. 디미트리어스는 길에서 주운 보석처럼 느껴져. 내 것 같기도 하고, 남의 것 같기도 하고.

디미트리어스 우리가 깨어 있는 것이 확실해? 아직도 꿈을 꾸는 기분이야. 정말로 공작님은 우리들 보고 따라 오라고 하셨어?

허미아 그래요. 아버지도 옆에 계셨어요.

헬레나 히폴리타도 있었고요.

라이샌더 우리한테 신전으로 오라고 하셨어.

디미트리어스 그렇다면 깨어 있는 거로구나. 공작님 뒤를 따라 가면서 우리들 꿈 얘기를 털어놓자. (퇴장)

보 톰 (깨어나면서) 내 차례가 오면 말해 줘. 내 다음 대사는 "아름다운 나의 피라므스여"일 거야. 이봐, 퀸스? 풀무장이 플루트? 땜장이 스너우트? 스타블링? 다들 어디 갔어? 나를 잠들게 해 놓고 가버리다니! 내가 얼마나 희한한 꿈을 꾸었는데. 그 꿈이 어떤 꿈인지는 감히 우리네 인간으로선 상상도 못할 거야. 혹시 이 꿈을 해몽하겠다고 집적대는 놈들은 어리석은 당나귀 같은 놈들이지. 내가 어떻게 되었는지 감히 말하는 놈은 얼간이 개코야. 왜냐하면 일찍이 듣지도 보지도 못한 것을 꾸었거든. 동서고금을 통해 상상도 못해 본 해괴망측한 꿈이었어. 피터 퀸스에게 부탁해서 이 꿈에 노래를 붙여 달라고 해야겠구나. 제목은 '보톰의 꿈'이 좋겠군. 이 노래를 공삭님 앞에서 연극이 끝날 때 불러드려야지. 아니다. 더 재미있게 하려면, 시스비가 죽을 때 부르는 것이 좋겠어. (퇴장)

제 2 장   아테네, 퀸스의 집

퀸스, 플루트, 스너우트, 스타블링, 스너그 등장.

퀸 스 보톰 집에 사람을 보냈는가? 아직도 집에 돌아오지 않았대?

스타블링 소식이 있을 턱이 있나. 괴물로 둔갑했는데.

플루트 그 녀석이 돌아오지 않으면 연극은 도루묵이야. 해낼 도리가 없잖나?

퀸 스 그렇군. 아테네를 이 잡듯 뒤져봐도 피라므스 역을 해 낼 사람은 없지.

플루트 맞았어. 아테네 직공들 가운데서 그만한 재주꾼은 없지.

퀸 스 생김새도 반반하고, 게다가 목소리 하나는 끝내 주잖아.

플루트 그럴 땐 '빼어나다'라고 하는 거야. '끝내 주다'니, 그건 꼴찌란 소리 아냐?

스너그 여보게들, 공작님이 돌아오고 계신다. 그분말고도 두세 쌍의 귀족들이 시집 장가 가는 모양이야. 우리들이 한바탕 벌이면 출세길이 훤히 열릴 텐데.

플루트 오, 보톰이 있으면 얼마나 좋을까! 평생 매일 6펜스씩 척척 받아챙길 기회를 놓치다니. 만일 공작님이 피라므스를 본다면 하루 6펜스씩 수당을 줄 텐데. 보톰 그 녀석은 충분히 그만한 가치가 있지. 피라므스 역은 하루 6펜스씩 또박또박 거머쥐었을 텐데.

보톰 등장.

보 톰 여보게들, 다들 어디 갔나?

퀸 스 보톰! 야, 정말 타이밍 하나 기가 막히군! 얼씨구절씨구!

보 톰 여보게들, 세상에 내 얘기 좀 들어보게나. 하지만 꼬치꼬치 캐묻지는 말게. 내가 몽땅 말할 수 있다면, 나는 아테네 사람이 아니네. 일어난 일을 차근차근히 털어놓겠네.

퀸 스 빨리 말해 봐.

보 톰 아니, 지금은 말할 수가 없어. 내가 말할 수 있는 것은 공작님이 식사를 마치셨다는 것뿐이지. 여보게들, 무대 의상을 어서 입고 수염에는 단단한 실을 달고 신발에는 새 리본을 달아야 되네. 그런 뒤 즉시 궁전으로 모이게나. 각자 맡은 역할을 잘 소화해 내야겠지. 간단히 말하면 우리 연극을 공연할 수 있게 되었단 말일세. 하여튼 시스비는 깨끗한 리넨 옷을 입어야 해. 사자 역은 손톱을 자르지 말게나. 사자의 손톱은 기니까 말일세. 친애하는 배우 여러분, 양파나 마늘은 먹지 않도록. 입김이 향긋해야 하니까. 분명히 우리 연극은 달콤한 희극이라는 칭찬을 받게 될 걸세. 내 말은 여기서 마치겠네. 자, 가세나! (일동 퇴장)

제 5 막

제 1 장 시시어스의 궁전

시시어스, 히폴리타, 필러스트레이트, 귀족과 시종들 등장.

히폴리타 시시어스, 이들 연인들의 애기는 정말 이해되지 않는군요.

시시어스 나도 왠지 사실처럼 들리지 않소. 세상에 그런 동화 같은 이 야기가 어디 있겠소. 연인들은 미친 사람들처럼 뭔가에 빠져 있어 엉뚱한 환상을 만들어내기 십상이지. 따라서 광인과 연인과 시인은 상상력 덩어 리라고 할 수 있소. 광인은 드넓은 지옥도 수용하지 못할 정도로 큰 악귀 들을 보지. 서로에게 빠진 연인은 거무튀튀한 집시 여인 속에서 절세미녀 헬레나를 발견하고, 시인은 하늘을 땅을 바라보며 황홀함에 젖어 시상을 떠올린다오. 상상력이 미지의 사물을 그려봄에 따라, 시인의 펜은 그 사 물에 대해, 확실한 형태가 없는 텅 빈 무에 대해 이름을 붙이는 거요. 상 상력은 그처럼 위대한 마술을 지니고 있지. 즐거움을 느끼고 싶으면 그걸 갖다 줄 것을 생각해 내고, 캄캄한 밤에 공포스러움을 느끼면 순식간에 수풀은 곰으로 변한다오!

히폴리타 하지만 어젯밤의 얘기를 들어보니, 그들의 마음이 다 이상하게 변했단 말예요. 그것은 상상력이 만든 환영 이상의 것이 현실적으로 작용했다고밖에 말할 수 없어요. 그러니 아주 놀랍고도 신비한 얘기죠.

시시어스 음, 연인들이 오는군. 모두 기쁨과 사랑이 넘치는 모습이군!

라이샌더, 디미트리어스 등장.

라이샌더 우리보다 훨씬 더 풍성한 행운이 공작님께서 가시는 길마다 가득하기를 기원합니다!

시시어스 자, 시작해 보게나. 우리가 침실에 들기 전까지 세 시간을, 그 지루하고 따분한 시간을 매워 주는 것은 무엇인가? 어떤 놀이가 준비되어 있는가? 기다리는 고통스러움을 덜어 줄 연극은 없는가?

필러스트레이트 여기에 오늘 프로그램이 다 있습니다. 무엇을 먼저 구경하실지 명령만 내려 주십시오. (프로그램을 넘겨준다)

시시어스 '괴물 켄토로스와의 싸움, 하프 반주에 아테네 환관의 노래' 이건 사양하고, 내 친척 헤라클레스의 무용담은 이미 히폴리타에게 들려주었고. '주신 바카스를 섬기는 무녀들의 분노, 트라키아의 가수 오르페우스에게 폭행한 이야기' 이것은 너무 고리타분하다. 지난번 내가 테베를 정복하고 개선했을 때 이 연극을 봤지. '아홉 여신 뮤즈들이, 빈곤 속에서 병들어 이 세상을 하직한 고명한 학자들을 애도하는 노래' 이건 너무 비판적이어서 즐거운 결혼 축하연에는 어울리지 않지. '젊은 피라므스와 그 연인 시스비의 지루하고도 간결한 비극적 희극' 비극적이며 희극적이라? 지루하고도 간결해? 그렇다면 어둠 속의 불꽃, 불타는 눈 같은 거 아닌가!

이 같은 부조화를 어떻게 조화시키지?

필러스트레이트 공작님, 이 연극은 대사가 열 마디밖에 안 되는 것으로, 제가 아는 한 가장 간결한 연극입니다. 그런데 열 마디밖에 안 되는 이 연극도 너무 늘어져 지루한 연극이 되었습니다. 왜냐하면 이 연극 속에는 적절한 대사는 한마디도 없고 배역도 엉망입니다. 그러니 비극적이라 할 수 있죠. 게다가 피라므스가 자살을 한답니다. 저도 연습할 때 보았습니다만 솔직히 말씀드려 눈물을 흘리게 만들더군요. 그러면서도 어찌나 우스운지 배꼽을 쥐고 웃었습니다.

시시어스 이 연극을 하는 사람들은 어떤 패거리들이냐?

필러스트레이트 이곳 아테네 바닥에서 비지땀을 흘리는 직공들입니다. 지금까지 머리를 쓴 적이 없는 아마 생전 처음 기억력을 동원하여 대사를 암기했을 겁니다. 공작님 결혼 축하연을 하려고 준비한 거지요.

시시어스 좋아, 그 연극을 보자꾸나.

필러스트레이트 저도 몇 번 보았습니다만 공작님이 보실 만한 것이 못 되옵니다. 아주 형편없습니다. 그저 공작님을 위해 매우 어렵게 대사를 암기했으니 공작님께서 어여삐 봐주신다면 몰라도 말입니다.

시시어스 그렇다니 더욱 보고 싶구나. 순박한 마음이 제공하는 것은 무엇이나 틀림없는 법이다. 그자들을 불러라. 부인들도 자리를 잡으시오.

히폴리타 보고 싶지 않아요. 충성심으로 일을 하다가 실패하는 걸 어떻게 보겠습니까? 너무나 가여워서 볼 수 없을 것 같네요.

시시어스 염려 말아요. 그런 일은 없을 테니까.

히폴리타 필러스트레이트 말로는 엉망진창이라 하지 않습니까?

시시어스 엉망진창인 일에도 봐주는 것이 친절이 아니겠소. 이들이 잘

148

못한다 해도 즐겁게 보아주는 일도 좋은 일이오. 충성심을 갖고 하는 일이라면 기꺼이 칭찬하는 것이 윗사람들이 해야 할 일이오. 언젠가 대학자들의 초청으로 내가 인사말을 해야 했는데 많이 준비했는데도 떨려 얼굴이 창백해지는 바람에 중간에 그만두어야 했다오. 연습에 연습을 했는데도 겁에 질려 소리가 입 밖으로 나오지 않았지. 그러나 침묵 속에서도 나는 그들이 날 환영한다는 걸 알았소. 말 한마디 못하는 충성스럽고 겸손한 태도 속에는, 겁없이 들이대는 혀 놀림 이상의 것이 들어 있다는 걸 알았던 거요.

필러스트레이트 공작님, 해설자가 등장했습니다.

시시어스 시작해 보라.

나팔 소리. 퀸스가 해설자로 등장.

해 설 저희 연극을 보시고 혹시 비위가 거슬린다면 용서하십시오. 그것이 저희가 연극을 하는 목적이기 때문입니다. 서투른 몸짓과 대사야말로 이 연극의 특징이기도 합니다. 저희는 여러분을 즐겁게 하려는 생각은 없습니다. 자, 이제 배우들이 등장하겠습니다. 저희들의 연극을 보시면 저희가 무엇을 하는지 금방 아실 것입니다.

시시어스 저자의 어법은 제멋대로군. 뭔 말을 하는지 알 수가 없어.

라이샌더 정말 그렇군요. 성난 망아지처럼 나오는 대로 지껄여대는군요. 저자 덕분에 좋은 교훈을 배웠습니다. 입만 벌린다고 말이 되는 게 아니라는 걸요. 한마디를 해도 제대로 알아듣게 해야죠.

히폴리타 어린이가 피리를 불 듯이 소리는 내긴 하는데 도무지 무슨 소린지 알 수 없어요.

시시어스 그렇군. 마치 서로 엉킨 쇠사슬처럼 사슬 하나하나는 손색이 없지만 연결이 잘못 됐어. 다음은 누가 등장하나?

피라므스, 시스비, 담벼락, 달, 사자 등장.

해 설 여러분, 지금부터 이 연극을 보시면 궁금하실 것입니다. 사실이 밝혀질 때까지 계속 궁금하세요. 자, 이 사람은 피라므스이고, 이 아름다운 여인은 시스비죠. 회칠과 흙칠을 한 이 사람은 담벼락입니다. 이 담벼락 틈새로 두 연인은 사랑을 속삭이죠. 또한 가시덤불과 등잔불을 든 이 사람은 달빛으로 분장한 것입니다. 두 연인은 달빛을 받으며 나이나스의 무덤에서 만나 사랑을 하는 것입니다. 보기만 해도 오싹한 이 짐승은 사자입니다. 시스비가 밀회 장소에 오면 위협해서 혼비백산하여 도망치도록 합니다. 그리고 피문은 입으로 그녀가 떨어뜨린 망토를 물고늘어지죠. 이윽고 잘생긴 피라므스가 그곳에 나타나 피문은 망토를 보고 시스비는 죽었다고 생각하죠. 그래서 칼을 뽑아 끓는 피로 용솟음치는 제 가슴을 힘껏 찌릅니다. 당연히 죽었겠죠. 뽕나무 숲에서 기다리던 시스비는 이 장면을 보고 달려와서 피라므스의 칼로 스스로 목숨을 끊습니다. 나머지 얘기는 달빛과 사자와 담벼락과 연인들이 무대에 등장해서 자세하게 말씀 올리겠습니다. (해설, 피라므스, 시스비, 사자, 달빛 퇴장)

시시어스 사자가 말을 하는가?

디미트리어스 세상엔 당나귀(바보)들이 설치며 입을 놀리는데, 사자 한 마리쯤 말을 해도 이상할 건 없습니다.

담벼락 지금부터 이 연극에서 이 몸 스너우트가 담벼락의 역할을 합니다. 이 담벼락에는 갈라진 틈새가 있어서, 두 연인 피라므스와 시스비는 종종 이곳에 와서 불타는 사랑을 속삭입니다. 이 진흙과 회칠이 내가 틀림없이 담벼락이라는 걸 증명하죠. 좌우에 갈라진 틈새로 연인들은 사랑을 속삭입니다.

시시어스 회칠한 담벼락이 저토록 말을 잘할 수 있을까?

디미트리어스 저렇게 말 잘하는 담벼락은 처음입니다.

피라므스 등장.

시시어스 피라므스가 담벼락에 접근했다, 조용하거라!

피라므스 오, 깜깜한 밤이여! 무섭고도 차가운 밤이여! 해가 지면 반드시 오는 밤이여! 오, 밤이여! 혹시 시스비가 약속을 잊었다면 어쩌지! 오 그립고 사랑스런 담벼락이여! 그녀의 집과 우리 집 사이를 가르는 담이여! 이 눈으로 볼 수 있도록 틈새를 보여 다오. (담벼락이 손가락을 벌린다) 고맙다, 친절한 담벼락이여. 너에게 신의 은총이 내리기를. 아, 아무것도 안 보이네. 시스비는 어디 있느냐? 고약한 담이로구나. 나의 사랑을 감추다니, 저주받을지어다! 담벼락이여, 나를 속이다니!

시시어스 저 담벼락은 감정을 나타낼 수 있으니 틀림없이 저주를 되돌릴 것이다.

피라므스 아닙니다, 공작님. 소인이 '나를 속이다니'라고 말했으니 시스비가 등장할 것입니다. 그럼 소생은 담벼락 틈새로 들여다보지요. 두고 보십시오. 제가 말씀드린 대로 될 터이니. 자, 그녀가 등장합니다.

시스비 다시 등장.

시스비 오, 담벼락이여! 너도 나의 한숨소리를 들었을 거야. 우리 사이를 네가 갈라놓았기 때문이지. 이 입술이 여러 번 너의 담벼락에 닿은 걸 알고 있지?

피라므스 목소리가 보인다. 담벼락 틈새로 들여다보자. 시스비의 얼굴이 보일는지 몰라. 시스비!

시스비 오, 내 님이시여, 그리운 내 님 맞죠?

피라므스 그래, 당신의 연인이야. 리만더처럼 충성스런 참사랑이지.

시스비 저도 헬렌처럼 운명이 나를 죽일 때까지 사랑할게요.

피라므스 이 무정한 담벼락 틈새로 키스해 줘.

시스비 담벼락 구멍에다 키스해도 당신의 입술까지는 닿지 않아요.

피라므스 나이나스의 무덤에서 즉시 만납시다.

시스비 살든죽든 꼭 갈게요. (피라므스와 시스비 퇴장)

담벼락 소인이 맡은 역할은 이제 끝났으니 퇴장합니다. (퇴장)

시시어스 이제 담벼락이 가버렸으니 달이 뜨겠군.

히폴리타 이런 엉터리 연극은 처음이에요.

시시어스 연극이란 아무리 잘해도 인생의 그림자 이상이 될 수는 없소. 그래서 아무리 좋지 않은 연극도 상상력으로 보완하면, 인생의 그림자 이하는 될 수 없지.

히폴리타 하지만 그건 당신의 상상력이지, 배우들의 상상력은 아니죠.

시시어스 배우들의 상상력만큼만 우리들도 상상하면 명배우는 탄생하게 마련이야. 오, 달빛과 사자가 나타났군.

사자와 달빛 등장.

사 자 마루 위를 기어다니는 바퀴벌레 한 마리에도 소리를 지르는 착한 마음씨의 귀부인들이여, 성난 사자가 울부짖으면 아마 공포에 질려 부들부들 떨 것입니다. 그래서 말씀드립니다만 소생은 사실 접합공 스너그이며, 이 무서운 사자는 가짜올시다. 만약에 진짜 사자가 이 자리에 왔다면 큰일날 것입니다요.

시시어스 아주 예의바른 짐승이로군. 매우 친절해.

디미트리어스 짐승치고는 저런 짐승은 저도 처음 봅니다만.

라이샌더 용기로 따지면 이 사자는 여우밖에 되지 않겠군요.

시시어스 그래, 지혜로 따진다면 멍텅구리 거위야.

디미트리어스 그러찮습니다, 공작님. 저 남자의 용맹은 지혜를 잡을 수 없지만 여우는 거위를 잡을 수 있습니다.

시시어스 하지만 저 남자의 지혜는 용맹을 보면 도망갈 것이다. 거위는 여우를 보면 도망가니까. 자, 그 일은 저 남자에게 맡겨 두고, 달빛이 하는 말을 들어보자.

달 이 등잔불은 뿔 모양의 초승달입니다.

디미트리어스 차라리 얼굴에 뿔을 꽂으면 좋았을걸.

시시어스 저자는 보름달이니 그 속에 감춰져 있을 거다.

달 이 등잔불은 뿔 모양의 초승달이고, 저는 달 속에 사는 사람입니다.

시시어스 해도 너무 하는군. 지금까지 한 것 중에서도 가장 엉터리야. 이 사람은 등잔불 속에 들어가야 돼. 그래야 달 속에 산다고 할 수 있지.

디미트리어스 타고 있는 촛불 속에 들어갈 수는 없겠지요.

히폴리타 아이 지겨워. 저런 달은 처음이야. 빨리 사라졌으면 좋겠네.

시시어스 저 지혜의 빛이 희미해지는 걸 보니, 저 달도 금방 기울 것 같소. 그러니 사라져 버릴 때까지 예의를 지켜 기다립시다.

라이샌더 달님이여, 계속하라.

달 소생이 아뢰올 말씀은 이 등잔불은 달이고, 저는 달에 사는 사람이고, 이 덤불은 계수나무이고, 이 개는 소생이 키우는 개입니다.

디미트리어스 하지만 그것은 몽땅 등잔불 속에 있어야 하는 것 아닌가. 모두 달 속에 있는 것들이니까. 쉿! 저기 시스비가 오고 있네.

시스비 등장.

시스비 이곳이 나이나스의 무덤이군. 내 님은 어디 있을까?

사 자 으르렁! (시스비가 놀라 망토를 떨어뜨리고 도망친다)

디미트리어스 사자, 잘도 으르렁대는군.

시시어스 시스비, 잘도 도망치네!

히폴리타 달빛이 훤하게 잘도 비춰 주네요. (사자는 시스비의 망토를 입으로 물어 흔든 다음 퇴장)

시시어스 사자 저놈 잘도 물어뜯는군.

디미트리어스 이때 피라므스가 등장하고.

피라므스 등장.

라이샌더 그럼 사자가 퇴장한다.

154

피라므스 그리운 달이여, 그대의 밝은 빛이여, 고맙소. 달이여, 그대의 은혜로운 황금빛 찬란한 빛으로, 진실한 시스비의 모습을 보리라. 기다려라, 슬픔이여! 오 보아라, 가련한 기사여! 이곳에 깔린 짙은 슬픔을 눈이여, 보고 있느냐? 어찌 이럴 수가? 귀여운 거위여! 사랑스런 거위여! 너의 망토는 찢긴 채 피로 붉게 물들었구나. 복수의 신이여, 어서 오라! 운명이여, 너도 오라. 여기 와서 생명의 실오라기를 끊어라. 꺾고 무찌르고 결판 내어 죽여 다오!

시시어스 구슬픈 이 대사도 연인의 죽음을 생각하면 들을 만하군.

히폴리타 젠장, 저 남자가 불쌍해 보이네요.

피라므스 오, 대자연이여, 어찌하여 사자 같은 것을 창조해 냈나요? 사자 때문에 연인은 꽃다운 나이에 목숨을 잃었나이다. 내 연인은 지금 이 순간까지 이곳에 살아서 사랑받던 가장 예쁜 여자였소. 눈물이여, 흘러라. 칼이여, 나의 왼편 젖가슴을 찔러라. 심장이 이토록 뛰고 있는 가슴을. (자신의 가슴을 찌른다) 이렇게 해서 나는 죽는다. 이렇게 해서 나는 떠나고, 내 영혼은 하늘을 나른다. 혓바닥이여, 빛을 꺼라. 달이여, 너도 사라지거라! (달빛 퇴장) 나는 죽는다, 죽는다, 죽는다, 죽는다. (죽는다)

디미트리어스 목숨이 하나밖에 없으면서도 숱하게 죽는군.

라이샌더 죽는 게 서툴러. 하지만 이젠 죽었으니.

시시어스 의사에게 보이면 곧바로 살아날지도 모르지. 그러면 바보는 백 번 죽어도 바보라는 것이 입증되고.

히폴리타 어머나, 달빛이 사라졌네. 시스비가 돌아와서 연인을 발견해야 할 텐데?

시시어스 별빛으로도 찾을 수 있소.

시스비 등장.

히폴리타 설마 넌덜머리나게 다시 늘어놓는 것은 아니겠죠? 간단히 끝났으면 좋겠어요.

디미트리어스 피라므스와 시스비를 저울에 달아 비교하면 누가 더 나을까요? 아마 티끌 하나 차이일 거요.

라이샌더 그 예쁜 눈으로 남자의 시체를 본다 이거죠.

디미트리어스 연인의 죽음을 슬퍼하며 말하기를······.

시스비 임이여, 주무시나요? 설마, 돌아가신 건 아니겠죠. 나의 피라므스, 어서 일어나세요. 말해 봐요? 정말 죽었나요, 정말 가신 거예요? 오, 당신의 그 아름다운 눈을 무덤 속에 묻어야 하다니. 백합꽃 같은 입술, 앵두 같은 코, 황색 두 뺨도 모두모두 사라졌네. 오, 연인들이여, 슬퍼해 주세요. 배추 잎처럼 초록빛. 오, 운명의 여신들이여! 오라, 여기 와서 우윳빛 같은 그 손을 피로 물들이거라. 가위를 들고 임의 목숨을 끊었던 손이 아니냐. 혓바닥이여, 말하지 말라. 칼이여, 부탁하노니 내 가슴을 서슴지 말고 찔러라. (칼로 자신을 찌른다) 잘 있어요, 친구들. 시스비는 이렇게 죽는답니다. 안녕, 안녕히! (죽는다)

시시어스 달과 사자는 남아서 시체를 묻어야 하겠군

디미트리어스 네, 담벼락도요.

보 톰 (일어나며) 공작님, 두 집을 경계짓던 담벼락은 무너졌지요. (플루트 일어난다) 에필로그를 들으시겠습니까, 아니면 우리가 추는 버고마스크 광대 춤을 보시겠습니까?

시시어스 에필로그는 필요 없다. 너희들 연극에는 변명이 있을 턱이 없

다. 게다가 배우들이 무대에서 모두 죽었으니, 비난받을 사람도 없고. 그러니 변명할 필요가 없다. 이 연극을 쓴 작가가 피라므스 역을 하고, 시스비의 구두끈으로 목을 매 죽었다면 훌륭한 비극이 되었겠지. 정말이지 잘들 했다. 에필로그는 그만두고 춤이나 보도록 하자. (달빛과 담벼락이 춤을 추면서 퇴장한다. 그런 다음 플루트, 보톰 등 배우들 모두 퇴장) 한밤의 종소리가 쇠혓바닥으로 열두시를 알렸다. 연인들이여, 잠자리에 들자. 이제 요정이 나타날 시간, 오늘밤 서투른 연극이었지만 무거운 밤의 발걸음을 잊게 해주었다. 자, 친구들이여, 잠자리에 들자꾸나. 앞으로 2주일 동안 밤마다 잔칫상 벌여 놓고 놀이를 즐기자꾸나. (일동 퇴장)

제 2 장 숲 속

퍽 등장.

퍽 이제 굶주린 사자는 으르렁대고, 늑대는 달을 향해 짖어댄다. 낮동안 고달팠던 농부들은 곯아떨어져 꿈길이 구만리이고, 활활 타오르던 모닥불 시름시름 꺼져가네. 부엉이 슬프게 울어대는 밤, 죽음의 잠자리에 눕는 환자의 수의를 생각하게 합니다. 산천의 초목도 잠드는 지금, 무덤문을 활짝 열고 망령들이 밀려나와 방황하는 묘지의 길. 우리들 요정은 세 개의 몸으로 변신하는 헤커티와 함께 태양의 얼굴을 피해 꿈같은 밤길을 장난질을 치며 하늘을 난다. 쥐새끼 한 마리도 얼씬거리지 말 것, 나는 먼지 수북한 궁궐 뒷마당을 쓸어야 하니까.

오베론, 타이테니아, 시종들과 등장.

오베론 꺼져가는 불빛을 밝혀 주자. 요정들아, 덤불 속을 뚫고 나온 새처럼 가볍게 춤추고 노래하라. 날 따라 노래를 부르며 춤을 추어라.

타이테니아 우선 당신이 노래를 부르시면 우리는 그 노래에 맞추어 춤을 출게요. 이 집을 우리 모두 축복합시다. (오베론의 인도에 따라 요정들 춤추고 노래한다)

오베론 요정들아, 날이 샐 때까지 춤을 추어라. 타이테니아, 우리는 신방을 축복합시다. 태어날 아이에게도 영원한 행운이 깃들도록. 세 쌍의 신랑 신부 백년해로하여라. 앞으로 태어날 아이들 몸에는 사마귀, 언청이, 장애아가 없도록. 세상 사람들이 불길하다고 여기는 상처로 인해 평생 아이들이 고통받지 않기를 기원하자. 요정들아, 깨끗한 들판의 이슬을 받아다가 구석구석 쏟아 놓아라. 축복의 이슬을 그들에게 쏟아 놓아라. 빨리 가거라. 바람처럼 어서 날라라. 동이 트기 전에 끝내고 오너라. (오베론, 타이테니아, 요정들 퇴장)

퍽 (관객들에게) 우리들은 그림자, 때때로 우리가 여러분을 언짢게 하더라도, 그것은 잠시 꿈이라 생각하세요. 한갓 헛된 꿈이라 생각해서 용서하세요. 초라하고 허무맹랑한 연극일지라도 꿈같은 것이니 너무 나무라지 마세요. 앞으로 고쳐 나갈 테니까요. 나는 매우 고지식한 요정 퍽이랍니다. 여러분이 칭찬을 해주시면 더욱 분발해 열심히 하죠. 이 말이 거짓이라면, 나를 거짓말쟁이라고 부르세요. 그럼 여러분 모두 안녕히 주무세요. 요정 퍽이 다시 한 번 크게 인사드리옵니다.

뜻대로 하세요

| 등장인물

로잘린드 _ 추방당한 노공작의 딸

실리아 _ 프레드릭의 외동딸

올리버 / 올란도 / 제이퀴즈 드 보이스 _ 로랜드 드 보이즈 경의 아들들

노공작 _ 추방당한 몸

프레드릭 공작 _ 노공작의 동생, 공작 영토의 찬탈자

터취스톤 _ 어릿광대

에미안즈 / 제이퀴즈 _ 추방당한 공작을 섬기는 귀족들

아담 / 데니스 _ 올리버의 하인들

코린 / 실비어스 목동들

르 보 _ 프레드릭의 신하

찰 스 _ 프레드릭의 씨름꾼

피 비 _ 양치기 처녀

오드리 _ 시골 처녀

윌리엄 _ 오드리를 사랑하는 시골 청년

올리버 마텍스트 _ 목사

시종들

제 1 막

제 1 장 올리버의 집 정원

올란도와 아담 등장.

올란도 (칼싸움) 아담, 내 말 좀 들어보게나. 비록 적은 돈이지만 아버님께서는 천 크라운을 내게 유산으로 남기셨지. 또한 자네 말대로 큰형에게 나를 정성껏 돌보라고 당부하셨어. 그런데 내 불행의 발단은 거기서 비롯되었어. 작은형 제이크는 대학도 다녔을 뿐만 아니라 들리는 말로는 유산도 담뿍 받았다는 거야. 그런데 내 신세는 이게 뭔가. 뼈대있는 가문의 자손답게 교육도 전혀 받지 못하고 집구석에 처박혀 빈둥거리니, 외양간에 갇힌 소보다 나을 게 뭔가. 아니, 오히려 말들보다 못한 팔자지. 말들은 잘 먹여서 윤기가 번지르르 흐르고 비싼 돈을 주고 조련사까지 고용하고 있잖나. 내가 고작 세끼 밥 얻어먹은 것에 비하면 그렇지 않은가. 난 쓰레기통을 뒤져 먹고사는 구더기들과 다를 바가 없어. 게다가 형님은 나에게 돌아온 몫까지 빼앗아 갈 기세라고. 기를 쓰며 머슴들하고 함께 생활하게 해 내 훌륭한 성품을 없애려고 안간힘을 쓰는 걸 보면 말야. 아담, 상황이 이러니 내가 슬프지 않을 리가 있겠나. 내 핏줄 속에 흐르는 아버지의 도도한 정신이, 이런 노예살이에 고개를 들기 시작했어. 난 이제 참을 수가 없어. 그렇다고 내 신세를 벗어날 뾰족한 수도 없지만.

올리버 등장.

아 담 저기 주인 나리 오시네요. 형님 말씀예요.

올리버 아니 이봐, 여기서 뭘 하는 거야?

올란도 뭘 하긴요. 배운 게 있어야 뭘 하든지 하죠.

올리버 못된 짓을 하고 있나 보군.

올란도 하느님이 만드신 이 못난 동생의 신세를 더욱 망치고 있는 중이죠. 이렇게 빈둥거리면서 말이죠.

올리버 게으름뱅이 같은 녀석, 저리 가서 일이나 해.

올란도 형님네 돼지나 치면서 감자나 먹으며 살까요? 제가 무슨 아버지 유산을 없앴다고 이렇게 짐승처럼 살아야 하죠?

올리버 이 녀석아, 누구 앞이라고 함부로 지껄여.

올란도 물론입죠. 제 앞에 계신 분이 저를 알고 있는 것 이상으로 잘 알죠. 바로 제 맏형이죠. 그러니 형님도 뼈대있는 가문의 아들답게 저를 돌봐 주셔야죠. 이 나라 관례상 형님이 저보다 먼저 났으니까 어른인 건 분명한 사실이죠. 또한 이 관습이 우리가 형제 사이라는 걸 지워 버리진 못하죠. 이 몸에도 형님처럼 아버지의 피가 흐르니까요. 우리 사이에 형제가 스물이 있어도 말이에요. 형이 저보다 먼저 태어났으니 아버지를 이어받는 건 당연하지만.

올리버 아, 아니 이 자식이. (때린다)

올란도 이러지 마세요. 저하고 힘으론 절대로 안 될걸요!

올리버 이 자식이 감히 나한테 손을 대려고 하다니! 이 나쁜 놈!

올란도 나쁜 놈이라뇨. 로랜드 드 보이즈 경의 막내아들이에요. 그분이 나쁜 놈을 낳았다고 말하는 자는 몇 갑절 더 나쁜 놈이죠. 내 친형만 아니었다면 이 손으로 그 따위 악담을 내뱉은 혓바닥을 뽑아 버렸을 거예요. 형님, 누워서 자기 얼굴에 침 뱉지 마세요.

아 담 (앞으로 나오며) 나리, 제발 참으세요. 돌아가신 아버님을 생각해서라도 의좋게 지내셔야죠.

올리버 이거 놔!

올란도 못 놔요. 잠깐 제 말 좀 들으세요. 아버지는 형님께 절 교육시키라고 유언하셨죠. 그런데 형님은 신사다운 품격과는 거리가 먼 농사꾼으로 절 길렀죠. 하지만 아버지의 성품을 이어받은 저로서는 더 이상 못 참겠어요. 그러니 저한테 교육을 시켜 주시거나 아니면 아버지가 남겨주신 서푼어치의 유산을 주세요. 그걸로 팔자를 고칠 테니까요.

올리버 뭐라고? 다 털어먹고 알거지 되려고. 하여튼 너하고 싸우고 싶지 않으니 안으로 들어가서 말하자. 유언대로 네 몫을 줄 테니 이것 좀 놓고 말하자.

올란도 제 몫을 받기만 하면 되죠.

올리버 이 늙은 여우야, 꺼져 버려.

아 담 늙은 여우라고요? 제가 이가 몽땅 빠질 정도로 나리 뒷바라지를 했는데 고작 이건가요? 돌아가신 어르신께 은총을 내리소서. 그분이라면 이런 말을 안 했을 겁니다. (올란도와 아담 퇴장)

올리버 네놈까지 함부로 대들다니. 오만불손한 네 놈한테 품삯을 주나 봐라. 여봐라, 데니스.

데니스 부르셨습니까, 나리?

올리버 공작님 댁의 씨름꾼 찰스가 나를 만나러 오지 않았나?

데니스 말씀대로 문간에 와서 기다리고 있습니다요.

올리버 들라고 해라. (데니스 퇴장) 일이 멋지게 풀리는구나. 내일 씨름 대회에서 보자.

찰스 등장.

찰 스 안녕하십니까.

올리버 잘 왔네, 찰스. 궁궐에 새 소식이라도 있는가?

찰 스 새 소식은 없고요, 묵은 얘기뿐이죠. 전공작님이 동생 공작님한 테 추방당했답니다. 그래서 형님 공작과 신하들은 귀양살이를 떠나야 했 죠. 그들의 토지와 수입으로 더욱 부유해진 새 공작님은 그분들의 귀양을 기꺼이 허락했지요.

올리버 그럼 공작의 딸 로잘린드도 부친과 함께 귀양을 갔소?

찰 스 아뇨. 새 공작님의 딸이 로잘린드 아가씨가 귀양을 가면 함께 따라가든지 죽겠다고 아우성을 쳐서 남아 있게 되었죠. 그 둘은 요람에서 부터 함께 자랐죠. 따라서 로잘린드 아가씨는 궁궐에 남아 친딸 못지 않 게 삼촌의 사랑을 받고 있답니다.

올리버 형님 공작은 어디로 가셨느냐?

찰 스 소문으로는 아덴 숲 속이랍니다. 그곳에서 옛날 로빈후드처럼 많은 부하들을 거느리며 살고 있답니다. 젊은 신사들이 날마다 떼지어 몰려와 무릉도원이 따로 없답니다.

올리버 그건 그렇고, 자네 내일 씨름 대회에 출전한다며?

찰 스 그 이야기를 말씀드리려고 왔습니다. 은밀히 전해들은 바에 따르면 각하의 동생 올란도가 신분을 감추고 저와 한판 승부를 겨룰 모양입니다. 하지만 여간한 실력이 아니고서야 저와 맞서서 팔다리가 부러지지 않을 자는 없죠. 각하의 동생 분은 아직 젊고 연약해서, 각하를 생각해서라도 동생 분을 패대기치고 싶지 않지만 싸우면 어쩔 수가 없겠지요. 그래서 말씀드리러 온 것입니다. 동생 분의 출전을 말리시든가, 아니면 그분이 당하는 치욕은 자업자득이지 제 본의가 아니라는 걸 말이죠.

올리버 고맙군. 그렇게까지 날 생각하다니, 훗날 꼭 보답하겠네. 그 녀석에 대해선 나도 만류했지만 워낙 고집불통이라……. 그러니까 말이지만 그 녀석을 특히 조심해야 할 거네. 그 녀석은 비열한 술책이라도 써서 자네를 함정 속에 빠뜨릴지도 몰라. 자네를 요절낼 때까지 절대로 물러서지 않겠지. 이 형에게까지 간악한 음모를 꾸미고 있는 녀석이니까. 그 녀석의 간악 무도함을 생각하면 눈물이 다 날 지경이네. 아마 자네도 그 녀석에 대해 제대로 알기만 한다면 놀라 자빠질 거야.

찰 스 각하를 찾아뵙기를 참으로 잘한 것 같습니다. 내일 동생 분이 시합에 나오면 혼쭐을 내야겠군요. 안녕히 계십시오, 각하. (찰스 퇴장)

올리버 (독백) 잘 가게, 착한 찰스. 이젠 그놈을 부추겨야겠군. 왠지 주는 것 없이 그놈이 밉단 말야. 그놈은 학교 문턱에도 가지 않았건만 유식할 뿐만 아니라 매너도 끝내 준단 말야. 게다가 마음씨까지 착해서 사람들의 사랑을 독차지하고. 특히 내 부하들은 그에게 홀딱 빠져 있으니, 정점 더 내 평판만 나빠질 수밖에. 그러나 너도 이젠 끝장이다. 이 씨름꾼이 해치울 테니. 얼른 그놈을 선동해서 씨름판에 가게 해야겠군.

제 2 장 공작 궁궐 앞 잔디밭

로잘린드와 실리아 등장.

실리아 오, 언니. 제발 얼굴 좀 펴봐.

로잘린드 실리아, 나는 최대한 좋은 척하는 거야. 더 이상 어떻게 명랑한 척하니? 추방된 아버지 생각만 해도 가슴이 찢어질 것 같은데.

실리아 그렇구나. 내가 언니를 사랑하는 만큼 언닌 날 사랑하지 않는 거야. 난 큰아버지가 우리 아빠를 추방했다 하더라도, 언니가 있다면 아마 큰아버지를 친아버지처럼 따랐을 거야. 그러니 언니도 내 사랑만큼 깊다면 그렇게 될 텐데.

로잘린드 좋아, 나도 모든 걸 잊고 너와 함께 즐길게.

실리아 잘 생각했어. 사실 우리 아빠에게는 나 하나뿐이잖아. 그렇다고 앞으로도 더 생길 것 같지는 않고. 그러니 아빠가 돌아가시면, 언니가 상속자가 될 거야. 아빠가 큰아버지한테서 강제로 빼앗은 것을 언니한테 되돌려 줄 생각이니까. 내 이름을 걸고 약속해. 만일 이 약속을 어긴다면 난 짐승이야. 자, 그러니까 장미꽃처럼 화사하게 웃어봐.

로잘린드 좋아, 이제부턴 네 말대로 할게. 그럼 뭐 즐거운 놀이가 없을까? 그래, 사랑놀이는 어때?

실리아 그게 좋겠네. 놀이로 한다면 몰라도 진짜 남자를 사랑해선 안 돼. 뭐든 도가 지나치면 안 되거든.

로잘린드 그럼 어떤 놀이를 하지?

실리아 이건 어떨까? 죽치고 앉아서 운명의 여신을 비웃는 것. 여신이 운명의 수레바퀴에서 손을 떼게 하는 거야.

로잘린드 그렇게 된다면 얼마나 좋겠니. 행운의 선물은 늘 엉뚱한 곳에만 가잖아. 특히 여자에 대한 선물은 엉터리야. 눈이 멀었나 봐.

실리아 정말 그래. 아름다우면 정조가 부족하고, 정조가 곧으면 미모가 따르지 않고.

로잘린드 하지만 그건 운명의 여신이 하는 일이 아니라 자연의 여신이 하는 거라고. 운명의 여신은 이 세상의 행불행이나 다스릴 뿐이지 미모는 자연이 좌지우지하는 거야.

터취스톤 등장.

터취스톤 아가씨, 아버지께서 찾으세요.

실리아 이제 심부름꾼이 되었나?

터취스톤 제 명예를 걸고 맹세하지만, 아가씨를 불러오라는 분부를 받았지요.

로잘린드 바보, 그 따위로 맹세하는 걸 어디서 배웠지?

터취스톤 어떤 기사님한테 배운 거죠. 그분은 이런 것도 맹세하던 걸요. 맹세컨대 이 핫케이크는 최고이며, 이 겨자는 엉터리다. 하지만 제 생각엔 핫케이크가 엉터리고 겨자가 진짜였는데 말이죠.

실리아 그걸 어떻게 증명하지, 잘난 양반?

터취스톤 그럼 두 분 앞으로 나와 보세요. 턱을 쓰다듬으면서 턱수염에 걸고 '내가 천하의 악당'이라고 맹세해 보세요.

실리아 물론 턱수염이 있어야 맹세하지. 당신이 악당이라고 말야.

터취스톤 이 몸에 악이 있다고 치고 맹세를 한다면 전 악당이 되겠지요. 하지만 아가씨들이 없는 것을 들어 맹세한다면 거짓 맹세가 되겠죠. 그 기사 분도 마찬가지예요. 있지도 않은 명예를 두고 맹세하더라고요. 핫케이크와 겨자를 두고 맹세하기 전에 너무나 많이 맹세를 남발해서 맹세가 소용없어졌다는 거죠.

실리아 당신이 말하는 그 기사 분은 누군데?

터취스톤 아가씨 아버님이 총애하는 기사 분이죠.

실리아 아빠의 사랑을 받는 자체도도 충분히 명예스럽겠군. 그러니 남의 험담은 그만해. 괜스레 몽둥이 찜질당하지 말고.

터취스톤 현자가 바보짓을 하는 판국에 바보가 현명한 말을 못한다니, 젠장 모를 일이군요.

실리아 맞아. 바보의 하찮은 지혜가 무시된 뒤로 현명한 사람들이 저지른 사소한 바보짓이 화제가 되는 세상이니. 저기 르 보 씨가 오시네.

르 보 등장.

로잘린드 새 소식을 가득 물고 오는군.

실리아 제비가 새끼들에게 먹이를 주듯 우리들에게 소식을 억지로 쑤셔 넣겠지.

로잘린드 그럼 우린 소식만으로도 배가 부르겠지.

실리아 잘됐지 뭐. 덕분에 우리도 잘 팔릴 테니까. 르 보 씨, 무슨 소식이라도 있나요?

르 보 아름다운 공주님, 재밌는 놀이가 있었는데 놓치셨군요.

실리아 재밌는 놀이라뇨?

르 보 뭐랄까, 뭐라 말씀드려야 알 수 있을까?

로잘린드 지혜로 안 되면 운명에 맡기셔야겠군요.

르 보 공주님들한텐 못 당한다니까. 아주 재밌는 씨름이 벌어졌어요.

로잘린드 그럼 그 광경을 설명해 주시면 되잖아요.

르 보 그러면 되겠군요. 첫판을 말씀드릴 테니까 혹시 구미에 당기면 끝판을 보세요. 진짜 씨름은 이제부터 시작하니까요.

실리아 그럼 첫판만 말해 보세요.

르 보 어떤 노인에게 세 아이가 있었는데…….

실리아 마치 옛날 얘기 같네요.

르 보 세 아이들은 모두 이복구비가 수려하고 늠름한 체격을 가진 젊은이들로 자라났습니다.

로잘린드 "물건은 더욱 끝내 줍니다"라는 공고라도 하고 나왔나요?

르 보 먼저 장남이 공작님 씨름꾼 찰스와 한판 붙었죠. 찰스는 붙자마자 그를 냅다 패대기쳐 갈빗대 세 대가 부러졌고, 생명까지 위태로워졌답니다. 둘째와 막내도 똑같이 당했습니다. 저기 삼형제가 널브러져 있는 것 보이죠? 가엾은 것은 늙은 아버지죠. 어찌나 서럽게 우는지 구경꾼들도 다함께 눈물을 흘렸답니다.

로잘린드 어머, 어떡해!

터취스톤 그런데 여보슈, 아가씨들이 놓쳤다는 구경거리란 뭔가요?

르 보 지금 그걸 얘기하고 있잖소.

터취스톤 그래서 사람들이 하루하루 영리해지나 보군. 갈빗대 부러지는 일이 아가씨들의 구경거리가 된다는 건 금시초문이거든.

실리아 나도 처음이야.

로잘린드 자기 갈빗대가 나가거나 남의 갈빗대가 나가는 걸 듣고 싶어 하는 사람이 어디 있겠어요? 하지만 실리아, 씨름 구경 가지 않을래?

르 보 보고 싶지 않으셔도 보게 될 것입니다. 바로 이곳이 다음 열릴 씨름판으로 정해졌거든요. 이제 곧 시작될 것입니다.

실리아 정말 저기 오고 있네요. 그럼 우리도 구경하기로 하죠.

나팔소리. 프레드릭 공작, 귀족들, 올란도, 찰스, 시종들 등장.

프레드릭 자, 준비되었으면 시작하라. 아무리 타일러도 듣지 않으니, 스스로 자초한 일이야. 사자 입에 손을 집어넣은 격이지.

로잘린드 저기 있는 저 사람 말인가요?

르 보 예, 바로 저 사람이에요.

실리아 오, 생각보다 어려 보이네요. 하지만 잘해 낼 것 같기도 한데.

프레드릭 웬일이냐? 설마 씨름 구경하려고 나온 건 아니겠지?

로잘린드 맞아요. 숙부님께서 허락해 주세요.

프레드릭 너희들이 보기에는 별로일 거야. 저 젊은이 상대가 워낙 힘이 세서 말이다. 그래서 젊은이를 설득했건만 들은 척도 하지 않는구나. 너희들이 설득하면 혹시 들을지도 모르니, 한번 말해 보겠니?

실리아 르 보 씨가 좀 불러 주세요.

프레드릭 내가 자리를 비켜 줄 테니 말해 보렴.

르 보 이봐 도전자 양반, 공주님들께서 부르시네.

올란도 의무감과 존경심으로 분부 받들었습니다.

로잘린드 당신이 저 천하장사 찰스에게 도전하셨나요?

올란도 아닙니다, 공주님. 누구에게나 도전하는 사람은 바로 저자입니다. 저는 다만 다른 사람과 마찬가지로 저자와 맞붙어 제 힘을 가늠해 보고 싶었을 뿐입니다.

실리아 너무 자신을 과신하는 건 아닌가요? 저 사람이 얼마나 잔인한가를 직접 눈으로 보았을 텐데 말이죠. 잠깐만 생각해 보아도 알 거예요. 지금 당신이 얼마나 무모한 모험을 하는지. 제발, 기권하세요. 이건 순전히 당신을 위해서 하는 말이에요. 사소한 일에 목숨 걸지 마세요.

로잘린드 실리아 말이 맞아요. 기권한다고 해서 명예가 손상되는 건 아니죠. 지금이라도 작은아버님께 간곡히 말씀드려서라도 이 시합을 중지하도록 할게요.

올란도 공주님, 이렇게밖에 말을 못하는 저를 용서하십시오. 아름다운 공주님들의 뜻을 거역하면 중죄인이 된다는 걸 모르는 것도 아닙니다. 하지만 두 분의 따뜻한 눈길과 마음의 성원에 힘입어 한 번 싸워 보겠습니다. 만일 제가 저자한테 패한다 하더라도 명예라고는 눈곱만큼도 없는 사나이가 수치를 당하는 것뿐이며, 설령 죽는다 해도 죽고 싶어 안달하는 사나이가 죽는 것뿐입니다. 게다가 슬퍼해 줄 친구가 없으니 친구들에게 폐를 끼치는 것도 아니고, 빈털터리라 이 세상에 해를 끼칠 리도 없습니다. 오히려 내가 있었던 자리에는 더 나은 사람이 채워지겠죠.

로잘린드 보잘것없는 힘이나마 내 힘을 보내 드릴게요.

실리아 나도요.

로잘린드 건강한 모습으로 뵙기를.

실리아 당신의 뜻대로 이루어지길.

찰 스 어디 있지, 조상의 무덤에 고이 잠들고 싶다는 청년이?

올란도 여기 있소이다.

프레드릭 승부는 단 한 판으로 결정된다.

찰 스 좋습니다. 1회전만으로도 완강히 말리신 각하의 뜻을 생각해 2회전까지는 가지 않겠습니다.

올란도 김칫국부터 마시는군. 길고 짧은 것은 대봐야 하지 않겠느냐.

로잘린드 헤라클레스여, 저 젊은이가 이기게 도와주소서.

실리아 내가 투명인간이라면 저자의 다리를 붙잡고 놓지 않을 텐데.(씨름이 시작된다. 올란도 유리한 고지를 점령한다)

로잘린드 오, 멋져라!

실리아 내 눈이 번갯불이라면 누가 쓰러질지 금방 알 텐데. (고함소리가 우렁차게 들리더니 찰스가 땅바닥에 널브러진다)

프레드릭 그만, 이제 그만하라.

올란도 공작님, 저는 이제 몸을 풀려는 중입니다.

프레드릭 찰스, 자네는 어떤가?

르 보 공작님, 완전히 간 것 같습니다.

프레드릭 저리 떠메고 나가 살펴보라. 음, 젊은이, 자네 이름은 뭔가?

올란도 저는 올란도라고 합니다. 로랜드 보이즈 경의 막내아들이죠.

프레드릭 하필이면 그 사람의 아들이라니. 자네의 부친은 매우 후덕한 사람으로 자자하지만 나와는 평생 원수로 지냈지. 자네가 다른 가문의 후손이었다면 이 일로 난 무척 흐뭇했을 것이네. 하지만 여기서 작별해야 하겠네. 용감한 젊은이, 자네 부친이 다른 사람이었다면 얼마나 좋았을까? (프레드릭 공작, 종신들, 르 보 퇴장)

실리아 언니, 아버진 저렇게 말할 수밖에 없었을까?

로잘린드 우리 아버진 로랜드 경을 자신의 영혼처럼 사랑했어. 세상 사람들도 아버지처럼 생각했지. 만일 그분의 아드님이라는 걸 처음부터 알았더라면 눈물을 뿌리면서까지 시합을 못하게 했을 거야.

실리아 언니, 우리 저 사람한테 가서 격려해 주면 어떨까? 아버지의 심술에 이제 진절머리가 난다니까. (올란도에게) 이봐요, 정말 멋지게 해내더군요. 약속하신 것보다 훨씬 더 잘 싸우더라고요. 씨름처럼 사랑의 약속도 그렇게 지킨다면, 당신의 연인은 참으로 행복할 거예요.

로잘린드 (목에 걸었던 목걸이를 준다) 저의 성의를 받아 주세요. 운명의 여신에게 버림받지만 않았다면 더욱 좋은 선물을 드릴 텐데…… 실리아, 가자꾸나.

실리아 응. 그럼 안녕히 가세요.

올란도 (독백) 왜 감사하다는 말도 못하지? 이제 난 몸만 있는 허수아비란 말인가? 생명이 없는 인형에 불과한 건가?

로잘린드 그 사람이 우릴 부르고 있어. 오, 운명의 여신은 내 자존심마저 가져가 버렸나 봐. 어쨌거나 무슨 일인지 물어봐야겠어. (돌아선다) 혹시 절 부르셨나요? 오늘 정말 대단했어요. 당신이 때려눕힌 사람은 그자뿐만이 아니었어요.

실리아 언니, 어서 가요.

로잘린드 알았어. 안녕히 계세요. (로잘린드와 실리아 퇴장)

올란도 (독백) 가슴이 타올라 혓바닥이 숯 덩어리가 되었나. 한마디도 못하다니, 이 얼간이.

르 보, 다시 등장.

르 보 이봐요, 젊은 양반. 내 우정어린 충고 하나 하겠는데, 어서 여길 떠나요. 지금 공작님의 기분이 영 아니거든요. 공작님이 변덕이 심한 분이라는 걸 당신도 잘 알 겁니다.

올란도 참으로 감사합니다. 아참 가기 전에 한 가지만 알려 주시지요. 누가 공작님 따님이죠?

르 보 음, 성품으로 보면 두 분 다 아니지요. 굳이 사실을 말하자면 몸집이 작은 여인이 따님이고 그 옆은 조카따님이랍니다. 공주님들의 우정은 피를 나눈 자매 이상으로 매우 깊답니다. 그런데도 공작님께서는 얌전한 조카딸이 못마땅한 모양이에요. 사람들이 아버지의 귀양살이를 동정하고 그녀의 사람됨을 칭찬하기 때문이죠. 그럼 이만. 앞으로 살기 편한 세상이 되면 당신과 가까이 지내고 싶군요.

올란도 말씀만이라도 감사합니다. 안녕히 계십시오. (르 보 퇴장) 오, 정녕 내가 갈 길은 고난의 가시밭길이란 말인가. 포악한 공작한테서 포악한 형께로 돌아가야 하다니. 오, 천사 같은 로잘린드.

174

제 3 장 공작 궁궐

실리아와 로잘린드 등장.

실리아 언니, 제발 말 좀 해봐. 큐피드에게 간청해서라도 벙어리가 된 언니를 고쳐 놔야겠네.

로잘린드 쓸데없는 말이나 할 텐데 뭘.

실리아 그렇지 않아. 언니의 말이 정말 절실하다고! 제발 입에 곰팡이가 끼기 전에 말 좀 해봐. 내 귀를 따갑게 해 보란 말야.

로잘린드 그러다가 우리 둘이 자리보전하고 누우면 어떡하니? 한쪽은 핑계 때문에, 한쪽은 귀가 먹어서 말야.

실리아 큰아버님 때문에 그래?

로잘린드 아니. 굳이 말한다면 내 아이 아빠 될 사람 때문이라고 해야겠지. 아, 왜 나날이 가시덤불을 쓰고 있는 기분일까.

실리아 언니, 가시덤불을 쓴 게 아니라 풀숲에 가다 보면 들러붙는 도깨비바늘이 달라붙은 거 아냐?

로잘린드 옷에 붙은 거는 털어내면 그만이지만 마음에 박힌 가시는?

실리아 그런 건 기침 한번 크게 해서 털어 버려.

로잘린드 기침 한번 해서 그분이 오기만 한다면 몇 번인들 못 하겠니?

실리아 그렇게 해 봐. 직접 도전해 봐.

로잘린드 오, 그렇게 못해.

실리아 언니, 무슨 소리야? 열 번 찍어 안 넘어가는 나무는 없어. 이렇게 우스꽝스럽게 애태우지 말고 진지하게 이야기해 봐. 그런데 어떻게 그토록 빨리 로랜드 경의 막내아들을 열렬히 사랑할 수 있어?

로잘린드 우리 아버님도 그분의 아버님을 그렇게 좋아하셨어.

실리아 그래서 그래? 그런 논리라면 난 그분을 미워해야겠네. 우리 아빠가 그 사람을 증오하니까. 하지만 나는 증오하지 않는걸.

로잘린드 오, 안 돼. 나를 위해서라도 절대로 미워하지 마.

프레드릭 공작, 귀족들과 등장.

프레드릭 로잘린드, 빨리 짐 챙겨 이곳을 떠나거라.

로잘린드 작은아버지, 지금 저한테 말씀하셨어요?

프레드릭 그래. 앞으로 열흘 안에도 30킬로미터 이내에서 발견되면 너는 사형이다.

로잘린드 부탁이에요, 숙부님. 여길 떠나더라도 제 죄가 무엇인지 알고 싶어요. 저는 제 꿈과 제 자신을 잘 알아요. 만일 이게 꿈이거나 제가 실성했다면 몰라도 여태껏 숙부님을 거역한 적은 한 번도 없어요.

프레드릭 반역자들은 늘 그렇게 말하지. 반역자들의 변명을 들어보면 하나같이 죄지은 자가 없다. 어쨌든 나는 너를 믿지 않아. 더 이상 무엇이 필요해.

로잘린드 숙부님, 의심만으로 저를 반역자로 몰아세우다뇨? 제발 의심스러운 부분만이라도 말씀해 주시지요.

프레드릭 네 아버지의 딸이라는 사실만으로도 충분해.

로잘린드 숙부님이 아버지의 영토를 찬탈했을 때나 추방했을 때 모두 전 아버지의 딸이었습니다. 숙부님, 반역 행위는 유전이 아닙니다. 게다가 저의 아버지는 반역자가 아니었고요. 설사 제가 궁색하다 해서 반역하리라는 오해는 절대로 하지 마세요.

실리아 아버님, 저도 한 말씀만 드릴게요.

프레드릭 실리아, 저 애가 여기 있는 건 다 너 때문이야. 그렇지 않았으면 지금쯤 제 아버지와 함께 귀양살이하고 있겠지.

실리아 그건 꼭 저 때문만은 아니었죠. 아버지가 호의와 동정심을 베풀었기 때문이죠. 그땐 제가 어려서 언니의 가치를 몰랐던 거예요. 하지만 지금은 알아요. 언니가 반역자라면 저도 반역자예요. 우리들은 떨어진 적이 없으니까요. 자거나 공부하거나 놀거나 식사하거나 어디를 가거나 비너스의 꽃수레를 끄는 두 마리의 백조처럼 항상 같이 있었습니다.

프레드릭 넌 저 애의 속마음을 몰라. 저 애가 얼마나 교활한지. 단정한 외모와 인내심으로 사람들의 호감과 동정심을 한몸에 받고 있어. 이 어리석은 것아, 저 애만 없더라도 네 재능과 미덕이 훨씬 더 빛났을 거야. 그러니 입 다물고 있어. 내 선고가 내려지면 취소가 불가능하다는 것쯤은 알고 있겠지? 저 애를 추방한다.

실리아 아버님, 저한테도 그 선고를 내리세요. 언니 없이는 하루도 못 사니까.

프레드릭 어리석은 것. 로잘린드는 어서 떠날 준비를 하라. 만일 지체하면 내 명예를 위해서라도 너를 죽여야 하니까. (공작들과 귀족들 퇴장)

실리아 오, 가여운 언니! 어디로 가야 하지? 아버지를 바꿔야 할까봐. 우리 아버지를 드릴 테니 제발, 나보다 더 슬퍼하지 마.

로잘린드 너보다 슬퍼해야 할 이유가 많은 걸 뭐.

실리아 아냐. 언니, 힘을 내. 아버진 지금 친딸인 날 추방한 거야.

로잘린드 그럴 리가 없어.

실리아 그럴 리가 없다고? 언니가 날 덜 사랑하는 게 아니라? 언니, 무슨 일이 있어도 함께 도망가야 돼. 우린 헤어져선 못 살아. 그러니 지금은 우리가 어디로 갈 것인지, 무엇을 가지고 갈 것인지 그것부터 생각해야 돼. 언니 혼자 불행을 짊어질 생각은 하지 마. 언니의 슬픔을 함께 나눌 거야. 우리의 불행에 새파랗게 질린 하늘에 걸고 맹세하건대 난 언니와 함께 갈 거야.

로잘린드 좋아, 어디로 가지?

실리아 큰아버님을 찾아 아덴 숲으로 가면 어떨까?

로잘린드 맙소사, 너무 위험해. 처녀의 몸으로 그곳까지 갈 수는 없어. 미인은 황금보다 더 도둑들의 침을 흘리게 하지.

실리아 남루한 옷차림을 하고 얼굴에 흙칠을 하면 돼. 언니도 그렇게 해. 그렇게 꾸미면 도둑들을 피하고 무사할 거야.

로잘린드 이렇게 하면 어떨까? 내가 키가 크니까 남장을 하는 것이? 허리춤엔 멋진 단검을 차고, 손에는 창을 들고 말야. 아무리 무서운 상황에 부닥치더라도 겉으로 드러내지 않는 늠름한 사나이로 행세하는 거야. 세상의 많은 남자들은 겉보기엔 용감한 척 허세를 부리지만 속으론 모두들 겁쟁이라고.

실리아 언니가 남자로 변장하면 이름은?

로잘린드 가니미드가 어떨까? 그럼 너는?

실리아 난 내 신세와 관련이 있는 것이라면 좋겠는데……. 음, 외톨이라는 뜻에서 엘리나가 어떨까?

로잘린드 그것도 좋겠다. 그런데 네 아버지의 어릿광대를 꾀어내 같이 가는 게 어때? 우리 여행에 많은 위안이 될 텐데.

실리아 아마 나와 함께라면 세상 끝까지 따라올 거야. 자, 우리 가서 얼른 보석을 챙기자. 그리고 뒤쫓지 못하도록 계획을 짜서 도망쳐야 돼. 그리고 추방당하는 것이 아니라 자유를 찾아서 떠나는 거야.

제 2 막

제 1 장   아덴의 숲

노공작, 애미언즈와 세 명의 귀족들이 사냥꾼 복장으로 등장.

노공작 여보게들 귀양살이가 어떤가? 이러한 생활도 차차 익숙해지니 부귀영화보다 낫지 않은가? 서로 험담만 일삼는 궁궐보다 위태롭지도 않고, 계절의 변화를 직접 피부로 느낄 수 있잖은가. 엄동설한의 차가운 바람이 사납게 휘몰아쳐 살을 에이고 온몸이 오그라들 정도로 춥다 해도 나는 웃으며 말할 수 있지. "이건 신하들의 아부가 아니라 오히려 충정이다." 역경이야말로 뭔가를 깨닫게 해 주는 교훈을 준다. 옴두꺼비처럼 흉측하고 독이 있지만 머리에 귀한 보석이 있는 것처럼 말이오. 이렇게 산속에서 속세를 멀리 떨어져 살다 보니 나무들의 우우거리는 소리와 발에 채이는 돌멩이에서도 신의 가르침을 듣지 않소? 개울물을 책으로 삼고 우주 만물의 이치를 깨닫게 되지 않느냐 말이오. 그러니 난 이 생활에서 벗어나고 싶지가 않소.

애미언즈 공작님이야말로 무엇이 행복인지 깨달은 분이십니다. 냉혹하고 무정한 운명을 이처럼 고요하고 멋진 인생으로 바꾸어 놓으셨으니.

노공작 자, 그럼 사슴 사냥이나 가 볼까? 그런데 저 멍청한 얼룩사슴은 하필이면 제 땅에서 살찐 엉덩이에 화살을 맞아야 하다니······. 참으로 애석한 일이야.

귀족 1 그렇습니다, 공작님. 우울증에 걸린 제이퀴즈도 그래서 한탄한 답니다. 사슴 사냥을 하시는 공작님을 추방한 아우님보다 더 지독하다고요. 공작님, 오늘 저와 애미언즈 경은 몰래 그 친구 뒤를 밟았죠. 그 친구는 개울가에 해묵은 뿌리를 묻은 도토리나무 아래 벌렁 드러눕더군요. 마침 그때 사냥꾼의 화살에 맞은 수사슴이 다리를 절룩거리며 왔습니다. 온갖 쥐어짜는 듯한 신음 소리를 내며 주먹만한 눈물 방울을 주르륵 흘리면서 말이죠. 멍청한 짐승이 울적한 제이퀴즈의 눈길을 받으며, 세차게 흐르는 개울가에 서서 얼마나 많은 눈물을 흘려대는지 시냇물이 붉어날 지경이었죠.

노공작 제이퀴즈는 뭐라고 하더냐? 그 사슴을 보며 현자나 되는 것처럼 지껄이지 않더냐?

귀족 1 그랬습니다요. 청산유수와 같이 비유를 늘어놓더군요. 부질없이 개울물에 눈물을 보태는 사슴을 보며, "불쌍한 것, 너도 세상의 속물들처럼 유산을 분배하나 보구나. 지금도 넘쳐나는데 네 몫까지 얹어 주다니." 그러고는 다른 사슴들로부터 버림받은 걸 보고는 "당연한 일이야. 불행해지면 친구도 멀어진단다" 하고 말하더군요. 잠시 후에 포식한 사슴들이 떼를 지어 수사슴 곁을 무심하게 지나가자 제이퀴즈가 버럭 소리를 질렀습니다. "썩 꺼져라, 살찌고 기름진 것들아! 세상 인심이 다 그렇지. 저 불쌍한 것을 돌아볼 이유야 없겠지." 이렇듯 나라며 궁궐이며 동네에 이르기까지 독설을 퍼부어댔지요. 그는 오히려 우리에게 폭군보다 더한 자들이라고 말하는 거예요. 그래서 연약한 사슴을 위협하고 죽이면서 그들의 보금자리를 침범했다는 거죠.

노공작 그가 아직도 거기에 있는가?

귀족 2 예, 그럴 겁니다요.

노공작 그곳으로 갈 테니 안내하거라. 우울증에 빠진 그와 얘기하는 것이 즐겁다. 그러고 보면 그가 진국이다.

제 2 장 프레드릭 공작의 방

프레드릭 공작이 귀족들을 거느리고 등장.

프레드릭 그래, 아무도 그 애들을 보지 못했다고? 그렇다면 궐 안에 있는 어떤 하인놈과 짜고 도망친 게 분명하구나.

귀족 1 시녀들은 공주님이 잠자리에 드시는 것까지 보았는데 아침 일찍 들어가 보았더니 침대는 텅 비어 있었답니다.

귀족 2 공작님을 늘 즐겁게 하던 어릿광대도 자취를 감추었습니다. 공주님의 몸종 히스페리아한테 들은 말로는, 공주님과 질녀는 씨름대회에서 찰스를 쓰러뜨린 젊은이를 입에 침이 마르도록 칭찬했다 합니다. 그래서 두 분이 가는 곳에 필시 그 젊은이가 동행했을 거라고 귀띔하더군요.

프레드릭 당장 그자를 끌어오라. 만일 그자가 없으면 형이라도 내 앞에 대령하렷다. 그들의 도주로를 차단하여 꼭 데리고 오도록 서두르거라.

제 3 장   올리버의 집 앞

올란도와 아담이 다른 곳에서 등장.

올란도 누구냐?

아 담 아, 막내도련님이시군요. 어지신 도련님, 로랜드 경을 쏙 빼 닮은 도련님, 아니 무슨 일로 이런 곳까지 오셨어요? 어쩌면 그리도 덕망이 높고, 힘까지 장사시고 용감하신지……. 오, 도련님 어쩌자고 그 변덕이 죽 끓는 그자를 패대기치셨어요? 도련님, 그것도 모르세요? 미덕이 도리어 원수가 된다는 거 말이에요. 도련님의 경우가 그래요. 도련님의 미덕은 오히려 웃으며 뺨을 치는 배신자랍니다. 오, 무슨 놈의 세상이 이렇담. 미덕을 지닌 사람이 손해를 보는 세상이라니.

올란도 도대체 무슨 말인가?

아 담 오, 불행한 도련님. 이 집 문턱에 들어설 생각은 아예 마세요. 이 지붕 아래에는 도련님의 미덕을 증오하는 적이 살고 있습니다. 도련님의 형님이, 아냐, 형님이 아니라 아드님이, 아냐, 아드님도 아니지. 절대로 아드님이라고 부르지 않을 거야. 하마터면 돌아가신 어르신을 욕되게 할 뻔했네. 어쨌거나 그 양반이 도련님에 대한 칭찬이 자자하자 오늘밤 도련님 방에 불을 지를 계획이랍니다. 만일 이 일도 실패하면 다른 방법을 써서라도 도련님을 요절낼 작정입죠. 그 양반이 털어놓는 걸 이 귀로 똑똑히 들었습니다요. 여기는 사람이 살 곳이 못 돼요. 도살장이란 말이에요. 어서 피하는 게 상책이에요.

올란도 그럼 아담, 나는 어디로 가지?

아 담 이 집만 아니라면 어디든 상관없지요.

올란도 그럼 거지 노릇을 하라는 거냐. 아니면 대로상에서 칼을 휘둘러 비열한 강도 짓을 하란 말이냐.

아 담 그래선 안 되죠. 저한테 500크라운이 있습니다. 아버님 밑에서 밤낮으로 일해 번 돈이지요. 이 몸이 늙어 수족을 제대로 움직이지 못할 때 쓰려고 푼푼이 모아 두었던 돈입니다요. 자, 이 돈을 받으십쇼. 공중에 나는 까마귀와 참새까지 먹여 살리시는 하나님이 차마 날 버리지는 않겠죠. 자, 몽땅 드릴 테니 절 하인으로 일하게 해주십쇼. 나이는 들었어도 몸 하나는 젊은이 못지 않습니다. 무슨 일이든 열심히 할 자신도 있고요.

올란도 오, 이럴 수가! 마음 씀씀이가 참으로 깊구나. 옛사람들의 일편단심이 그대에게는 아직 남아 있구나. 보수보다 충성을 소중히 여기던 옛사람들 말이오. 그러나 가여운 영감님, 주인은 이미 썩은 나무가 되었다오. 아무리 구슬땀을 흘려 키운다 해도 꽃 한 송이 피어날 수 없는 몹쓸 나무가 된 거요. 그래도 좋다면 함께 떠납시다.

아 담 좋습니다, 도련님. 제가 이 세상을 하직할 때까지 정성과 충성을 다 바치겠습니다. 저는 열일곱 살 때부터 팔십이 된 지금까지 여기서 살았습니다. 이젠 끝장이 났지만 말이죠. 사실 팔십 먹은 인생이란 이미 서산에 기울어 버린 해입지요. 이제 얼마 남지 않은 목숨, 도련님의 충실한 하인으로 지내다가 죽고 싶어요. 그보다 더 좋은 팔자가 세상에 어디 있겠습니까?

제 4 장 아덴의 숲

변장한 로잘린드와 실리아, 터취스톤 등장.

로잘린드 오, 주피터 신이시여, 저는 더 이상 갈 수가 없습니다!

터취스톤 난 다리만 아프지 않다면 주피터구 뭣이구 상관 안 할 텐데.

로잘린드 오, 체면이고 뭐고 가릴 것 없이 여자처럼 펑펑 울었으면 좋겠네. 하지만 남장을 한 몸으로 허약한 여인 앞에선 용기 있게 행동해야 해. 엘리나, 용기를 내.

실리아 제발, 더 이상 못 가겠어.

터취스톤 하지만 공주님을 업고 괴로움을 당하는 것보다는 괴로워하는 공주님을 보는 것이 차라리 낫지요. 업어다 드릴 수도 있습니다만, 뭐 생기는 게 없을 것 아뇨. 보나마나 공주님 지갑은 한겨울일 텐데 말이죠.

로잘린드 오, 여기가 바로 아덴의 숲이구나.

터취스톤 그렇습니다요. 저도 지금 아덴의 숲 속에 있는걸요. 전 전보다 더 바보가 되었나 봐요. 집에 있었더라면 이런 생고생은 하지 않았을 텐데 말이죠. 하지만 뿌리가 뽑힌 나그네들은 참아야 한다고 했지요.

로잘린드 그래, 참아. 오, 가만 저기 누가 오네. 젊은이와 노인이 아주 심각한 얘기를 나누고 있네.

코린과 실비어스 등장.

코 린 그따위 짓을 하니 여자한테 괄시를 받는 거야.

실비어스 제가 얼마나 그 여자를 사랑하는지 영감님은 모를 거예요!

코 린 그걸 왜 몰라. 누구 왕년에 사랑 안 해 본 사람 있나.

실비어스 나이 든 영감님께서 알 턱이 없어요. 물론 젊은 시절엔 사랑에 빠져 베개를 껴안고 한숨을 지으며 밤을 새운 적이 있겠지만요. 정말이지 사랑 때문에 어리석은 짓을 저질렀단 말이죠?

코 린 하도 많아서 다 기억할 수도 없어.

실비어스 그것이 바로 영감님이 진실한 사랑을 한 적이 없다는 증거예요! 사랑 때문에 저지른 바보짓을 기억하지 못한다면 그건 진실한 사랑을 했다고 할 수가 없죠. 저처럼 남이 듣기 싫어하든 말든 자나깨나 애인 자랑한 적이 없다면 영감님은 사랑한 게 아니에요. 지금 저처럼 연정을 참지 못해 친구들을 버리고 뛰쳐나온 적이 없다면 영감님은 사랑을 못해 본 거예요. 오, 피비, 피비, 피비! (실비어스 퇴장)

로잘린드 오, 가여워라! 네 상처에 귀 기울이다 보니 내 상처를 건드려 버렸구나.

터취스톤 저 역시 그래요. 아직도 잊을 수 없는걸. 칼로 돌을 쳐대며 만일 내 연인 제인 스마일에게 접근하는 녀석에게는 본때를 보여주겠다고 으르렁댔죠. 그리고 그녀의 빨래 방망이에다 키스도 하고, 어떤 때는 그녀의 고운 손으로 짠 젖소의 젖꼭지에도 키스를 했죠. 완두 깍지를 그녀라고 가정한 뒤 콩알 두 개를 꺼냈다가 다시 넣으며 슬픈 목소리로 이렇게 말하기도 했죠. "나를 위해 이것을 몸에 지녀요"라고. 정말로 사랑에 빠지면 사람들은 자기도 모르게 미친 짓을 하나 봐요. 살다 보면 세상 만사가 덧없는 것처럼 사랑을 하면 바보가 되나 봐요.

로잘린드 생각보다 말을 재치 있게 하는걸.

터취스톤 물론입죠. 제 머리를 정강이로 박살내기 전까지는 본디 지닌 재치가 어디로 가겠습니까?

로잘린드 아아, 저 양치기의 불타는 정열은 어찌 그리 나와 똑같을까.

터취스톤 저도요. 이제 제 정열은 꺼져 재만 남았습니다만.

실리아 누구든 저기 있는 사람에게 가서 먹을 것을 팔라고 해. 배고파 죽을 지경이야.

터취스톤 여보슈 시골양반!

로잘린드 이봐, 잠자코 있어. 저 사람이 네 친척인 줄 알아.

코 린 누구요? 누가 날 불렀소?

터취스톤 누구긴 누구야, 귀족이지.

코 린 하긴 나보다 더 상놈은 없지.

로잘린드 잠자코 있으라니깐. 저, 안녕하십니까, 영감님.

코 린 젊은 양반님네들 안녕하슈.

로잘린드 실은 부탁 좀 드리겠습니다. 혹시 저희들이 쉬어 갈 수 있는 집이 있습니까? 돈을 내도 좋고 인정을 베풀어도 좋으니, 좀 쉬면서 식사나 할까 싶어서요. 여기 있는 아가씨가 너무 지쳐서 한 발짝도 옮길 수도 없답니다.

코 린 젊은 양반, 참으로 딱하게 됐구먼요. 아가씨한테 도움을 줄 수 있을 만큼 제가 부자라면 얼마나 좋겠소. 하지만 저는 돌보는 양의 터럭 하나도 마음대로 할 수 없는 양치기 머슴이지요. 주인이란 작자는 남에게 친절을 베풀어 천당 갈 생각은 아예 접어둔 천하의 수전노이고요. 게다가 주인은 양떼와 양우리, 목장을 모두 팔려고 내놓았습죠. 주인이 집에 없다 보니 먹을 만한 것이라곤 전혀 없습죠. 어쨌거나 가봅시다.

로잘린드 주인댁 양떼와 목장을 사겠다는 사람이 나왔습니까?

코 린 조금 전에 여기 있었던 젊은이죠. 그런데 사고 싶은 의향이 전혀 없는 것 같더군요.

로잘린드 그러면 내 부탁 하나만 합시다. 믿고 살 수 있는 거라면, 양우리와 목장, 양떼들을 영감님이 사주십시오. 돈은 우리가 낼 테니.

실리아 영감님의 임금도 올려 드리죠. 나는 이곳이 좋아. 이런 곳이라면 즐겁게 지낼 수 있을 것 같아.

코 린 어쨌든 파는 건 분명합니다. 함께 가서 얘기를 들어보신 후에도 이곳 생활이 마음에 드신다면 전 기꺼이 여러분의 양치기가 되겠소. 쇠뿔도 단김에 뺀다고 돈을 주시면 즉시 사도록 하지요.

제 5 장 숲 속

애미언즈, 제이퀴즈, 기타 등장.

애미언즈 (노래한다)
푸른 숲 그늘 아래 나랑 함께 누워
새들의 달콤한 지저귐에 즐겁게 노래 부른다
오라, 오라, 이리로 오라
이곳에는 적도 없다, 겨울날의 매서운 바람뿐

제이퀴즈 부탁이야. 한 곡만 더해 줘.

애미언즈 노래를 들으면 더욱 우울해질 텐데요.

제이퀴즈 그렇지 않아. 제발 한 곡만 더해 줘. 족제비가 계란을 빨아먹듯이 난 노래에서 우울을 빨아먹지. 그러니 한 곡만 더 불러 줘.

애미언즈 이렇게 쉰 목소리로는 당신을 기쁘게 해 드릴 수가 없어요.

제이퀴즈 날 기쁘게 해 달라는 뜻이 아냐. 노래를 불러 달라는 거지. 자, 불러 봐. 그 '스탠자'라던가 뭐던가.

애미언즈 그거야 뭐라고 하든 상관없지만요.

제이퀴즈 명칭이야 아무려면 어때. 계약서 쓰는 것도 아닌데 뭘. 노래를 불러 봐.

애미언즈 당신이 그렇게 청하니 어쩔 수 없네요.

제이퀴즈 고맙다는 인사를 하면서까지 노래를 청해야 하는구먼. 노래하고 싶지 않은 자는 입을 봉해야지.

애미언즈 그럼 마지막 소절까지 부를게요. 내가 노래하는 동안에 주안상을 차리세요. 공작님께서 이 나무 아래서 한잔 하실 예정이거든요. 공작님께서 하루종일 당신을 찾으시던데…….

제이퀴즈 나는 하루종일 공작님을 피해 다니고. 그분은 입담이 얼마나 좋은지 사람 진을 빼놓거든. 나도 공작님 이상으로 사리가 밝지만 그저 내 운명을 하나님께 감사할 뿐이지. 자, 어서 노래나 해 봐.

일 동 (다 함께 노래한다)

세상 영화 다 버리고 산과 들에 묻혀
나물 먹고 물 마셔도 만족하는 이들이여

오라, 오라, 이리로 오라
이곳에는 적도 없다, 겨울날의 매서운 바람뿐

제이퀴즈 이 가락에 맞춰 어제 시 한편 지었소.
애미언즈 그걸 제가 노래로 불러 볼까요?
제이퀴즈 바로 이거요. (쪽지를 건네준다)

만일 누구든 부귀영화 다 버리고 고집대로 살고 싶은 사람은
덕대미, 덕대미, 덕대미라 오라, 오라, 이리로 오라
이곳은 그러한 고집쟁이들의 천국 나를 보면 알리라

애미언즈 '덕대미'가 무슨 뜻이죠?
제이퀴즈 주문(呪文)이오. 바보들을 불러내어 원을 만들 때 사용하는
그리스 말이지. 자, 나는 가서 눈 좀 붙여 볼까.
애미언즈 저는 공작님을 모시러 가야겠습니다. (퇴장)

제 6 장 숲 속

올란도와 아담 등장.

아 담 도련님, 이젠 한 발짝도 움직일 수가 없습니다. 배고파 죽을 지
경이에요. 전 여기에 누워 제 무덤 자리로 해야겠어요. 안녕히 계세요.

올란도 아담, 정말 기진했단 말이오? 오, 나를 위해서라도 더 살아야 해. 조금만 참고 기운을 내봐. 이처럼 깊숙한 산 속에서 맹수라도 튀어나오면, 내가 그놈의 밥이 되든가 아니면 내가 그놈을 때려잡아 영감을 먹일 테니 제발 나를 위해서라도 힘을 내줘! 눈앞에 저승사자가 와 있더라도 물리쳐 봐. 내 먹을 것을 가지고 금방 돌아올 테니 제발 정신을 차리고 있어. 만일 그때 먹을 것을 갖고 오지 않으면 죽어도 좋지만, 내가 오기 전에 죽으면 영감이 날 조롱하는 꼴밖에 안 돼. 자, 이제 기운이 나나 보군. 내 금방 돌아올게. 오 여긴 바람받이구나. 좀더 아늑한 곳으로 데려다줄 테니. 이 황량한 곳에 날짐승만 있으면 영감을 굶어 죽이지는 않을 거요. 자, 착한 아담, 기운을 내.

제 7 장   숲 속

노공작, 애미언즈, 귀족들이 산적들의 옷차림으로 등장.

노공작 그 사람 짐승으로 둔갑했나 보군. 그 사람 코빼기도 찾아볼 수가 없으니.

귀 족 공작님, 방금 여기서 노래를 듣고 갔습니다. 몹시 좋은 기분이던걸요.

노공작 불평 불만으로 가득 찬 그가 노래를 듣다니, 내일은 해가 서쪽에서 뜨겠구먼. 가서 찾아보게. 찾거든 할 얘기가 있다고 전하게.

제이퀴즈 등장.

귀 족 호랑이도 제 말하면 온다더니, 양반은 못 됩니다.

노공작 자네, 어찌된 일인가? 자네를 만나려고 친구들이 안절부절못하니 말일세. 그런데 웬일인가? 오늘은 기분이 좋아 보이는군!

제이퀴즈 바보, 바보를 보았습니다! 숲에서 얼룩옷을 입은 바보를 만났죠. 참 세상은 요지경 속입니다. 그 친구는 땅바닥에 벌러덩 드러누워 햇볕을 쬐면서 운명의 여신을 저주하더군요. 제가 가까이 다가가 "안녕하세요, 바보 양반" 하고 넌지시 말을 걸었더니, "그렇게 부르지 마시오. 운명의 여신이 나를 돌볼 때까지는 나를 바보라고 부르지 마시오"라고 대꾸하더군요. 그리고 나서 호주머니에서 해시계를 꺼내더니 흐릿한 눈으로 보며 말하는 거였어요. "열시군. 이것만으로도 세상이 돌아간다는 걸 알 수 있소. 한 시간 전에는 아홉시였으니까 한 시간 후는 열한시가 될 거요. 이처럼 우리는 시시각각으로 썩어가는 거지. 이것이 바로 문제요." 얼룩옷을 입은 바보가 시간에 관한 교훈을 늘어놓을 때 갑자기 제 허파에서 수탉이 울 듯 웃음이 터지기 시작했습니다. 그래서 우린 그 친구의 해시계로 한 시간 내내 웃었습니다. 오, 바보치곤 귀여운 바보였죠. 단 얼룩옷 한 벌뿐이었지만 귀티가 흘렀죠.

노공작 그 바보는 도대체 어떻게 생겼던가?

제이퀴즈 오, 존경하는 바보는 궁궐에 있었다고 했습니다. 그래서 젊고 아름다운 귀부인들을 보면 금세 알 수 있다고 했습니다. 그 친구 머리는 항해를 마친 뒤 먹다 남은 비스킷처럼 바싹 말랐지만, 속은 진기한 얘기로 꽉 차 있더군요. 오, 그런 바보가 된다면 얼룩옷을 입어도 좋아.

노공작 그런 옷이라면 내 한 벌 맞춰 주지.

제이퀴즈 그 옷이야말로 제가 바라던 옷입니다. 그리고 공작님께서도 여태껏 절 현자 취급하셨는데 그것만은 공작님 머릿속에서 싹 지워 주세요. 그래야 그 옷을 입고 바람처럼 자유롭게 아무 소리나 할 수 있을 테니까요. 그렇게만 해 주신다면 전염병으로 썩어가는 이 세상의 병균을 낱낱이 밝혀 보겠습니다.

노공작 허튼 소리 말게. 난 자네 속셈을 알고 있어.

제이퀴즈 맹세컨대 착한 일만을 하고 싶습니다.

노공작 남을 정죄하는 것이 죄 중에서도 가장 지독해. 자네도 짐승의 본능 못지 않게 살아왔지 않느냐. 온갖 음탕하고 방탕한 행동으로 인해 진물나고 곪아터진 상처를 이제 이 세상에 쏟아 놓을 작정이냐.

제이퀴즈 제가 세상의 오만을 비난한다고 해서 특정한 개인을 비난하는 일은 아니잖습니까. 오만이란 바닷물과 같아서 밀물일 때는 도도히 흐르다가도 썰물일 때는 쑥 빠져 없어지는 것이 아닙니까. 가령 제가 도시 아낙네가 분수에 넘치게도 공주의 의상을 걸치고 있다고 말했다 합시다. 그렇다고 해서 어느 여인이 자기 경우라고 들고 나오겠습니까? 혹은 미천한 신분의 남자가 자기의 경우라고 생각해서 항의를 할 수 있겠습니까? 항의를 하면 어리석은 게 드러날 텐데요. 그렇다는 말씀입니다. 그런데 제가 누구를 해쳤단 말씀인가요? 제 독설로 인해 상처를 입은 사람이 있나요? 만일 상처를 입었다면 자신이 나쁘다는 증거입니다. 그렇지 않으면 제 독설은 아무에게도 상처를 주지 않고 갈매기처럼 허공을 날아다닐 겁니다. 누가 오고 있군요?

칼을 뽑아 든 올란도 등장.

올란도 꼼짝 마라.

제이퀴즈 이 수탉 같은 녀석, 어디서 떨어져 나왔냐?

노공작 감히 누구 앞이라고 무엄하게 구는 거냐. 궁색해서 그런 건가, 아니면 태생이 비천한 상놈인가?

올란도 궁색해서 그렇다. 굶다 보니 예의범절이고 체면이고 가릴 처지가 아니다. 나도 도회지에서 자라나 예의 범절을 알아. 이봐, 거기 꼼짝마. 그 과일에 손을 댔다간 죽을 줄 알아.

제이퀴즈 (건포도를 집어들며) 말로는 안 통할 친구군.

노공작 원하는 게 뭐냐? 오는 말이 고와야 가는 말도 고운 법, 힘으로는 안 돼.

올란도 굶어죽기 직전이다. 먹을 것을 다오.

노공작 그럼 앉아서 먹게나.

올란도 그렇게 친절하게 말씀하시니 몸둘 바를 모르겠습니다. 무례함을 용서해 주십시오. 여기엔 모두 야만인들만 사는 줄로 알고 거친 말과 난폭한 행동을 했습니다. 여러분은 누구신지, 왜 이처럼 후미진 곳에서 한량처럼 시간을 죽이고 계신지 모르겠습니다. 보아 하니 한때 좋은 세월을 겪으셨고, 교회 종소리에 이끌려 교회를 다니신 적이 있고, 옷깃에 눈물을 적신 적이 있다면, 동정을 주고받는 것도 아시리라 생각합니다. 말랑말랑한 인정이야말로 대단한 힘이 되지요. 이러한 뜻에서 부끄러운 마음으로 칼을 집어넣겠습니다.

노공작 사실 네 말대로 우린 살았다. 그러니 마음놓고 요기를 하라.

올란도 그럼 잠시만 음식을 이대로 놔두십시오. 사실은 새끼사슴처럼 먹이를 물어다 주기를 기다리는 노인이 있습니다. 그 노인은 오로지 나에 대한 충성심으로 무거운 다리를 끌고 여기까지 험난한 길을 왔습니다. 저는 그 노인을 먼저 먹인 다음 먹겠습니다.

노공작 그럼 어서 가서 데려오게. 올 때까지 손도 대지 않을 테니.

올란도 감사합니다. 어르신네의 친절에 신의 가호가 있기를!

노공작 보다시피 우리만 불행한 것은 아니다. 이 넓디넓은 세계라는 무대에선 우리들이 연기하는 장면보다 훨씬 더 비참한 연극이 벌어지지.

제이퀴즈 이 세상은 하나의 무대요, 모든 인간은 제각각 맡은 역할을 위해 등장했다가 퇴장해 버리는 배우죠. 그리고 연령에 따라 막을 일곱 개로 나눌 수 있죠. 제1막은 유년기로 유모 품에 안겨 울어대며 보채고 있죠. 다음 제2막은 개구쟁이 아동기로 아침 햇살을 받으며 가방을 들고 달팽이처럼 마지못해 학교로 가죠. 제3막은 사랑하는 연인들이 서로를 그리워하며 한숨을 짓죠. 제4막은 군대 가는 시기로 이상한 표어나 명예욕에 불다올라 길핏하면 눈에 핏발을 세우고 달려들죠. 제5막은 법관으로 뇌물을 받아먹어 뱃살이 두둑해지고 눈초리는 날카롭고 격언과 진부한 말들을 능란하게 늘어놓으며 판에 박힌 판결을 내리죠. 제6막은 수척한 늙은이가 나오는데 콧등에는 돋보기가 걸쳐져 있고, 허리에는 돈주머니를 차고, 말라빠진 정강이는 바지 통을 더욱 헐렁하게 하고 사내다웠던 굵은 목소리는 애들 목소리처럼 가늘게 변해 삑삑 소리를 내죠. 마지막으로 제7막은 파란만장한 인생살이를 끝맺는 장면으로, 제2의 유년기랄까? 이도 다 빠지고 오로지 망각의 시간으로 눈은 침침하고 입맛도 없고 세상만사가 모두 허무할 뿐이죠.

올란도와 아담, 다시 등장.

노공작 어서 오시오. 노인에게 먹을 것을 드리지.

올란도 노인을 대신해서 감사합니다.

아 담 제가 마땅히 인사드려야 하는데 기운이 없어 감사의 말조차 할 수 없군요.

노공작 자, 어서 들구려. 지금은 서로 인사할 계제가 아니니……. 자, 풍악을 울리고, 자넨 노래를 불러. (노래한다)

불어라 불어라 겨울바람아

너 아무리 차가운들 배신한 놈만이야 하겠느냐.

네 이빨이 날카롭지 않은 건 네 입김이 거칠어도

네 모습이 보이지 않기 때문이로다

헤이호, 노래 부르자 사시사철 푸른 나무 바라보며

우정은 거짓이고, 사랑은 미친 짓이라

헤이호, 노래 부르자 깊은 산 속은 우리의 놀이터

얼어라 얼어라 겨울 하늘아

너 아무리 살을 에인다 해도 배신한 놈만이야 하겠느냐

개울물 얼리는 겨울 하늘아 너의 가시 날카로워도

가슴에 상처를 주지 않네 헤이호 노래 부르자

노공작 지금 자네 말을 듣고 보니 그런 것 같기도 하오. 정녕 자네가 로랜드 경의 아들이라면 진심으로 환영하네. 난 그분을 몹시 총애했던 공작일세. 그리고 노인, 자네도 자네 주인처럼 환영하는 바요.

제 3 막

제 1 장 궁 전

프레드릭 공작, 올리버, 귀족들 등장.

프레드릭 아니, 그 이후론 본 적이 없다고? 어림없는 소리 마라. 내가 인정머리가 없었다면 그놈 대신 너에게 앙갚음했을 것이다. 그러니, 잘 들어라. 당장 네 동생을 찾아내라. 그놈이 어디 있든지 말이다. 죽었든 살았든 간에 1년 안으로 찾아내라. 그렇지 않으면 너는 이곳에서 살 생각을 아예 하지 말아라. 너의 토지와 재산을 모조리 몰수할 것이다. 네 동생의 입을 통해 너의 혐의가 풀릴 때까지 말이다.

올리버 오, 공작님! 제 마음을 헤아려 주십시오. 소생은 여태껏 동생을 한 번도 사랑한 적이 없습니다.

공 작 보자보자하니 고얀 놈이로군. 이놈을 당장 밖으로 끌어내라. 담당관은 가서 이놈의 토지와 가옥을 몰수하라. 급히 서둘지어다. 이놈을 당장 추방시켜라.

제 2 장 숲 속

올란도가 종이 쪽지를 들고 등장.

올란도 내 노래여, 나뭇가지에 매달려서라도 내 사랑을 증언해 다오. 그대 밤의 여왕 달님이여, 파리한 창공에서 맑은 눈길로 지켜봐 주소서. 내 운명을 지배하는 여신이자 사냥꾼인 아름다운 여인을. 오, 로잘린드! 이 나무 껍질을 종이로 하여 내 사랑을 적으리라. 이곳에 사는 수많은 사람들이 그녀의 미덕을 볼 수 있으리. 오, 달려라, 달려! 올란도야, 그녀의 이름을 나뭇잎에 적어라. 이루 말로 다 표현할 수 없는 그녀의 미덕을.

코린과 터취스톤 등장.

코 린 영감님, 양치기 생활은 어떠신지요?
터취스톤 즐거운 생활이면서도 보잘것없는 생활이기도 하지. 고독을 즐길 수 있어서 좋지만 한편으론 재밋대가리가 없거든. 전원 생활이라는 점에서는 마음에 들지만 궁궐 생활이 아니라서 지루하고, 검소한 생활이라는 점에선 좋지만 풍족하지 못하니 뱃가죽이 등에 붙지. 자넨 이 생활에 무슨 철학이라도 갖고 있나?
코 린 소생이 알고 있는 거라곤 사람이란 병이 들수록 아프다는 겁니다. 돈 없고 힘 없고 백 없는 사람은 좋은 친구 셋을 두기도 어렵다는 거죠. 비의 속성은 젖는 것이고 불의 속성은 태운다는 데 있다는 것쯤 압니다. 목장이 좋으면 양이 살찌고, 밤이 어두운 것은 태양이 없기 때문이죠.

교육을 제대로 받지 못했든 돌대가리든 지혜롭지 못한 자는 가문이 변변치 않거나 좋은 씨가 아니기 때문이죠.

터취스톤 자네야말로 타고난 이야기꾼이군. 자네 궁궐에 가본 적이 있는가?

코 린 아뇨, 한 번도 안 가 봤어요.

터취스톤 그렇다면 곤장을 맞아야겠군.

코 린 궁궐에 가본 적이 없어서요? 궁궐에 가본 적이 없는 게 그렇게 죄인가요?

터취스톤 궁궐에 가본 적이 없으니 예의범절이 엉망이겠지. 예의범절이 엉망이면 행실이 나쁠 테고. 나쁜 행실은 죄악이니 곤장을 맞아야 해. 자넨 지금 위기에 직면해 있다고.

코 린 영감님, 실없는 소리 마슈. 궁궐의 예의범절은 시골에서는 꼴불견이죠. 시골의 예의범절이 궁궐에서 웃음거리가 되는 것처럼요. 궁궐에서는 인사 대신 꼭 손에 키스한다죠. 궁궐에서 하듯 양치기가 한다면 그런 예절은 불결한걸요.

터취스톤 그걸 증명할 수 있나? 어서 증명해 봐.

코 린 우린 밤낮으로 양을 다루는데, 양털은 기름기가 흐르잖아요.

터취스톤 궁궐 사람들의 손엔 땀이 안 나? 양 기름과 사람의 땀이 다른가? 아냐, 틀렸어. 좀더 멋지게 증명해 봐.

코 린 게다가 우리네 손은 딱딱해요.

터취스톤 입술은 더욱 예민하지. 다시 더 멋지게 증명해 봐.

코 린 우리네 손은 양의 상처를 치료하다 보면 약이 묻을 때가 많죠. 그럼 약에다 키스하라는 겁니까? 궁궐 사람들의 손에선 사향이 풍기죠.

터취스톤 나원 참, 엉뚱하기는! 상등품 고기에 비교한다면 자넨 썩은 고깃덩이야! 현자로부터 배우고 생각 좀 하며 살게나. 사향은 더러운 고양이 똥으로 만드니 약품보다 더 나쁜 건 당연해.

코 린 영감님 재치에 두 손 다 들었습니다.

터취스톤 곤장을 맞아도 좋단 말인가? 신이시여, 이 못난 자를 도우소서! 낫 놓고 기역자도 모르는 이 자를 품종 개량하여 주소서.

코 린 영감님, 저는 평생 막노동하며 살아왔습니다요. 단지 먹고살기 위해 일하죠. 하지만 누구의 미움도 사지 않았고, 남의 행복을 부러워하지도 않았습니다. 내 고통은 혼자 삼켰지만 남이 기쁘면 함께 기뻐했죠. 내 유일한 자랑거리는 양이 풀을 뜯는 것과 새끼양이 젖을 빠는 걸 보는 일입니다요.

터취스톤 그것도 자네의 죄악이야. 암양과 숫양을 홀레 붙이는 짓이나 하다니. 목에 방울 단 우두머리 양의 뚜쟁이 노릇이나 하고, 일년생 암양을 여편네에게 버림받은 늙은 숫양에게 속임수로 붙여 주다니, 천부당만부당한 노릇이야.

코 린 저기 가니미드 도련님이 오십니다요.

로잘린드, 종이 쪽지를 읽으면서 등장.

터취스톤 이런 식으로 운을 맞춘다면 나도 8년간은 할 수 있겠네요. 먹고 자는 시간을 빼놓아야겠지만 말이에요. 왠지 이 노랜 버터 장사 아낙들의 걸음걸이 같군요.

로잘린드 저리 가, 바보야.

터취스톤 본보기를 보여 드릴게요.

로잘린드 쉿! 내 동생이 무언가 읽으면서 오고 있어. 숨자.

실리아가 종이 쪽지를 들고 읽으며 등장.

이곳이 이토록 쓸쓸한 것은 사람이 살지 않아서인가?

아냐, 나무마다 우리의 혀를 달아 말을 토해 놓도록 할까?

예쁜 나뭇가지마다 말끝마다 나는 쓰리라, 로잘린드.

읽는 사람 모두에게 가르쳐 주자.

하늘이 온갖 솜씨를 부려 그녀의 몸을 만들었다고

그러기 때문에 하느님은 자연에게 명령하여

이 세상 모든 아름다움을 한 몸에 채우도록 하셨다.

로잘린드 오, 친절도 하셔라! 지루한 사랑의 설교로 신자들을 괴롭히면서 "여러분, 잠깐만 참으세요"라는 말도 하지 않고.

실리아 너무들 해요! 몰래 엿듣다니 나빠요. 양치기 양반도 저리 가요. 너, 어릿광대도 저리 가고.

터취스톤 어이, 양치기 친구! 명장은 후퇴할 때를 아는 법, 어서 빨리 줄행랑치는 게 최선책이다. (코린과 터취스톤 퇴장)

실리아 언니, 이 시 들었지?

로잘린드 응, 전부 다 들었어. 그런데 어떤 구절은 운이 넘치더라.

실리아 어쨌든 언니 이름이 나무와 줄기마다 새겨져 있었을 텐데, 놀라지 않았어?

로잘린드 네가 오기 전 이미 놀랄 건 다 놀랐다. 아참, 이것이 종려나무에 걸려 있었어. 피타고라스 시대 이후로 내가 시의 주인공이 된 건 이번이 처음이지 아마. 그 시대에 난 아일랜드의 생쥐였는지도 몰라.

실리아 누가 이런 장난을 했을까?

로잘린드 남자일까?

실리아 아마 언니가 목걸이를 걸어 드렸지. 아니, 언니 얼굴색이 달라지네.

로잘린드 그 사람이 누군데?

실리아 오, 하느님! 산과 산도 지진이 나면 서로 만나거늘, 친구와 친구가 만나는 게 이토록 어려운가요?

로잘린드 딴소리 말고 그게 누구야?

실리아 누군지 모른다니요? 어쩌면 이런 일이! 도저히 있을 수 없는 일이야.

로잘린드 너는 내가 남장을 했다고 해서 마음까지 남자가 된 줄 생각하니? 난 아직도 여자야. 이렇게 남태평양을 항해하는 것처럼 날 지루하게 애태우지 말고. 네가 말더듬이였으면 좋겠다. 머뭇거리다가도 한 순간에 왈칵 쏟아지도록 말이다. 제발 부탁이니 그가 누군지 어서 말해 줘. 부탁이야. 네 입을 틀어막은 병마개를 빼어 시원한 소식을 마시게 해줘.

실리아 뱃속에 그 남자가 들어가 버리게?

로잘린드 그분 역시 하느님이 만드셨겠지. 어떤 남자일까? 모자를 쓰고 수염이 난 분일까?

실리아 턱수염만 약간 났어.

로잘린드 하느님이 더 나도록 해주시겠지. 난 그분의 턱수염이 텁수룩

해질 때까지 기다릴 수 있어.

실리아 왜 그분 있잖아, 찰스의 다리와 언니의 마음을 순식간에 고꾸라뜨린 분, 올란도라는 분 말야.

로잘린드 너 정말 날 놀릴래! 농담 말고 진실을 말해 봐.

실리아 정말이야. 그분이야.

로잘린드 올란도?

실리아 그래.

로잘린드 오, 어쩌면 좋아! 바지와 조끼를 걸치고 있으니. 그분은 뭘 하고 있었니? 표정은 어땠어? 어떤 복장이었어? 여긴 왜 왔는데? 내 얘기를 물었어? 어디 계시대? 헤어질 때 아무 말도 안 했어? 언제 만난다는 말 같은 것? 말해 줘, 얼른.

실리아 거인 가르간튜어의 입을 빌려야 언니 물음에 답할 수 있겠네. 그렇지 않고서는 요 조그마한 입으로 어떻게 다 말해.

로잘린드 그분은 내가 남장하고 있는 걸 알고 있니? 씨름하던 날처럼 원기 왕성하든?

실리아 사랑하는 사람의 물음에 답하느니 바닷가 모래알을 헤아리는 게 낫겠어. 어쨌거나 내가 그분 만난 걸 얘기할게. 그분은 땅에 떨어진 도토리처럼 나무 아래 앉아 있었어.

로잘린드 열매가 떨어지는 나무라면 주피터 신의 거룩하고 성스러운 나무구나.

실리아 제발 듣기만 해. 몸을 쭉 뻗고 마치 부상당한 기사처럼 누워 있었어.

로잘린드 보기에 딱한 광경이지만 배경에 딱 어울리는 모습이구나.

실리아 언니, 제발 그 입 좀 다물어 봐. 그분의 옷차림은 사냥꾼······.

로잘린드 어머, 이제 내 심장을 겨냥하려나 봐.

실리아 그렇게 장단을 넣으면 이제 말 안 한다.

로잘린드 나도 여자야. 입이 근질근질한 걸 어떡하니?

실리아 또 그런다. 쉿, 그분이 여기로 오네.

올란도와 제이퀴즈 등장.

로잘린드 그분이야. 우리 숨어서 지켜보자.

제이퀴즈 만나 봬서 반가웠소. 사실은 혼자 있으면 더욱 좋지만.

올란도 동감입니다. 저도 예의상 당신을 뵈어 기쁘다고 해야겠군요.

제이퀴즈 안녕히 가시오. 가능하면 가끔 만납시다.

올란도 아니, 서로 모른 척하고 지내는 게 좋겠군요.

제이퀴즈 제발 부탁이오 앞으로는 나무 껍질에 연서를 새겨 나무를 괴롭히지 마십시오.

올란도 나 역시 부탁하건대 제 시를 왜곡시키지 마십시오.

제이퀴즈 로잘린드가 애인 이름이오? 그 이름이 마음에 들지 않소.

올란도 당신 마음에 들자고 지은 이름은 아닐 테니까요.

제이퀴즈 그 애인 분 키는 얼마나 되오?

올란도 이 뜨거운 가슴에 와 닿을 정도죠.

제이퀴즈 재밌게 대답하시는군. 대장간 아낙네들과 사귄 적이 있나 보오. 반지에 새긴 글귀를 많이 알고 있으니 말이오.

올란도 아뇨, 저는 벽걸이에 새긴 글귀를 외워 대답했죠. 당신 질문도 거기서 나온 듯해서 말이죠.

제이퀴즈 재치가 대단하군요. 당신의 대답은 발빠른 아틀라타 신의 뒤축으로 만들었나 보오. 우리 여기 앉아서 신세 타령을 하는 게 어떻겠소?

올란도 신세 타령해서 뭣하겠소? 내 자신의 결점만 보이는걸요.

제이퀴즈 당신의 최대의 결점은 사랑에 빠졌다는 사실이오.

올란도 그 결점을 당신의 최고의 미덕과 바꾸고 싶지 않지요. 당신은 참으로 답답한 분입니다.

제이퀴즈 실은 바보를 찾고 있었는데 당신을 만난 거요.

올란도 바보는 개울물에 빠졌군요. 들여다보면 보일 겁니다.

제이퀴즈 그럼 내 모습이 보이겠군.

올란도 그게 바보가 아니라면 헛것이겠죠.

제이퀴즈 당신과 할 얘기가 없소이다. 상사병 환자여, 안녕히.

올란도 가신다니 반갑군요. 안녕히 가세요, 우울증 환자여.

제이퀴즈 퇴장하고 로잘린드와 실리아가 등장.

로잘린드 (실리아에게 방백) 건방진 하인처럼 말을 걸어 저분을 놀려줘야지. 여보세요, 사냥꾼 아저씨, 지금 몇 시죠?

올란도 오늘이 며칠이냐고 물으시죠. 숲 속에는 시계가 없으니까.

로잘린드 그렇다면 이 숲에는 진정한 연인도 없겠네요. 있다면 1분마다 한숨짓고 한 시간마다 신음을 터뜨릴 테니 시간의 느린 발걸음을 시계처럼 측정할 수 있을 텐데요.

올란도 어째서 빠른 걸음걸이라고 하지 않습니까? 그게 더 적절한 표현일 것 같은데요.

로잘린드 그렇지 않습니다. 시간의 걸음걸이는 사람에 따라 다르답니다. 시간은 사람에 따라 느릿느릿 기어가거나 종종걸음이거나 달리거나 아니면 완전히 서 있는 법이랍니다.

올란도 느리게 기어갈 땐 어느 경우요?

로잘린드 네, 약혼식을 올린 처녀의 시간입니다. 비록 결혼할 날까지 일주일이 남았다 하더라고 그 기간은 칠년처럼 지루하죠.

올란도 종종걸음으로 갈 땐 어느 경우요?

로잘린드 라틴어를 모르는 신부와 중풍을 모르는 부자의 경우죠. 왜냐하면 신부는 공부가 안 되기 때문에 쉽게 잠이 들고 부자는 고통을 모르기 때문에 즐겁게 살기 때문이죠. 신부는 학문의 무거운 짐을 지면서 헛수고할 필요가 없고, 부자는 가난의 고통스런 짐을 지지 않아도 되기 때문이죠.

올란도 마구 달리는 경우는요?

로잘린드 교수대로 끌려가는 강도의 경우죠. 아무리 천천히 가려 해도 눈 깜짝할 사이거든요.

올란도 그럼 완전히 서 있는 경우는요?

로잘린드 휴정 기간의 변호사가 그렇죠. 다시 개정될 때까지는 잠만 잘 테니 시간이 흐른다는 걸 알 턱이 없지요.

올란도 어쨌거나 젊은이께선 어디에서 사시오?

로잘린드 누이동생과 이 숲 언저리에서 살지요. 치마로 말할 것 같으면 치맛단 같은 곳이죠.

올란도 이곳 태생이오?

로잘린드 저기 있는 토끼처럼 저도 태어난 곳에서 산답니다.

올란도 당신의 말씨는 세련되어 있어서 시골티가 나지 않소.

로잘린드 그런 말 많이 들었어요. 실은, 늙은 아저씨한테서 배운 겁니다. 도회지 출신인 그분한테서 말과 교양을 익혔지요. 아저씨는 저에게 절대로 연애만은 하지 말라고 하셨어요. 여자와 연애를 하면 여자한테 붙어 다니는 흉측한 죄에 물든다는 거지요. 그래서 난 여자가 아닌 것을 하느님께 감사했죠.

올란도 여자한테 붙어 다니는 죄악 가운데서 기억나는 것이 있소?

로잘린드 뚜렷이 기억나는 것은 없습니다. 반푼짜리 동전처럼 모두 비슷비슷했지요. 말하자면 도토리 키 재기 같은 것이었죠.

올란도 그 중에서 몇 가지만 얘기해 주시오.

로잘린드 싫어요. 상사병에 걸리지도 않은 사람에게까지 함부로 처방전을 줄 수는 없지요. 다만 이 숲 속에도 그런 남자가 있습니다. 나무 껍질마다 로잘린드라는 이름을 새기며 연서와 시로 이 숲을 도배질하고 다니죠. '로잘린드'라는 이름을 신주 모시듯 떠받드는 그 상사병 환자를 만나기만 하면 충고해 줄 생각이에요.

올란도 그 사람이 바로 나올시다. 처방전을 알려 주시오.

로잘린드 아저씨가 말한 상사병 증세가 당신한테서는 전혀 보이지 않는걸요. 아저씬 상사병 환자를 알아보는 법을 가르쳐 주었지요. 당신은 사랑의 새장 속에 갇혀 있는 사람 같지 않아요.

올란도 상사병 증세라뇨?

로잘린드 두 볼이 푹 패이고 눈이 쑥 들어간다는데 당신은 그렇지 않아요. 남과 말하는 것도 싫어하고, 수염도 깎지 않는다는데 당신은 그렇지 않아요. 수염은 봐 드리죠. 동생의 유산처럼 하찮으니까요. 그리고 풀어헤친 양말대님, 풀린 모자끈, 끌러진 소매단추, 헐렁한 구두끈 등 옷차림에는 무관심해야 하는데 당신은 그렇지 않아요. 당신의 옷차림은 빈틈없이 단정해요. 당신은 남을 사랑하는 것처럼 보이지 않고 자신을 사랑하는 사람처럼 보여요.

올란도 젊은이, 어떻게 하면 내 사랑을 믿을 수 있겠소?

로잘린드 나더러 믿으라고요! 당신의 연인한테 믿으라고 하는 편이 더 쉽겠지요. 그 연인은 이미 말하기 전에 믿을 거예요. 그래서 여자들은 본의 아니게 양심을 속이지요. 그런데 정말 당신이 나무마다 연서를 걸어 놓은 장본인인가요?

올란도 맹세코 젊은이여, 로잘린드의 하얀 손가락에 걸고 말하건대 그 사람이 바로 나요.

로잘린드 정말 당신의 사랑은 시 구절대로 그녀를 사랑하나요?

올란도 시로 내 사랑을 표현하기에는 오히려 턱없이 부족하오.

로잘린드 사랑은 광기일 뿐이에요. 그러니 미친 사람을 다루듯 캄캄한 광에 가두고 곤장을 쳐야겠죠. 그러나 이 치료법도 통하지 않는 것은 매질하는 사람까지 사랑에 빠져 버리기 때문이죠. 그래서 충고가 필요하죠.

올란도 그런 방식으로 치료한 적이 있습니까?

로잘린드 네, 있습니다. 나를 그의 애인으로 가정한 뒤 사랑의 하소연을 듣도록 하여 치료했습니다. 이 방법으로 당신의 간장을 건강한 양의 심장처럼 깨끗하게 씻어내 상사병을 치료해 드릴 수도 있어요.

올란도 젊은이, 그런 방식으로 날 치료할 수는 없을 거요.

로잘린드 아뇨, 치료할 수 있습니다. 만약에 저를 로잘린드라 부르신다면, 그리고 매일처럼 오두막으로 사랑을 고백하러 오신다면.

올란도 그렇다면 그렇게 하겠소. 오두막이 어디 있소?

로잘린드 함께 갑시다. 보여 드릴게요. 그리고 당신이 어디에서 살고 계신지 알려 주세요.

올란도 그럽시다, 젊은이.

로잘린드 아니, 저를 로잘린드라 불러야 해요. (일동 퇴장)

제 3 장 숲 속

터취스톤과 오드리 등장. 제이퀴즈 따라 등장.

터취스톤 빨리 와, 오드리. 염소는 내가 끌어다 줄 테니까. 오드리, 나 괜찮지? 순박한 내 용모가 마음에 들지?

오드리 아이고 맙소사, 용모라뇨?

터취스톤 내가 너와 네 양들과 함께 있는 것은 정직한 시인 오비드가 야만스런 고스족과 함께 있는 꼴과 같아.

제이퀴즈 (방백) 천만에. 주피터 신이 초가집에 사는 꼴이로군!

터취스톤 자기 시를 남들이 이해 못하거나 자신의 재치가 받아들여지지 않으면 여인숙에서 비싼 호텔방 값을 치르는 것 이상으로 타격을 받지. 오, 하느님이 너를 시인으로 만들어 주었으면 얼마나 좋았을까?

오드리 시인은 뭔가요? 언행이 정직하다는 뜻인가요?

터취스톤 천만에! 진정한 시일수록 거짓말투성이야. 연인들은 그러한 시에 취하고 맹세를 하지. 다 허황된 일이거늘.

오드리 그런데도 제가 시인이기를 바라세요?

터취스톤 두말하면 잔소리지. 네가 시인이라면 네 맹세가 거짓말일 수도 있다는 희망을 가질 수 있잖아.

오드리 정직하면 안 되나요?

터취스톤 안 돼. 네가 못났다면 모르지만 정직과 미모가 합쳐지면 설탕물에 꿀을 탄 격이야.

제이퀴즈 (방백) 제법인데!

오드리 못생겼으니 정직한 마음이라도 달라고 하느님께 빌지요.

터취스톤 매춘부에게 정숙함을 주는 것은 더러운 접시에 싱싱한 고기를 담는 꼴이야.

오드리 저는 매춘부가 아니에요. 하느님 덕분에 못생기긴 했어도요.

터취스톤 그렇군. 못생긴 걸 다행으로 여기고 하느님께 감사해야겠군. 매춘부가 되는 건 언제든 가능하니까. 그건 그렇고, 난 어떤 일이 있어도 너와 결혼할 거야. 그래서 이웃에 사는 올리버 마텍스트 목사님께 부탁했더니 목사님께서는 이곳에 오셔서 결혼식을 주관하시겠대.

제이퀴즈 (방백) 이 결혼식을 보고 싶네.

오드리 하느님, 우리에게 기쁨을 내려 주세요.

터취스톤 아멘. 겁쟁이라면 감히 엄두도 못낼 거야. 이곳은 교회가 없고 온통 나무뿐이잖아. 하객들이라곤 뿔 돋친 짐승들뿐이고. 하지만 어때? 용기를 내야 해. 뿔은 흉측하지만 필요하잖아. 그뿐인가. 성벽 있는 도시가 촌락보다 더 값어치가 있듯이 장가든 사나이의 뿔난 이마가 맨숭맨숭한 총각 이마보다 더 낫지. (올리버 마텍스트 목사 등장) 목사님, 잘 오셨습니다. 이 나무 아래서 주례를 서 주시겠습니까, 아니면 교회로 갈까요?

올리버 목사 신부 쪽 사람은 아무도 없소?

터취스톤 선물을 받듯이 신부를 받고 싶지는 않은데요.

올리버 목사 넘겨줄 부친이 없으면 결혼은 성립될 수 없습니다.

제이퀴즈 (앞으로 나서며) 식을 올리시오. 내가 부친 역을 할 테니.

터취스톤 뉘신지는 모르지만 안녕하세요.

제이퀴즈 자네, 결혼하고 싶은 모양이지?

터취스톤 소는 멍에를, 말은 재갈을, 고양이는 방울을 달고 있듯이 사람에게는 욕정이 있습죠. 비둘기가 짝지어 입을 맞추듯 사람도 짝을 지어 부부가 되지요.

제이퀴즈 양반집 자손 같은데 거지처럼 숲에서 식을 올려? 교회에 가서 결혼이 무엇인지 잘 아는 목사님에게 부탁해. 이 사람은 널빤지 붙이듯 너희들을 붙여 놓을 뿐, 나중에는 한쪽이 오그라져서 뒤틀릴 게 분명해 보이니까.

터취스톤 (방백) 나도 마음이 내키지는 않지만 이 양반이 주례를 서는 게 나을 것 같아. 솜씨가 서툴러 나중에 아내를 버려도 될 것 같단 말야.

제이퀴즈 나와 같이 가서 상담해 봅시다.

터취스톤 가자, 어여쁜 오드리! 우리 결혼식을 올리지 않으면 동거라도 하자. 하지만 그건 죄짓고 사는 거지. 올리버 목사님, 예식을 부탁드리겠습니다. (제이퀴즈, 터취스톤, 오드리 퇴장)

올리버 목사 상관없어. 저 따위 엉터리 녀석이 나를 모욕해도 목사직에서 잘리는 건 아니니까.

제 4 장 숲 속

로잘린드와 실리아 등장.

로잘린드 아무 말도 하지 마. 울고 싶단 말야.

실리아 실컷 울어. 하지만 눈물 짜는 것은 남자에게 어울리지 않잖아. 울고 싶은 이유야 많겠지만.

로잘린드 그분은 머리칼까지 새빨간 배반자의 색이야.

실리아 유다의 머리칼보다 더 붉을 거야. 그분의 키스도 유다의 입맞춤처럼 배반의 키스였을 거고.

로잘린드 사실은 그분의 머리 빛깔은 아름다워.

실리아 멋지고말고. 밤색 이상이 또 어디 있겠어?

로잘린드 그리고 그분의 키스는 성찬식의 빵처럼 부드러워.

실리아 한겨울처럼 싸늘한 수도원의 수녀님도 그러한 키스를 할 수 없을 거야. 그분의 입술은 얼음장같이 정결한 것 같아.

로잘린드 오늘 아침에 온다고 약속하고 왜 오지 않을까?

실리아 그분의 마음에 진실이 없기 때문이지.

로잘린드 사랑의 진실이 없다는 얘기니?

실리아 사랑에 빠지면 진실해지겠지만 그런 것 같지 않아.

로잘린드 사랑의 맹세를 너도 들었잖아?

실리아 과거에 했다고 해서 현재도 하는 건 아냐. 게다가 사랑하는 남자의 맹세는 술집 웨이터의 말처럼 엉터리지. 그분은 이 숲에서 언니 아버님을 모시고 있대?

로잘린드 아버님을 어제 뵈었지. 여러 얘기를 주고받는 중에 우리 집 배경을 물으시길래, 공작님 못지 않은 가문이라고 말했지. 그랬더니 웃으시며 나를 놓아주시더구나. 아버님 얘기를 왜 이 시점에서 꺼내니? 올란도가 있는데.

실리아 맞아. 그분은 훌륭해! 시도 잘 쓰고, 말도 잘하고, 맹세도 잘 했다가 잘 어겨 애인의 가슴을 애태우게 하고. 마치 풋내기 기사가 비스듬히 말을 달리다가 귀족의 창을 부러뜨리는 격이야. 하지만 젊음이 말을 타고 어리석음이 고삐를 잡는 건 모두 근사하거든. 누가 이리로 오네.

코린 등장.

코 린 아가씨와 도련님, 풀밭에 나와 함께 앉아 있던 상사병 걸린 양치기 소식 물으셨죠? 거만한 양치기 처녀를 찬양하던 양치기 말입니다.

실리아 그게 어쨌다는 거야?

코 린 순정에 애태우는 창백한 젊은이와 오만불손한 얼굴의 처녀가 벌이는 연극을 보실 의향이 있으시면 저를 따라 오시죠.

로잘린드 어디 가 보자. 사랑의 구경은 사랑의 양식이지. (모두 퇴장)

제 4 막

제 1 장 숲 속

로잘린드, 실리아, 제이퀴즈 등장.

제이퀴즈 여보게 젊은이, 우리 좀더 가깝게 지냅시다.

로잘린드 당신은 우울증에 걸렸다죠?

제이퀴즈 그건 그렇소만 낄낄대는 것보다 침울한 편을 더 좋아하지.

로잘린드 어느 쪽이든 지나치면 모자람만 못하며 주정뱅이보다 더 욕을 얻어먹게 되죠.

제이퀴즈 슬픔 속에 빠져 침묵하는 것도 나쁠 건 없소.

로잘린드 아예 말뚝이 되는 것도 괜찮은 일이죠.

제이퀴즈 내 우울증은 학자의 우울증과는 다르오. 변덕쟁이 음악가나 오만한 신하, 야심찬 병사의 우울증과도 다르오. 또한 권모술수에 능한 법관이나 까다롭기 그지없는 귀부인, 아니면 이 모든 것을 다 합친 연인들의 우울증과도 다르오. 그것은 내 자신만의 우울증이오. 진실로 내 인생의 여정을 돌이켜 보면 여지없이 생기는 야릇한 버릇이라오.

로잘린드 인생의 여정이라! 당신이 우울해하는 것도 무리가 아니군요. 당신은 자신의 땅을 팔고 남의 땅을 구경하러 나온 사람 같군요. 실컷 보고 아무 이득이 없다면 눈은 살찌지만 손은 텅 빈 꼴이 되는 거죠.

제이퀴즈 그 덕분에 경험은 풍성하게 얻었소.

로잘린드 그 경험이 당신을 우울하게 만들고요. 나 같으면 그러한 경험을 얻으니 차라리 어릿광대와 더불어 즐겁게 지내겠어요.

올란도 등장.

올란도 안녕하세요, 사랑하는 로잘린드.

제이퀴즈 난 실례하겠소. 시의 장단에 맞춰서 말하고 싶지 않으니까.

로잘린드 안녕히 가세요, 나그네 양반. 해괴망측한 옷차림에 혀 짧은 얘기나 실컷 지껄이세요. 제 나라의 미덕을 얕보고 자기가 태어난 고향에 대해 험담이나 늘어놓으세요. 그리고 못생긴 얼굴을 만드신 하느님을 원망하세요. 그러지 않으면 당신이 베니스에서 곤돌라를 탔다 해도 믿지 않을래요. (제이퀴즈 퇴장) 아, 웬일이세요, 올란도! 그렇게 무관심하면서 무슨 애인이라고! 허튼 수작 하려면 다시는 내 앞에 얼씬거리지 말아요.

올란도 사랑하는 로잘린드. 약속 시간보다 겨우 한 시간밖에 늦지 않았는데.

로잘린드 사랑의 약속을 한 시간이나 어기다뇨! 사랑의 1분을 천분의 일로 나누어 그 한 토막이라도 어기는 연인이라면 큐피드의 화살은 심장에서 벗어날 거예요.

올란도 용서하시오, 로잘린드.

로잘린드 못해요. 다시는 내 눈앞에 나타나지 마세요. 차라리 달팽이를 애인으로 삼는 게 낫겠어요.

올란도 달팽이를?

로잘린드 그래요, 달팽이요. 걸음은 느리지만 머리에 집을 이고 오잖아요. 당신이 그만한 결혼 선물을 준비할 수 있어요? 그뿐인가요, 그는 자신의 운명까지 들고 와요.

올란도 운명이라니?

로잘린드 뿔 말이에요. 장가든 남자가 바람난 부인 때문에 생긴 뿔요.

올란도 정숙한 여인은 남편에게 뿔을 나게 하지 않소. 로잘린드는 정숙한 여인이오.

로잘린드 나는 당신의 로잘린드죠.

실리아 이분은 그렇게 부르는 것을 좋아하시나 봐요. 이분의 로잘린드는 당신보다 더 아름답겠죠.

로잘린드 자, 어서 구혼을 하세요. 나는 기분이 들떠 있어서 금세 승낙할 것 같으니까. 내가 정말로 당신이 사랑하는 로잘린드라면 뭐라고 말하겠어요?

올란도 말하기 전에 키스부터 하겠소.

로잘린드 아뇨, 말부터 하는 게 좋아요. 키스는 할 말이 없어졌을 때하세요. 웅변가가 말문이 막히면 침을 뱉듯이 그런 일이 없어야겠지만 연인들은 말이 막히면 키스하는 것이 상책이죠.

올란도 키스를 거부당하면?

로잘린드 아마 키스해 달라고 애원하게 되고, 그러다 보면 새로운 화젯거리가 생기게 되죠.

올란도 나의 애원을 묵살할까?

로잘린드 글쎄요, 그럴 수도 있겠지요. 자, 난 당신의 로잘린드예요.

올란도 그렇게 부르기만 해도 마음이 조금 풀리오.

로잘린드 그녀를 대신해 말하는데 난 당신의 아내가 될 수 없어요.

올란도 그렇다면 당사자로서 말하지만 난 죽을 거요.

로잘린드 그건 아니 됩니다. 죽는 건 제발 다른 사람을 시켜 대신 죽게 하세요. 이 세상이 시작된 지 육천 년이 되지만 사랑 때문에 당사자가 죽은 경우는 한 사람도 없습니다. 토로이러스는 그리스의 장군 아킬레스에게 머리통이 깨져 숨졌습니다. 그러나 사랑 때문에 죽은 것으로 훗날 연인들에게 추앙받게 되죠. 리앤더도 무더운 여름밤만 아니었더라면 히어로가 수녀가 되건 말건 오랫동안 살았을 거예요. 리앤더가 죽은 건 헬레스폰트에 헤엄치러 갔다가 쥐가 나서 물에 빠져 죽은 거예요. 그걸 당대의 어리석은 역사가들이 '세스토스의 히어로' 때문이라고 말한 거죠. 다시 말하면 모두가 거짓말이죠. 남자들은 계속 죽고 또 죽었습니다. 그러나 사랑 때문에 죽은 사람은 한 사람도 없어요.

올란도 나의 로잘린드는 당신처럼 그렇게 생각하지 않았으면 좋겠소. 왜냐하면 나는 그녀가 찌푸리기만 해도 죽을 거요.

로잘린드 이 손에 걸고 맹세하지만 그녀가 찌푸린다 해도 파리 한 마리 안 죽을 거예요. 좋아요. 자, 이젠 내가 당신의 상냥한 로잘린드가 되어 드릴 테니 원하는 대로 말해 보세요.

올란도 사랑해 주시오, 로잘린드.

로잘린드 물론 사랑하죠. 금요일마다 토요일마다, 아니 일주일 내내.

올란도 날 당신의 남편으로 맞아 주겠소?

로잘린드 당신 같은 분이라면 스무 명도 마다하지 않을 거예요.

올란도 스무 명이라고?

로잘린드 좋은 것은 많을수록 좋지 않나요? 얘, 실리아. 목사가 되어 우리의 결혼을 집전해 다오. 자, 올란도 손을 주세요. 실리아, 시작해.

올란도 우리 둘을 결혼시켜 주시오.

실리아 뭐라고 해야 할지…….

로잘린드 이렇게 해. "그대 올란도는……."

실리아 좋아. "그대 올란도는 로잘린드를 아내로 삼겠는가?"

올란도 예.

로잘린드 언제인가요?

올란도 지금 당장. 동생이 주례만 선다면.

로잘린드 그렇다면 이렇게 말하세요. "나는 그대 로잘린드를 아내로 맞이하겠노라."

올란도 나는 그대 로잘린드를 아내로 맞이하겠노라.

로잘린드 올란도, 저도 당신을 남편으로 삼겠어요. 신부가 주례보다 앞서 말할 때도 있답니다. 여자들의 생각은 행동보다 앞설 때가 있죠.

올란도 사람의 생각이란 다 그렇죠. 날개가 있으니까.

로잘린드 로잘린드와 결혼한 후 얼마나 사시겠어요?

올란도 언제까지나 영원히.

로잘린드 영원히라는 말 대신 하루라고 말하세요. 남자란 사랑을 속삭일 때는 꽃피는 춘삼월이다가도 결혼하는 순간부터 엄동설한이 된답니다. 여자 역시 처녀일 땐 오월이지만 결혼하고 나면 변덕스런 날씨가 되죠. 저는요, 바바리산 숫비둘기보다 질투심이 강하고, 비오기 전의 앵무

218

새보다 더 바가질 긁을 거예요. 원숭이보다 더 새것을 밝히고 아무 것도 아닌 일에도 다이아나 상의 분수물처럼 눈물을 쏟아 낼 거예요. 당신이 기분 좋아 날뛸 때를 노려서요. 또한 당신이 졸려서 자고 싶을 때는 하이에나처럼 미친 듯이 웃어댈 거예요.

올란도 과연 나의 로잘린드가 그럴 수 있을까?

로잘린드 물론이죠, 틀림없어요.

올란도 아, 그러나 그녀는 총명하오.

로잘린드 총명하기 때문에 그럴 수 있어요. 총명하면 할수록 여자는 종잡을 수 없는 거예요. 여자의 잔머리를 가볍게 보지 마세요. 잔머리의 문을 닫으면 창문으로 튀어나오고, 창문을 닫으면 열쇠 구멍으로 튀어나오죠. 그것을 막으면 연기가 되어 굴뚝으로 나오고요.

올란도 아참, 로잘린드, 두 시간 동안만 당신 곁을 떠나 있겠소.

로잘린드 맙소사, 두 시간 동안이나 떨어지다니.

올란도 실은 공작님이 식사에 초대했소. 두시까지는 틀림없이 돌아오리다.

로잘린드 좋아요, 가세요. 당신이 어떤 사람인지 알고 있었어요. 모두들 그럴 거라고 하더군요. 나도 짐작은 했지만 감언이설에 그만 넘어간 거예요. 버림받았으니 죽어 버리면 그만이죠. 두시라고요?

올란도 그렇소, 사랑하는 로잘린드.

로잘린드 나의 진심과 하느님을 걸고, 아니 모든 훌륭한 것을 걸고 맹세하건대, 만일 당신이 1분이라도 늦게 도착한다면 당신을 엉터리 거짓말쟁이 연인으로 생각할 거예요. 당신은 로잘린드라는 여자를 사랑할 자격이 없는 사람으로 생각할 거예요. 그러니 알아서 하세요.

올란도 내 꼭 지키리다. 당신이 나의 진정한 로잘린드인 것처럼 생각하고 약속을 지키리다.

로잘린드 시간이 지나면 죄가 밝혀지는 법이죠. 안녕히 가세요. (올란도 퇴장)

실리아 언니, 시답잖은 사랑 문답으로 우리 여성들을 모독했어. 언니의 꽉 끼는 저고리와 바지를 머리 위까지 벗겨 올려 폭로할까 보다.

로잘린드 오, 요것아. 내 귀여운 동생아. 내가 얼마나 깊은 사랑의 구렁텅이에 빠졌는지 이해해 주렴! 사랑의 밑바닥은 측정할 수 없어. 내 사랑은 포르투갈의 바다처럼 밑바닥이 보이지 않는다고.

실리아 밑 빠진 독처럼 사랑을 쏟아 넣어도 마냥 흘러나가는 게 아냐?

로잘린드 아냐, 비너스의 후레아들에게 물어 봐. 상사병이 씨가 되고 변덕스런 생각에서 잉태되어 광기 속에서 태어난 그 못된 녀석 말야. 제 눈이 멀어 남의 눈까지 멀게 하는 그 큐피드 녀석 말야. 내가 얼마나 깊은 사랑에 빠졌는지…… 올란도를 보지 못하면 죽을 것 같아. 자, 그늘이 있는 곳에서 한숨이나 쉬며 기다려야겠다.

실리아 그럼 난 잠이나 잘래. (모두 퇴장)

제 2 장 숲 속

제이퀴즈, 귀족들, 사냥꾼들 등장.

제이퀴즈 누가 사슴을 죽였소?

귀족 1 내가 그랬소이다.

제이퀴즈 이분을 로마의 개선장군처럼 공작님 앞으로 모시고 가자. 승리의 월계관으로 사슴뿔을 씌우는 게 좋겠다. 이런 때 어울리는 노래는 없는가?

애미언즈 있습니다.

제이퀴즈 그럼 노래하라. 곡조는 어찌 되었든 소리만 지르면 된다. (노래한다)

제 3 장 숲 속

로잘린드 벌써 두시가 지났는데 올란도는 코빼기도 볼 수가 없구나.

실리아 틀림없이 사랑 때문에 활을 메고 숲에 들어갔다가 잠이 들었을 거야.

실비어스 등장.

실비어스 젊은 양반, 내 사랑스러운 피비가 이걸 전하랍니다. (로잘린드에게 편지를 건네주며) 내용이 뭔지 모르지만 이것을 쓸 때의 표정으로 봐서 심상찮은 내용인 것 같습니다요.

로잘린드 세상에, 이걸 참을 수 있다면 못 참을 일이 없을 거다. 그녀는 날 보고 못생겼다느니 버릇도 없고 오만하다느니 하면서 남자가 불사조처럼 귀하다 해도 나 같은 사람은 사랑할 수 없다는 거야. 기가 막혀. 내가 제 따위 계집을 탐낼 줄 알다니. 어쩌자고 이런 편지를 보냈을까? 음, 맞아. 이건 네가 조작한 편지지?

실비어스 천만에요. 전 편지 내용을 전혀 모릅니다요.

로잘린드 바보, 숙맥 같으니. 사랑 때문에 머리가 어떻게 됐나 봐. 나는 쇠가죽처럼 거친 손을 보았어. 장갑을 끼고 있는가 싶었는데 진짜 손이었어. 부엌데기 손. 하긴 그건 상관없어. 이 편지는 그녀가 쓴 것이 아냐. 남자의 생각에 따라 남자가 쓴 거야.

실비어스 분명히 피비가 썼어요.

로잘린드 그렇다면 왜 이렇게 글씨체가 엉망이야. 꼭 기독교도에게 달려드는 터키인 같잖아. 뭐라고 썼는지 들려줄까?

실비어스 부탁이니 제발 들려주세요. 피비의 매정함에 대해선 신물이 납니다만.

로잘린드 여자가 이렇게까지 악담할 수 있을까?

실리아 오, 양치기가 불쌍하구나!

로잘린드 이 잘 동정하는 거니? 안 돼. 이 자는 동정받을 자격이 없어. 그런 싸가지 없는 여자를 사랑하다니. 자신을 가지고 노는 여자를 사랑하다니. 도저히 용서하지 못할 여자야. 자, 가서 전해. 나를 진정 사랑하거든 나 대신 널 사랑하라고. 만일 싫다고 하면 나는 두 번 다시 그 여자를 보지 않을 거야. 네가 그 여자를 진정 사랑한다면 아무 말 하지 말고 가. 누가 오나 보다. (실비어스 퇴장)

올리버 등장.

올리버 안녕하세요. 이 숲 어딘가에 올리브 나무에 둘러싸인 양치기 오두막이 있다는데, 아십니까?

실리아 서쪽으로 가다가 실개천 버드나무 길을 따라가면 오른쪽에 있습니다. 그러나 이 시각에는 오두막만 있지 사람은 없을 겁니다.

올리버 이제 보니 당신네야말로 내가 찾는 사람들이오. '청년은 얼굴이 희어 여자같이 생겼고 거동은 사냥꾼처럼 어른스럽고, 처녀는 키가 작고 피부가 검은 편이다.' 당신들이 바로 내가 찾는 집주인이 아니오?

실리아 자랑은 아니지만 물으시니 그렇다고 할 수밖에 없네요.

올리버 올란도가 당신네들에게 안부를 전해 달라고 합디다. 그리고 로잘린드라는 젊은이에게 이 손수건을 전해 달라고 덧붙이면서요. 당신이 그 사람이오?

로잘린드 네, 그렇지만 도대체 어찌된 영문입니까?

올리버 부끄러운 일입니다. 내가 누구인지, 어떻게, 무엇 때문에, 그리고 어디서 이 손수건이 피로 물들었는지 아시면 말입니다.

실리아 어서 말씀해 주세요.

올리버 올란도는 당신들과 헤어진 후 이 숲 속을 헤매면서 쓰고 달콤한 사랑의 환상에 젖어 있었습니다. 그런데 아뿔싸, 이게 웬일입니까! 문득 옆을 보았는데, 오랜 세월에 부대껴 온 참나무 아래 누더기를 두르고 털북숭이가 된 사나이가 벌렁 드러누워 자고 있었죠. 그 사람 목에는 번들번들한 시퍼런 구렁이가 감겨 있었고요. 마침 그 징그러운 구렁이 놈의 대가리가 자는 사람의 입을 향해 다가서고 있었죠. 그 순간 올란도가 나타나자 구렁이는 칭칭 휘감은 몸을 풀고 덤불 속으로 들어갔습니다. 그런데 숲 속에는 굶주린 암사자가 머리를 땅바닥에 붙이고 살쾡이처럼 눈을 번쩍이며 그 사나이를 노려보고 있었지요. 사자는 죽은 것을 건드리지 않는 습성이 있거든요. 이것을 본 올란도는 그 사나이에게 접근했습니다. 가 보았더니 형님이었어요. 큰형님요.

실리아 올란도한테 피도 눈물도 없는 냉혈한이라고 들었었죠.

올리버 그랬을 거요. 나도 그렇게 알고 있으니까.

로잘린드 아무리 그렇더라도 올란도는 왜 형님을 굶주린 사자 밥이 되도록 내버려두었습니까?

올리버 두 번이나 등을 돌리려고 했습니다. 그러나 복수심보다 더 거룩한 우애가 그를 사자와 싸우게 했습니다. 마침내 사자는 쓰러졌고, 이 소동 때문에 나는 불행한 잠으로부터 깨어났습니다.

실리아 당신이 형님이세요?

로잘린드 당신이 구제받은 형님이라고요?

실리아 그분을 여러 차례 죽이려고 했던 사람이 당신이었어요?

올리버 그랬습니다만 지금은 아니오. 과거의 내가 어떤 인간이었는지 아무리 질타한다 해도 난 할 말이 없소. 하지만 난 새로 태어났다오.

로잘린드 그러나 그 피투성이 손수건은요?

올리버 우리는 서로 얼싸안고 눈물을 흘리며 자초지종을 얘기했습니다. 내가 이 거친 땅에 오게 된 사연을 말했죠. 동생은 나를 공작님한테 안내했습니다. 공작님이 주신 옷을 입고 대접을 받은 후 동생과 나는 동굴로 갔죠. 그런데 동생이 옷을 벗자 팔 언저리에서 피가 흐르고 있었어요. 그 순간 동생은 기절하며 로잘린드라고 외치더군요. 서둘러 상처를 치료하고 붕대를 감았더니 동생은 금세 기력을 되찾았습니다. 그래서 내가 이곳까지 온 것입니다. 약속을 어겨 용서를 빌며 이 손수건을 당신에

게 넘겨주라고 부탁했어요. (로잘린드가 기절한다)

실리아 왜 그래요. 가니미드, 가니미드 형님!

올리버 피를 보면 대부분 기절하죠.

실리아 그게 아니에요. 형님! 가니미드!

올리버 이제 정신이 드나 보네.

로잘린드 집에 가고 싶어.

실리아 알았어요. 미안하지만 형님 팔 좀 잡아 주세요.

올리버 기운을 내시오, 젊은이. 사나이답게 기백이 있어야지.

로잘린드 옳으신 말씀이에요. 아, 보세요. 누가 보아도 연극이라고 하겠어요. 부탁이에요. 동생에게 연극을 잘하더라고 전해 주세요. 하하하!

올리버 연극 같지 않은데요. 당신의 진지한 얼굴빛만 보아도.

로잘린드 정말 연극이라니까요.

실리아 저런, 안색이 점점 더 창백해지네. 집으로 빨리 가요.

로잘린드 자, 갑시다. (일동 퇴장)

제 5 막

제 1 장 숲 속

터취스톤과 오드리 등장.

터취스톤 기회가 또 오겠지. 착한 오드리, 참아요.

오드리 그 늙은이는 이상한 말을 했지만 목사님은 괜찮았어요.

터취스톤 저런 발칙한 올리버 목사 말은 입에 담지도 말라고. 그런데 오드리, 이 숲에 당신을 차지하려는 젊은이가 있던데.

오드리 알아요. 그 사람은 나와 아무런 관계도 없어요. 저기 그 젊은이 가 오네요.

윌리엄 등장.

터취스톤 나는 시골뜨기 얼간이를 보면 신바람이 나더라. 기지가 넘치 는 우리 같은 사람들은 농지거리를 하고 싶어 안달한다니까.

윌리엄 안녕하세요, 오드리.

오드리 안녕하세요, 윌리엄.

윌리엄 나리, 안녕하세요.

터취스톤 안녕하슈. 친구 양반, 제발 모자를 쓰게. 몇 살이나 됐소?

윌리엄 스물다섯입니다, 나리.

터취스톤 한창 나이로군. 이름이 윌리엄인가?

윌리엄 윌리엄입니다.

터취스톤 멋진 이름이야. 이곳 숲에서 태어났는가?

윌리엄 네, 하느님의 은총이지요.

터취스톤 하느님 은총이라, 좋은 대답이군. 부자겠지?

윌리엄 그저 그렇습니다.

터취스톤 그저 그렇다니, 아주 좋아. 자네 영리한 편인가?

윌리엄 꽤 영리한 편입니다.

터취스톤 자네 말솜씨가 대단하군. 그러고 보니 이 말이 생각나는군. "어리석은 자는 자신이 현자인 줄 알고 현자는 자신이 어리석은 자인 줄 안다." 이 처녀가 좋은가?

윌리엄 죽을 지경이죠.

터취스톤 그럼 나와 악수하세. 학식은 있는가?

윌리엄 없습니다.

터취스톤 그렇다면 한 가지 가르쳐 주겠네. 만일 술을 컵에서 유리잔에 따르면 유리잔에 가득 차는 반면 컵은 텅 비게 마련이지. 쉽게 말하면 이 여자와의 교제를 포기하라는 거야. 이 여자는 나와 결혼하기로 했거든. 그러니 이 촌닭아, 이 여자를 포기하지 않으면 파멸이야. 알기 쉽게 말해서 넌 뒈질 거란 말씀이야. 다시 말해서 나는 너를 독살하든가 매쩜질을 하든가 칼침을 놓든가 할 거야. 백오십 가지 방법으로 네놈을 때려잡을 수도 있고. 그러니 어서 뺑소니나 치라고.

오드리 그렇게 하세요, 윌리엄.

윌리엄 안녕히 계십쇼, 나리.

제 2 장 숲 속

올란도와 올리버 등장.

올란도 어떻게 그런 일이? 거의 알지도 못하는 여자를 좋아한다니. 첫눈에 반해 청혼을 하신다니. 청혼하자마자 그녀가 수락했다고요? 형님은 기어이 그녀를 차지하겠다는 거예요?

올리버 결코 경솔하게 행동한 게 아냐. 그녀가 가난하다는 것도 그녀를 잘 알지 못한다는 것도 내 청혼이 성급했고 그녀의 승낙이 갑작스러웠던 것도 알아. 하지만 난 엘리나를 사랑해. 그녀도 나를 사랑하고. 그러니 우리 둘이 일심동체가 되는 일에 동의해 다오. 이 일은 너에게도 나쁠 게 없어. 나는 아버지의 재산, 즉 로랜드 경의 모든 재산을 너에게 양도하고 양치기로 여생을 보낼 생각이거든.

올란도 좋아요. 내일 결혼식을 올리세요. 공작님과 귀족들을 초대할 테니까요. 형님은 엘리나한테 가서 준비하세요.

로잘린드 등장.

로잘린드 안녕하셨어요, 형님.

올리버 안녕하셨소, 동생?

로잘린드 오, 사랑하는 올란도. 당신의 가슴을 싼 붕대를 보니 가슴이 쓰리군요.

올란도 붕대는 팔에 감겼소.

로잘린드 난 당신 심장이 사자 발톱에 부상당한 줄 알았어요.

올란도 가슴에 상처를 입은 것은 어떤 여인의 눈길 때문이죠.

로잘린드 형님이 전하던가요? 당신의 손수건을 보고 내가 기절하는 흉내를 내더라고.

올란도 그보다 더 희한한 이야기도 전해 줬죠.

로잘린드 아, 뭘 말씀하는지 알겠어요. 그건 사실이에요. 그처럼 갑작스런 일이 어디 있겠어요. 두 마리의 숫양 싸움이나 시저의 '왔노라, 보았노라, 이겼노라'라는 말처럼 당신 형님과 내 여동생은 서로 만나자마자 사랑에 빠졌어요. 사랑의 열에 들떠 서로 결혼의 제단을 만들어 놓고 당장에 뛰어오를 기세예요. 그게 안 되면 그들은 무쇠처럼 달아올라 당장이라도 어떻게 될 거예요.

올란도 내일이면 두 사람은 결혼할 거요. 난 공작님을 결혼식에 초청할 생각입니다. 아, 남의 행복을 바라보니 정말 못 견디겠는걸. 내일 소원을 성취한 형을 보면 볼수록 가슴이 쓰릴 거요.

로잘린드 그럼 난 내일 당신을 위해 로잘린드 역할을 할 수 없다는 말인가요?

올란도 이제 난 상상만으로는 살아갈 수가 없소.

로잘린드 그렇다면 나도 더 이상 부질없는 얘기로 당신을 괴롭히지 않을게요. 하지만 이것만은 알고 계세요. 나는 세 살 때부터 마술사의 지도를 받아 신통력이 있답니다. 그분의 술법은 심원한 것으로 의심할 필요는 없어요. 당신이 여태껏 표현한 것처럼 진실로 로잘린드를 사랑한다면 당신 형님이 엘리나와 결혼식을 올릴 때 당신도 로잘린드와 결혼시켜 드리죠. 당신이 진정으로 원하신다면 말이죠.

올란도 진담이오?

로잘린드 물론이에요. 비록 마술사이긴 하지만 목숨을 걸고 맹세하죠. 내일 결혼하고 싶으시면 단정한 옷을 입고 친구를 초대하세요.

실비어스와 피비 등장.

피 비 너무 하셨어. 당신에게 쓴 편지를 딴 사람에게 보여주다니.

로잘린드 보여준들 어떻겠소. 당신을 일부러 혼내 주려고 한 건데. 당신은 성실한 양치기로부터 구애를 받고 있잖소. 그러니 그 사람을 받아들여야 하오. 그는 당신을 끔찍이도 사랑하니까.

피 비 실비어스, 이 젊은 양반에게 사랑이 무엇인지 말해 봐.

실비어스 사랑은 눈물의 씨앗. 피비 때문에 제가 그 지경이죠.

피 비 나는 가니미드 당신 때문에.

올란도 나는 로잘린드 때문에.

로잘린드 나는 여자 때문이 아니오.

실비어스 사랑은 정열과 헌신과 충성과 봉사지요. 사랑은 겸손과 인내와 순결과 시련과 복종이고, 나는 피비에게 그런 사랑을 바치지요.

피 비 나는 가니미드에게.

230

올란도 나는 로잘린드에게.

로잘린드 그러나 나는 여자 때문이 아니오. 자, 그만들 합시다. 마치 달을 쳐다보고 짖어대는 아일랜드 늑대들 같습니다. (실비어스에게) 가능하면 도와드리죠. (피비에게) 여자와 결혼한다면 당신과 하지요. (올란도에게) 로잘린드를 사랑하신다면 오십시오. (실비어스에게) 피비를 사랑하신다면 오시지요. 나도 여자가 아닌 사람을 사랑하기 때문에 갈 거랍니다. 내 말을 잊지 마시기를.

실비어스 가리라, 목숨이 붙어 있는 한.

피 비 나도 가겠어요.

올란도 나도 가겠소.

제 3 장 숲 속

터취스톤과 오드리 등장.

터취스톤 오드리, 우리는 내일 결혼할 거요. 매우 기쁜 날이 되겠지.

오드리 저도 간절히 바라는 바예요. 여자로 시집가고 싶어한다는 게 음탕한 생각은 아니죠. 저기 공작님의 시동들이 오네요.

시동들 등장.

시동 1 잘 만났네요, 신랑 양반.

터취스톤 그래, 여기 와서 앉아 노래를 불러라.

시동 2 분부대로 하지요. 가운데 앉으십시오.

시동 1 그럼 불러 볼까? 헛기침을 해대고, 목이 쉬었다고 하는 등 서두 같은 건 빼고요.

시동 2 그래, 합창을 하자. 한 마리 말에 같이 올라탄 두 집시처럼. (노래한다)

연인들이 손에 손을 잡고 푸른 밀밭을 지나가네
때는 짝짓는 춘삼월, 새들도 지저귀네
연인들은 모두들 춘삼월을 좋아해
밀밭에 둘러싸여서 사랑스런 두 연인이 함께 누우면
에헤야 데헤야 얼씨구 좋구나
때는……(이하 후렴)

터취스톤 정말이지 가사는 괜찮은데 곡조는 엉망이구나.

시동 1 나리 귀가 이상한가 보네요. 장단을 맞추어 했는걸요.

터취스톤 장단을 맞춘 게 그 모양이야? 괜히 시간 낭비만 했군. 목청 좀 좋아지게 하느님께 기도나 해. 가자, 오드리.

제 4 장 숲 속

노공작, 애미언즈, 제이퀴즈, 올란도, 올리버, 그리고 실리아 등장.

노공작 올란도, 자넨 그 젊은이의 말이 이루어지리라 믿는가?

올란도 반반이죠. 두려우면서 바라고 바라면서 두려워합니다.

로잘린드, 실비어스, 피비 등장.

로잘린드 잠깐만 기다려 주십시오. 한 가지 확실히 해 둘 게 있습니다. 공작님께서는 만일 제가 로잘린드를 데려오면 올란도에게 준다고 말씀하셨죠?

노공작 그렇다마다. 그녀에게 내 왕국을 주는 한이 있더라도.

로잘린드 당신도 내가 그녀를 데려오면 아내로 맞는다고 하셨죠?

올란도 그랬소. 비록 내가 왕이 된다 하더라도 그녀와 결혼할 것이오.

로잘린드 피비, 내가 결혼하기 싫다고 한다면 당신은 충실한 양치기와 결혼한다고 했지?

피 비 그랬어요.

로잘린드 피비가 원한다면 당신도 그녀를 아내로 맞이한다고.

실비어스 설령 그 길이 죽음의 길이라도 갈 것입니다.

로잘린드 나는 이 모든 일을 원만하게 처리한다고 맹세했습니다. 모두들 지금 한 약속을 지키십시오. 지금부터 이 모든 문제를 한꺼번에 해결하겠습니다. (로잘린드와 실리아 퇴장)

노공작 저 청년은 내 딸의 모습과 꼭 닮은 것 같아.

올란도 저도 저 청년을 처음 보았을 때 그런 생각을 했습니다.

터취스톤, 오드리 등장.

제이퀴즈 틀림없이 노아의 대홍수가 다시 올 모양이오. 저렇게 동물들이 쌍쌍으로 오고 있으니 말이오.

터취스톤 문안 인사 드리옵니다.

제이퀴즈 공작님, 환영한다고 말하세요. 숲에서 가끔 만난 사람으로 얼룩옷을 입은 꼴이 속속들이 얼간입죠. 본인은 궁궐에도 드나들었다고 우쭐댑니다만.

터취스톤 믿지 못하겠다면 얼마든지 시험해 보십시오. 소인은 궁궐에서 춤도 추고 귀부인들의 비위를 맞추고 양복점을 세 집이나 파산시키기도 했죠. 네 번이나 싸움질을 해 결투까지 갈 뻔한 것도 한 번이고요.

제이퀴즈 결투 없이 어떻게 처리했지?

터취스톤 실은 싸우려고 보니 제7조에 문제가 있었소.

제이퀴즈 제7조에 문제가 있었다? 공작님, 재미있는 녀석인데요.

노공작 마음에 드는구먼.

터취스톤 항상 그래 주셨으면 감사하겠습니다. 실은 제가 이곳에 끼여든 이유는, 촌사람들의 혼례식에 껴서 서약도 하고 파혼도 하고 싶어서죠. (오드리를 손짓한다) 얼굴은 못생겼지만 그래도 제것입니다. 아무도 거들떠보지 않는 계집과 결혼하려는 건 제 마음이 변덕스럽기 때문이죠. 진주가 더러운 조개 껍질 속에 있는 것처럼 정숙이라는 보물은 구두쇠처럼 못생긴 여자한테 있는 법이죠.

노공작 재치가 있군.

제이퀴즈 그건 그렇고 제7조에 관해 말해 보게나.

터취스톤 일곱 번이나 치고 받은 거짓말 때문이죠. 오드리, 몸을 제대로 가누어야지. 난 어떤 궁인의 수염이 마음에 안 든다고 했습니다. 그랬

더니 그는 자기 마음에는 드니까 상관없다는 거였지요. 그래서 저는 다시
한 번 보기 싫다고 말했죠. 그 역시 자기가 좋아서 그렇게 깎았다는 거예
요. 그러기를 무려 일곱 번 치고 받은 거죠. 나중에는 결국 서로 칼을 빼
들기까지 했지만 사용하지는 않고 헤어졌어요.

　　제이퀴즈 공작, 신통한 사람입니다. 무엇이든 신나게 지껄여요. 그런데
바보 얼간이에요.

　　노공작 모르는 소리. 겉으론 바보인 척하면서 마음놓고 재담을 쏟아놓
네그려.

　　결혼의 신 하이멘, 로잘린드, 실리아 등장. 음악이 깔린다.

　　하이멘 땅 위의 것들이 화합하면 기쁨은 하늘에 닿으리. 공작이여, 따
님을 맞으시라. 결혼의 신 하이멘이 하늘에서 공주를 데려오니 공주의 손
을 젊은이의 손에 얹게 하라. 이미 서로의 마음은 하나가 되었으니.

　　로잘린드 (공작에게) 이 몸을 드립니다. 전 아버님의 딸이니까요. (올란
도에게) 이 몸을 드립니다. 저는 당신의 아내니까요.

　　노공작 이 눈에 진실이 보인다면 너는 나의 딸이로다.

　　올란도 이 눈에 진실이 보인다면 그대는 나의 로잘린드요.

　　로잘린드 오, 그렇사옵니다. 나의 아버지, 나의 남편이시여.

　　하이멘 자, 조용히 하시오! 이제 이상한 일에 매듭을 지어야겠소. 서로
가 진실로 맺어지길 바란다면 하이멘의 이름으로 손을 잡으시오 (올란도
와 로잘린드에게) 그대들은 어떠한 시련이 닥쳐도 영원히 하나일지어다.
(올리버와 실리아에게) 그대들은 마음과 마음이 하나로다. (피비에게) 그대

는 이 남자의 사랑에 따르라. (터취스톤과 오드리에게) 그대가 남편으로 삼는다면, 그 또한 아내로 삼으리. 그대들 서로 궁금증이 없어질 때까지 묻고 대답하거라. 기이한 사연을 서로 말해 보거라. (노래한다)

결혼은 위대한 주노의 영광이로다
검은머리 파뿌리 될 때까지 맺은 언약이여
행복한 가정의 웃음소리 거리마다 넘치는 것은
하이멘의 은총이로다.
찬양하라, 그 이름을 드높이 찬양하라
모든 마을의 수호신 하이멘의 이름을!

노공작 오, 실리아로구나. 어서 오너라. 친딸 못지 않게 반갑구나.
피 비 저는 당신의 것이라는 걸 약속드릴게요. 당신의 진정한 사랑이 우리를 하나로 만들었어요.

제이퀴즈 드 보이스 등장.

제이퀴즈 드 보이스 실례합니다. 한두 마디 말씀드릴 게 있습니다. 저는 돌아가신 로랜드 경의 차남으로, 이 아름다운 모임에 소식을 전하러 왔습니다. 프레드릭 공작은 이 숲에 유력한 인사들이 모인다는 소식을 듣고 스스로 강력한 군사를 이끌고 진격 중이었습니다. 그 목적이 그의 형님을 사로잡아 처형하자는 것이었지요. 그런데 이곳에 막 들어섰을 무렵 도사를 만났는데, 그 자리에서 마음을 바꾸어 속세를 버리고자 하셨답니다.

따라서 공작의 지위를 추방된 형님께 반환하고, 또한 다른 유배된 자의 영토도 모조리 반환한다는 전갈입니다. 이 일이 사실임을 목숨을 걸고 맹세합니다.

노공작 잘 왔소. 그대 형제들의 결혼식에 훌륭한 선물을 가져왔구려. 한 사람에게는 몰수당한 땅을, 또 한 사람에게는 전 영토를 선물로 말이오. 자, 그럼 우선 이 숲에서 즐겁게 시작되어 행복하게 맺은 사랑의 열매를 거둡시다. 그런 다음에 나와 함께 괴로운 나날을 견뎌 준 동료들에게 하나하나 기쁨을 나눌 작정이오. 그러니 지금은 우리 모두 축제의 즐거움에 흠뻑 빠져 봅시다. 자, 풍악을 울려라! 신랑 신부는 짝을 지어 즐거운 춤을 추어라.

제이퀴즈 공작님, 잠깐 제가 한마디만 여쭙겠습니다. 그러니까 프레드릭 공작이 수도 생활을 하기 위해 호화로운 궁정 생활을 버렸다는 말씀입니까?

제이퀴즈 드 보이스 그렇소.

제이퀴즈 그분한테 가겠소. 개심한 사람한테는 배울 게 많소. (공작에게) 공작님께서는 옛 영화를 찾으셨으니 전 이만 떠날 때가 된 것 같습니다. 모두 인내와 인덕의 결실이지요. (올란도에게) 당신의 신실한 사랑이 마침내 사랑을 얻었군요. (올리버에게) 당신은 사랑과 영토, 좋은 사람들을 만났군요. (실비어스에게) 결국 순정으로 사랑을 얻었군요. (터취스톤에게) 당신은 부부간의 입씨름으로 재밌게 보내게 되겠죠. 하지만 사랑의 항해는 두 달치 식량이 전부라는 잊지 마시기를 바랍니다. 자, 여러분 이제부터 재밌게 축제를 즐기시죠. 저는 워낙 춤에 치웇자도 모르는 문외한이랍니다.

노공작 가지 마시오, 제이퀴즈. 잠깐만.

제이퀴즈 이제 축제는 끝났어요. 혹시라도 제게 볼일이 있으시면 공작님께서 버리신 그 동굴로 오시지요. (퇴장)

노공작 좋소. 자, 그럼 우리는 즐거운 마음으로 결혼식을 올립시다. (음악에 따라 사람들 춤을 추기 시작한다)

말괄량이 길들이기

| 등장인물

서극

영주(領主)

크리스토퍼 슬라이 _ 술 취한 땜장이

주막 여주인, 시동, 사냥꾼, 하인, 배우 등

본극

페트루치오 _ 베로나의 신사로 카타리나의 구혼자

카타리나 _ 말괄량이, 밥티스타의 딸

비앙카 / 미망인 _ 밥티스타의 딸

루센쇼 _ 빈센쇼의 아들로 비앙카를 사랑하는 청년

밥티스타 _ 패듀어의 갑부

빈센쇼 _ 피사의 노신사

그레미오 / 호텐쇼 _ 비앙카의 구혼자

트래니오 / 비온델로 _ 루센쇼의 하인

그루미오 _ 페트루치오의 하인

커티스 _ 페트루치오의 별장 관리인

너댄엘 / 필립 / 니콜라스 / 피터 _ 페트루치오의 하인

교사, 재봉사, 잡화상, 밥티스타와 페트루치오의 하인들

서극

제 1 장 벌판의 어떤 술집 앞

문이 열리며 주막 여주인에게 내쫓긴 슬라이가 걸어나온다.

슬라이 이놈의 여편네, 정말 맞고 싶은가 보군.

여주인 콩밥이나 처먹을 불한당 같으니라고!

슬라이 뭐가 어쩌고 어째? 그놈의 주둥아리 함부로 놀렸단 봐라!

여주인 깨뜨린 술잔 값 내놔!

슬라이 천만에, 한푼도 못 줘. 이런 땐 삼십육계 줄행랑이 최고지. (비틀비틀 걸어가다가 덤불 옆에 폭 고꾸라진다)

여주인 흥, 가만 놔둘 줄 알고. 가서 파출소장을 불러오겠어. (퇴장)

슬라이 파출소장이든 경찰서장이든 겁날 것 없어. 법으로 할 테면 하라고. 누가 눈 하나 깜짝할 줄 알아. (잠이 들어 코를 골기 시작한다)

뿔피리 소리. 영주와 그의 부하 등장.

영 주 여봐라, 입에서 거품을 내는 저놈, 메리먼은 좀 풀어 주는 게 좋겠고, 클라우더란 놈은 목청 좋은 암놈하고 같이 놔두거라. 실버란 놈, 아까 울타리 모퉁이에서 금세 냄새를 맡는 걸 보면, 20파운드를 준다 해도 바꿀 수 없겠구나.

사냥꾼1 밸먼도 그에 못지 않죠. 오늘도 거의 다 놓칠 뻔한 사냥감을 두 마리나 찾아냈습니다. 정말, 그놈보다 우수한 놈은 없지요.

영 주 바보 같은 소리 마라. 에코란 놈이 잘만 뛴다면, 밸먼의 열 배쯤은 가치가 있어. 아무튼 밥을 잘 주고, 보살펴 줘. 내일 또 사냥을 나갈 계획이니까. 알겠나?

사냥꾼1 예, 분부대로 하겠습니다. (이때 슬라이를 발견한다)

영 주 이건 뭐냐? 죽었나? 숨은 쉬고 있나?

사냥꾼2 아직 숨이 끊어진 건 아니고 그저 술에 곯아떨어졌을 뿐이죠.

영 주 허허, 자는 꼴이 꼭 돼지 같군. 여보게, 자네들 생각은 어떤가? 이 주정뱅이에게 장난 좀 치는 것이. 녀석을 침실로 옮긴 뒤, 좋은 옷을 입히고, 반지도 끼워 주고, 머리맡엔 성찬을 마련하고, 늠름한 시종들도 대기시켜 놓는다면, 아마 이놈은 자신을 영주로 착각하게 될 거야.

사냥꾼1 아마 그럴 것입니다.

사냥꾼2 잠을 깨면 자신이 딴 세상에 온 줄 알겠죠.

영 주 그렇겠지. 그럼 이놈을 데려가 가장 화려한 방으로 옮긴 뒤 사방에 온통 음탕한 그림들을 걸어 놓아라. 이 더러운 머리에는 향수를 뿌리고, 향목을 피워서 방 안을 향기롭게 하고, 음악을 은은하게 틀어 놓고. 그리고 무슨 말이라도 할라치면 공손하고도 나직한 목소리로 응대하란 말야. 또한 다른 사람은 꽃잎이 뜬 장미수가 가득 담긴 은쟁반을, 또 한 사람은 물병을, 그리고 한 사람은 물수건을 들고 시중을 들어라. 또한 누군가는 호사스런 옷을 준비하고 있다가 어떤 옷을 입으시겠는가 물어보고, 또 다른 사람은 사냥개와 말 이야기를 해주며 나리의 병환으로 인해 부인께서 슬퍼하고 계신다고 말하라. 이렇게 해서 자기를 실성한 사람으로 믿게 만드는 거다. 그런 다음에 그자가 "내 머리가 돈 것 같다"고 말하거든 "아니옵니다, 영주님은 진실로 영주님이시옵니다"라고 대답하라. 다들 알아들었지? 조심해서 잘하도록. 잘만 한다면 틀림없이 볼 만할 것이다.

사냥꾼1 예, 최선을 다해 이자가 착각할 수 있도록 하겠습니다.

영 주 그럼 잠이 깨지 않도록 이자를 침대로 옮긴 뒤, 잠에서 깨어나거든 내가 시킨 대로 하라. (슬라이를 운반해 간다. 트럼펫 소리) 저 트럼펫 소리는 뭐냐? (하인이 달려나갔다가 돌아온다)

하 인 배우들입니다. 황공하옵게도 영주님 앞에서 공연을 해보이겠답니다.

영 주 이곳으로 들라 하라. (배우들 등장) 오, 어서들 오게나.

배우들 황공하옵니다.

영 주 오늘밤은 내 집에서 머물러 주겠나?

배우 1 그야 여부가 있겠습니까.

영 주 그렇게들 하게. 실은 내가 무슨 계획 하나를 갖고 있는데, 자네들의 도움을 받았으면 하는데. 오늘밤 자네들의 연극을 어떤 영주님께 보여드릴 생각이거든. 그런데 염려스러운 건 그분이 생전 처음 연극을 보는 거라서 아마 기묘한 행동을 할지도 몰라. 그때 자네들이 우스워 한다면 그분은 기분이 상하겠지. 그 점이 걱정이란 말야.

배우 2 걱정하지 마십시오. 저희들이 조심하겠습니다. 그분이 천하에 둘도 없는 어릿광대라도 말입니다.

영 주 여봐라, 이들을 식당으로 안내해 극진히 대접하라. (하인이 배우들을 안내해 들어간다) 여봐라, 너는 시동 바돌러뮤한테 가서 귀부인 차림을 시킨 뒤, 그 주정뱅이가 자고 있는 방으로 데리고 가거라. 그리고 그 아이한테 '마님, 마님' 하며 굽실대거라. 그 아이한테는 내 말대로 하면 후히 보답할 것이라고 이르고. 또한 귀부인이 남편에게 하는 것처럼 주정뱅이한테 고분고분하게 하라고 일러라. 애정 어린 키스를 한다든지, 가슴에 얼굴을 파묻고 눈물을 철철 흘리는 거다. 글쎄 15년 동안이나 의식이 없던 남편이 회복되어 정말 기쁘다고 하면서 말야. 되도록 신속하게 움직여라. 다음 일은 다시 지시를 내릴 테니……. (하인 퇴장) 어서 들어가서, 그 아이가 주정뱅이더러 남편이라고 부르는 것을 보고 싶구나. 게다가 내 부하들이 웃음을 참아가며 그 바보 같은 촌놈에게 굽실거리는 꼴은 정말 가관일 거야. (모두 퇴장)

제 2 장 영주의 저택, 호화스런 침실

갑옷을 입은 슬라이가 의자에 기대어 자고 있다. 주위에 시종들이 의복, 대야, 물병, 그리고 그 밖의 물건들을 들고 서 있다. 영주 등장.

슬라이 (잠이 덜 깬 얼굴로) 제발 맥주나 한 잔 주시오.
하인 1 영주님, 백포도주를 드릴까요?

하인 2 나리, 젤리와 과일은 어떻습니까?

하인 3 영주님, 오늘은 어떤 옷을 입으시겠습니까?

슬라이 난 크리스토퍼 슬라이란 사람이오. 그러니 내 앞에서 영주님이니 나리니 그런 말은 하지 마시오! 내 생전 백포도주 따위 마신 적도 없고, 젤리와 과일을 주려거든 쇠고기 통조림을 주시오. 어떤 옷을 입겠느냐고? 내 등이 웃옷이요, 내 다리가 양말이고, 내 발이 구두요. 보시오, 이렇게 발가락이 비죽 나온 걸.

영 주 오, 하느님! 우리 나리의 병을 속히 고쳐 주소서! 그렇게도 훌륭한 혈통과 그렇게도 많은 영토를 지닌 고귀하신 분께 이렇게 흉악한 악령이 씌워지다니!

슬라이 아니, 지금 생사람을 잡을 작정이오? 난 버튼 히드에 사는 슬라이 영감의 자식 크리스토퍼 슬라이란 말이오. 원래는 행상이었는데 솔 공장에 취직했고, 그것도 집어치우고 지금은 땜장이 노릇을 하고 있소. 윙커트 주막에 가서 뚱뚱한 여주인 매리언 해커트한테 날 아느냐고 물어보쇼. 만일 14펜스의 외상 술값이 없다고 잡아뗀다면, 나야말로 천하에 으뜸 가는 거짓말쟁이지. (하인이 맥주를 가지고 등장) 나 원 참, 내가 미쳤다고? 천만의 말씀. 그러면 그 증거로……. (맥주를 마신다)

하인 3 오, 이러시니 마님께서도 슬퍼하고 계십니다.

하인 2 오, 이러시니 하인들도 몸둘 바를 모르옵니다.

영 주 오, 이러시니 일가 친척들도 겁을 먹고 발을 끊은 것입니다. 영주님, 어서 예전의 마음으로 돌아와 이 비참한 악몽에서 깨어나십시오. 보소서, 이렇게 하인들도 영주님의 분부를 기다리며 서 있지 않습니까! 음악을 들으시겠습니까? 아폴론 신의 음악을 들으시지요. (음악이 연주된

다) 수십 마리의 나이팅게일이 노래하는 소리는 어떠세요? 아니면 자리를 깔아 드릴까요? 저 앗시리아의 시미러미스 여왕을 위해 마련했다는 침상보다도 더 푹신하고 기분 좋은 침상입니다. 산책하시겠다면 가시는 걸음마다 꽃을 뿌려 놓겠습니다. 아니, 말을 타신다면 황금과 진주로 꾸민 마구를 갖추어 말들을 준비해 놓도록 하지요.

하인 1 나리, 그림 감상을 하시면 어떻겠습니까? 미소년 아도니스의 모습을 아름다운 여신 시데리어가 사초 그늘에서 숨어서 훔쳐보고 있는 그림 말입니다. 그 여신의 뜨거운 입김에 사초잎은 마치 바람에 나부끼듯 흔들리고 있지요.

영 주 아니, 이나처스의 딸 숫처녀 아이오가 제우스에게 속아 겁탈당하는 그림은 어떻습니까?

하인 2 다프네가 아폴론 신에게 쫓기어 가시덤불 숲으로 도망치는 광경을 보고 아폴론 신이 슬퍼하는 그림은 어떻습니까?

영 주 영주님은 저희들의 영주님이 틀림없사옵니다. 그리고 이 말세에서 천하일색인 아름다운 부인이 계시옵니다.

하인 1 영주님 때문에 흘리신 눈물이 폭포수가 되기 전에는 동서고금을 두고 유례없는 미인이셨지요. 아니, 지금도 그러하시지만요.

슬라이 내가 정말 영주란 말인가? 정말 부인도 있고? 내가 꿈을 꾸는 게 아닐까? 분명 잠을 자고 있는 건 아닌데. 정말 내가 땜장이 크리스토퍼가 아니라 영주란 말이지! 그럼 마님을 모셔 오너라. 그리고 맥주도 더 가져오고.

하인 2 (대야를 내밀며) 영주님, 손을 씻으십시오. (슬라이가 손을 씻는다) 영주님께서 정신이 드셨다니 얼마나 기쁜지 모르겠습니다. 지난 열다섯 해 동안 꿈속에 계시다가 이제야 눈을 뜨셨습니다.

슬라이 열다섯 해라고? 참으로 많이도 잤구나. 그 동안 한 마디도 하지 않았고?

하인 1 아니옵니다. 계속 종잡을 수 없는 소리를 하셨지요. 이렇게 훌륭한 방에 누워 계시면서도 밖으로 쫓겨났다고 하시면서 술집 아낙을 야단치듯 소리치셨습니다. 그리고 술잔을 속인다고 고소하시겠다고 하는 둥, 가끔 시실리의 해커트란 이름도 입에 담으셨습니다.

슬라이 음, 그건 주막집 색시야.

하인 3 영주님께서 그런 주막집이나 색시를 아실 리가 없습니다. 그리고 스티븐 슬라이니 존 내프스 영감이니, 많은 사람들의 이름을 입에 올리셨지만, 그런 사람들은 이 고장에 살지도 않거니와 만난 적도 없는 사람들입니다.

슬라이 그래 병이 완쾌되었다니, 오 하느님, 감사합니다!

일 동 아멘!

슬라이 다들 고맙소. 여러분의 기원이 헛되지 않게 하겠소. (부인으로 변장한 시동이 시종을 거느리고 등장. 시종이 슬라이에게 맥주를 권한다)

시 동 나리, 기분이 어떠세요?

슬라이 좋소, 아주 좋아! 기운이 안 날 리가 있나? 그런데 내 안사람은? (맥주를 마신다)

시 동 여기 대령했습니다, 나리. 무슨 분부라도?

슬라이 당신이 내 안사람이라고? 그럼 왜 나한테 서방님이라고 하지 않고 나리라고 하시오? 시종들이 나리, 나리 하는 건 이해되지만, 난 당신의 남편이 아니오?

시 동 나리는 저의 남편이며 주인이지요. 소첩은 나리께 순종해야 하는 아내이고요.

슬라이 그건 알지. 그럼 나는 당신을 뭐라고 부르지?

영 주 부인이라고 하시지요.

슬라이 앨리스 부인? 존 부인? 이렇게?

영 주 그냥 부인이라고 하시지요. 영주들은 자기 부인을 그렇게 부른답니다.

슬라이 부인, 듣자 하니 내가 열다섯 해나 꿈을 꾸고 있었다는데, 그게 사실이오?

시 동 그렇사옵니다. 저에게는 그 세월이 30년이나 되는 것 같았지만 말예요. 그 동안 저는 쭉 독수공방을 했답니다.

슬라이 그거 참 안됐었구먼. 여봐라, 다들 물러가 우리 두 사람만 있게 하라. (하인들이 물러간다) 부인, 자 옷을 벗고 잠자리에 듭시다.

시 동 참으로 귀하신 영주님, 소첩이 부탁하건대, 제발 한두 밤만 참으시지요. 그것조차 안 되시겠다면 해가 질 때까지만이라도. 의원께서는 나리의 병환이 다시 도질 수도 있으니까 동침은 삼가라고 하셨습니다. 제가 왜 이러는지 이해가 되시지요?

슬라이 음, 어쩔 수가 없구먼. 또다시 그런 악몽 속에 떨어지면 큰일이니, 피가 끓고 살이 달아오르지만 참을 수밖에.

하인 1 등장.

하인 1 영주님의 전속 배우들이 영주님께서 쾌유하셨다는 소식을 듣고

서 희극을 상연할 생각으로 문안차 와 있습니다. 오랜 세월 동안 우울증으로 시달리셨으니, 연극을 보시면서 흥겨워하신다면 온갖 해악은 물러가고 수명도 길어진다면서 의원님도 찬성했습니다.

슬라이 그렇다면 볼 테니 희극을 시작하라. 그런데 그 희극인가 뭔가는 크리스마스 춤인가, 아니면 곡예사의 묘기인가?

시 동 아닙니다, 나리. 그건 훨씬 더 재미있는 것입니다.

슬라이 그럼 뭔가?

시 동 옛날 이야기 같은 것입니다.

슬라이 그런가, 아무튼 시작해 보거라. 자, 부인. 내 옆에 와서 세월이나 죽여 봅시다. 우리가 더 이상 어떻게 젊어지겠소. (시동 슬라이 곁에 앉는다)

나팔소리. 『말괄량이 길들이기』가 시작된다.

제 1 막

제 1 장 패듀어의 광장

밥티스타와 호텐쇼의 집, 그 밖의 집들. 광장에 접해 있다. 광장에는 수목들이 서 있고 벤치가 놓여 있다. 루센쇼와 그의 하인 트래니오 등장.

루센쇼 트래니오, 내 드디어 이태리의 낙원, 이 기름진 롬바르디아에 왔구나. 문화의 본고장인 이 패듀어를 꼭 한번 보고 싶었거든. 물론 아버지의 애정이 있었기 때문이지만. 게다가 너처럼 믿음직한 시종을 딸려 보내 주셨으니 이거야말로 금상첨화가 아니고 무엇이겠느냐. 자, 여기서 좀 쉬면서 천천히 학문과 교양을 쌓을 길을 찾아보자. 교양 있는 시민들로 이름난 피사에서 태어나 세계를 주름잡는 거상인 벤티보리오 가문의 빈센쇼가 내 아버지 아니더냐. 그러니 세상의 기대에 부응하기 위해서는 학문을 닦고 덕행을 쌓아야 해. 그러면 자연히 행복에 도달하는 길도 알게 되겠지.

트래니오 예, 도련님. 제 생각도 마찬가지입니다. 알찬 학문의 길로 들어서시겠다니, 저로서도 정말 기쁘답니다. 다만 도련님, 덕을 숭상하시는 것도 좋지만 제발 저 금욕주의자나 돌부처 같은 사람은 되지 마십시오. 엄격한 아리스토텔레스의 가르침만 열중하시다가 오비드의 부드러운 시를 멀리하면 안 되니까요. 친구와 말할 때에도 논리학 공부를 할 수 있고, 일상 대화로도 수사학 연습을 할 수 있습니다. 그리고 기분을 전환하기 위해선 음악이나 시가 좋고, 수사학이나 형이상학 같은 것도 때때로 해보셔도 좋겠죠. 하기 싫은 걸 하다 보면 소득도 없지요. 그러니 도련님이 하고 싶은 공부를 하십시오.

루센쇼 고맙구나, 트래니오. 네 말이 옳고 말고. 그런데 비온델로가 도착해 있다면, 우린 당장 숙소를 정하고 이곳 패듀어에서 사귈 수 있는 친구들을 모두 초청할 수 있었을 텐데. 가만 있자, 저 사람들은 누구지?

트래니오 도련님을 마중 나온 행렬인가 봅니다.

밥티스타가 카타리나와 비앙카와 함께 등장. 비앙카의 구혼자인 그레미오와 호텐쇼가 그 뒤를 따른다. 루센쇼와 트래니오는 나무 그늘에 숨는다.

밥티스타 이제 그만 조르시오. 두 분께선 이미 내 결심을 알고 있잖소. 글쎄, 큰딸을 시집 보내기 전에는 작은딸을 줄 수가 없소. 만일 두 분 중에 카타리나를 좋아하는 분이 있다면, 직접 그 애와 담판을 지으시구려.

그레미오 담판이 아니라 재판을 해야겠지요. 호텐쇼 씨, 당신은 어느 쪽을 택하겠소?

카타리나 아버지, 제발 그만두세요. 절 더 이상 이런 작자들 앞에서 웃음거리로 만들지 마세요.

호텐쇼 작자들이라고? 아가씨, 무슨 말버릇이 그렇소? 좀더 상냥하게 굴지 않으면 당신은 평생 독수공방을 하게 될 거요.

카타리나 누가 댁더러 그런 걱정 해달래요? 난 결혼할 생각은 털끝만큼도 없어요. 만일 결혼을 한다면 당신을 확실히 손봐 주겠지만요. 세 발 달린 의자로 당신의 머리털을 빗겨 주고, 당신의 얼굴은 생채기를 낸 피로 화장시켜 드리고요.

호텐쇼 오, 하느님! 저를 이 마녀로부터 구해 주소서!

그레미오 하느님, 저도요.

트래니오 쉬, 도련님! 이거, 볼 만한 구경거립니다요. 저 여잔 살짝 돌았거나, 아니면 굉장한 말괄량이인가 봅니다.

루센쇼 하지만 말없는 아가씨는 상냥하고 귀여운 규수로구나.

트래니오 예, 그런 것 같습니다. 쉬, 조용히 지켜보시지요.

밥티스타 그럼 두 분께 제 뜻이 분명하다는 걸 보여 드리겠습니다. 얘, 비앙카, 너는 안으로 들어가거라. 섭섭하게 생각하지 말아라. 내가 널 사랑하는 마음에는 변함이 없으니까. (비앙카의 머리를 쓰다듬는다)

카타리나 귀염둥이는 금방 눈물을 쏟을 텐데 뭐.

비앙카 언니, 내가 불행해지더라도 언니만 행복하면 돼. 아버님, 아버님 분부대로 따를게요. 난 홀로 책과 악기를 벗삼아 지내겠어요.

루센쇼 들었지, 트래니오. 미네르바 여신이 말문을 여셨다.

호텐쇼 밥티스타 씨, 너무 하십니다. 저희들의 호의가 도리어 비앙카 아가씨의 눈에서 눈물을 뽑다니!

그레미오 밥티스타 씨, 이런 마녀 때문에 동생을 가두어 놓다니, 게다가 독설은 언니가 하고 벌은 동생이 받게 하다니, 무슨 경우입니까?

밥티스타 아무튼 두 분 양반, 저는 이미 결심했소. 비앙카, 안으로 들어

가거라. (비앙카 들어간다) 저 애는 무엇보다 음악과 악기와 시를 좋아하지요. 그래서 말인데, 미흡한 저 애를 가르쳐 줄 가정교사를 구할 생각이니, 두 분께서는 혹시 아시는 분이 있으면 소개해 주시지요. 능력 있는 분이라면 잘 대접할 생각이오. 그럼 다음에 봅시다. 카타리나, 넌 여기 좀 있어라. 비앙카한테 할 얘기가 있으니. (퇴장)

카타리나 왜요, 내가 들으면 안 되나요? 내가 왜 일일이 각본대로 움직여야 하죠? 앞뒤 분간 못하는 어린애도 아닌데. (휙 돌아선다)

그레미오 악마에게나 가버려. 저렇게 괴팍한 성품이니 누가 좋다고 하겠어. (카타리나가 안으로 달려들어가 문을 탁 닫는다) 보아 하니 저 집안도 화목하긴 글렀군. 호텐쇼, 이제 우리는 손가락이나 빨면서 기다릴 수밖에 없는 것 같구려. 밥이 설어 버렸으니 어쩔 수 없잖소. 그럼 안녕히 가시오. 이제 할 수 있는 일이라곤 사랑스러운 비앙카가 좋아하는 것을 가르쳐 줄 수 있는 가정교사를 찾아내는 것밖에 없겠소.

호텐쇼 내 생각도 그렇소. 그레미오 씨, 여태껏 경쟁자여서 아무 말도 하지 않았지만, 이렇게 된 이상 생각을 좀 달리해야겠습니다. 우리가 다시 비앙카 아가씨의 사랑을 차지하기 위한 행복한 경쟁자가 되려면 딱 한 가지 방법이 있소.

그레미오 그게 무엇이오?

호텐쇼 언니 쪽에 신랑감을 구해 주면 되오.

그레미오 신랑감을? 에이, 악마겠지.

호텐쇼 아니, 신랑이오.

그레미오 아니오, 악마요. 호텐쇼 씨, 생각 좀 해봐요. 장인이 아무리 부자라 해도 지옥으로 장가들려는 쓸개빠진 녀석이 어디 있겠소?

호텐쇼 참, 그레미오 씨도! 당신이나 나는 그 말괄량이를 감당할 수 없어서 그렇지, 세상에는 그걸 능가하는 남자도 있다오. 아무리 결점이 많아도 지참금만 많으면 장가들려는 사람이 있을 것이오.

그레미오 글쎄요, 나 같으면 지참금 때문에 장가드느니 차라리 매일 아침 광장에서 매를 맞는 편을 택하겠소.

호텐쇼 하긴 썩은 사과를 골라 먹으려는 사람은 없을 것입니다. 하지만 혹시 모르니, 이제부턴 서로 협력해 밥티스타 씨의 큰딸에게 신랑을 구해 줍시다. 그럼 작은딸도 자유로이 결혼할 수 있을 테니. 우린 그때 경쟁을 해도 늦지 않습니다. 아름다운 비앙카! 그대를 얻는 남자는 행복할지어다! 가장 빨리 뛰는 자가 반지를 차지하겠지. 자, 어떻습니까, 그레미오 씨?

그레미오 찬성이오. 누구든지 그 말괄량이한테 구애를 해 침실로 데리고 가기만 한다면, 난 그에게 패듀어에서 가장 좋은 준마를 선물할 거요. 자, 갑시다. (두 사람 퇴장)

트래니오 도련님, 정말이세요? 사랑에 빠지시다니요?

루센쇼 오, 트래니오. 나도 설마 그런 일이 내게 일어나리라곤 생각지도 못했다. 그런데 그만 사랑에 빠지고 말았구나. 그러니 트래니오, 내가 그 얌전한 동생을 얻지 못하는 날엔 내 가슴은 새까맣게 타서 죽고 말 거야. 트래니오, 제발 날 좀 도와다오. 넌 좋은 수가 있을 거야.

트래니오 이젠 도련님을 책망할 단계를 넘었군요. 이왕 사랑의 포로가 되셨으니 별수 없죠. 라틴 속담에도 있잖습니까, '보석금은 되도록 싸게'라고요.

루센쇼 오, 고맙구나. 자, 이제 본론을 말해 다오. 분명 날 위로해 주는 말이겠지?

트라니오 도련님께서 그 아가씨에게 넋이 빠졌으니, 중요한 걸 분명히 간과했을 거예요.

루센쇼 오, 아냐. 아름다운 얼굴은 에지노의 딸 유로파에 버금갔어. 제우스 신이 크레타 섬에서 그녀의 아름다움에 매혹되어 소로 둔갑한 뒤 공손히 무릎을 꿇고 손을 잡았다는 그 유로파 말이다.

트라니오 어디 그것뿐인가요? 그 아가씨의 언니가 고래고래 소리를 지르며, 차마 눈뜨고 볼 수 없는 소동을 일으킨 건요?

루센쇼 음, 보았지. 그녀의 산호 같은 입술이 움직이더니 주위에 향기를 뿌리는 걸 보았지. 그녀에게 속한 것은 모두 감미로웠어.

트라니오 이거, 큰일이군요. 도련님, 정신 차리세요. 정말 그 아가씨를 사랑하시면 손에 넣을 궁리를 하셔야죠. 사태는 이렇습니다. 그 아가씨의 언니는 오만방자한 말괄량이여서 아버지는 언니 쪽을 시집보낸 뒤 그 아가씨를 시집보낸다고 합니다. 그러기 전까진 그 아가씨는 꼭 갇혀 살 수밖에 없지요.

루센쇼 트래니오, 참 지독한 아버지도 다 있구나! 맞아, 딸들을 교육하기 위해서 좋은 가정교사를 물색 중이라고 했지?

트래니오 저도 들었지요. 그래서 말인데 좋은 계획이 있습죠.

루센쇼 나도 그래.

트래니오 그렇다면 우리 두 사람의 계획은 똑같겠군요.

루센쇼 그럼, 네 계획부터 말해 봐.

트래니오 도련님이 가정교사가 되는 겁니다. 도련님 계획은요?

루센쇼 나도 그거야. 하지만 잘될까?

트래니오 좀 곤란할 것 같은데요. 도련님 역할은 누가 하지요? 빈센쇼 씨 아들로서, 집을 얻고 책을 읽으며 친구들을 대접하고 등등, 이런 역할은 누가 하지요?

루센쇼 걱정하지 마라. 내게 좋은 생각이 있으니. 우리는 아직 어디에도 얼굴을 내민 적이 없으니, 누가 하인이고 누가 주인인지 사람들은 분간할 수 없을 거다. 그러니까 트래니오, 네가 내 주인이 되어 집도 얻고, 주인 행세를 하고, 하인도 거느리거라. 난 딴 사람이 되는 거야. 피렌체 사람이나 나폴리 사람이나 혹은 미천한 피사 사람이 되는 것도 괜찮겠지. 자, 트래니오, 외투를 바꿔 입자꾸나. 비온델로가 도착하면, 네 하인 역을 하도록 시키겠다. 그러나 그 전에 먼저 그 녀석의 입을 봉해 놓아야겠지.

트래니오 할 수 없군요. (두 사람이 옷을 바꾸어 입는다) 아무튼 도련님 생각이 정 그러시다면, 전 따를 수밖에요. 아버님께서도 도련님께 잘하라고 신신 당부하셨으니까요. 물론 이런 의도에서는 아니셨겠지만. 아무튼 소중한 도련님을 위해서라면 제가 기꺼이 루센쇼가 되어 드리죠.

루센쇼 트래니오, 고맙다. 이제 이 루센쇼도 사랑에 눈을 떴으니, 그녀를 얻기 위해서라면 난 노예가 되어도 좋다. 첫눈에 눈이 멀어 사랑의 포로가 되다니. (비온델로가 나타난다) 이제야 나타나는군. 이봐, 어딜 그렇게 싸돌아 다니냐?

비온델로 싸돌아 다니다뇨? 그럼 도련님은 어디 계셨어요? 아니, 이게 어찌된 일입니까? 저 녀석이 도련님 옷을 훔쳐 입었나요? 아니면 도련님이 저 녀석의 옷을? 도대체 이게 무슨 일입니까?

루센쇼 이 녀석아, 지금 농담하고 있을 때가 아냐. 그러니 너도 처신을 잘해야 돼. 네 형님뻘 되는 트래니오는 지금 내 목숨을 구하기 위해 내 행세를 하는 거다. 글쎄, 난 이곳에 도착한 뒤 싸움에 말려들어 사람을 죽였는데, 아마 조만간 발각이 될 거야. 그러니까 말인데, 네가 트래니오의 하인이 되어 가지고 내가 안전하게 도피할 수 있게 하란 말야. 내 말 알겠니?

비온델로 도무지 뭐가 뭔지 모르겠는데요.

루센쇼 트래니오란 이름을 절대로 입 밖에 내선 안 돼. 트래니오는 루센쇼가 되었으니까.

비온델로 부럽군요. 나도 그렇게 되어 봤으면!

트래니오 어쨌든 도련님께서 밥티스타 씨의 작은딸을 얻는 걸 봤으면 좋겠어. 이봐, 어디를 가나 탄로나지 않도록 조심해. 단둘이 있을 때는 트래니오지만 그 밖의 경우엔 난 네 주인 루센쇼라는 걸 명심하라고.

루센쇼 트래니오, 한 가지 네가 더 해줄 게 있다. 네가 구혼자가 되는 거야. 이유는 묻지 말고. 하지만 나쁜 일은 아니니까 안심해. 내게 생각이 있어서 그러는 거니까. (모두 퇴장)

관람자들이 이야기를 하고 있다.

하인 1 영주님, 연극이 마음에 들지 않아 조시는 모양이군요.

슬라이 (잠을 깨며) 천만에! 훌륭한걸. 아직도 뭐가 남았나?

시 동 나리, 이제 겨우 시작인걸요.

슬라이 부인, 참으로 걸작이구려. 하지만 빨리 끝났으면 좋겠구먼. (모두 자리에 앉아 연극을 관람한다)

제 2 장 패듀어의 광장

페트루치오와 하인 그루미오 등장, 호텐쇼의 집 쪽으로 간다.

페트루치오 패듀나의 가장 친한 친구, 호텐쇼를 만나야겠군. 이 집인가
보다. 그루미오, 두들겨 봐라.

그루미오 두들기다뇨? 누가 주인님께 무례한 짓을 저질렀죠?

페트루치오 이 촌놈아, 여길 쾅쾅 두들기란 말야.

그루미오 주인님을요? 제가 어떻게 주인님을 두들겨요?

페트루치오 이 멍청아, 머뭇거리지 말고 이 문을 두들기란 말야. 더 이
상 딴청 피우면 네 골통을 부숴버릴 테다.

그루미오 원, 장난도 심하십니다. 제가 먼저 주인님을 두들긴다면, 무
슨 봉변을 당하게요?

페트루치오 이놈이! 못하겠다면, 좋다. (그루미오의 귀를 비튼다)

그루미오 아이고, 사람 살려! 우리 주인님, 완전히 실성했군요.

호텐쇼가 문을 열고 나타난다.

호텐쇼 무슨 일이지? 아니, 그루미오가 아닌가?

페트루치오 호텐쇼, 자넨 싸움을 말리러 나왔나?

호텐쇼 그루미오, 일어서게. 이 싸움은 내가 해결해 주지.

그루미오 호텐쇼 나리, 주인님께서는 저보고 다짜고짜 두들겨 달라시
는데, 어찌 하인이 주인님을 두들길 수가 있겠습니까? 하지만 제가 차라

리 실컷 두들겨 주었더라면, 이 그루미오가 이런 꼴은 당하지 않았을 텐데 말이죠.

페트루치오 이 돌대가리 같으니! 여보게, 호텐쇼. 내가 이 녀석보고 자네 집 문을 두들기라고 한 걸, 이 녀석이 도통 알아들어야지.

그루미오 문을 두들기라고 하셨다고요? 아이고, 이렇게 말씀하셨잖아요. "이 촌놈아, 여길 쾅쾅 두들기란 말야"라고.

페트루치오 멍청아, 꺼져 버려. 아니면 입 닥치고 있든지!

호텐쇼 페트루치오, 참게나. 그저 오해로는 봐줄 만하지 않은가. 어쨌든 여보게, 무슨 바람이 불어서 베로나를 떠나 이곳 패듀어에 왔는가?

페트루치오 아버지 안토니오께서는 돌아가셨네. 그래서 난 운명에 몸을 내던진 걸세. 다행히도 아내를 얻고 돈도 번다면 더 좋을 게 없겠지. 지갑에는 돈이, 고향에는 유산이. 그래서 세상 구경을 하러 나온 거지.

호텐쇼 그렇다면 내 말 좀 들어보게. 심술 사나운 말괄량이가 있는데, 그녀를 아내로 삼으면 어떻겠나? 자넨 내 말이 달갑지 않을 테지만 그녀가 부자인 것만은 분명하네. 이만저만한 부자가 아니지. 물론 소중한 친구인 자네에게 그런 여자를 권하고 싶지는 않지만.

페트루치오 호텐쇼, 우리 사이에 빈말은 그만두세. 부자라면 됐네. 난 돈이면 되거든. 그녀가 저 폴로렌티어스의 애인처럼 박색이건, 마녀 시빌 같은 할망구건, 아니 소크라테스의 악처 크산티페를 뺨칠 정도로 고약한 바가지쟁이건 난 상관없네. 내가 이곳 패듀어에 온 건 부자 마누라를 얻으려고 온 게 아닌가. 돈만 생긴다면 누구든 환영한다네.

그루미오 호텐쇼 나리, 지금 주인님이 하신 말씀은 모두 진심이랍니다. 돈만 생긴다면, 상대가 꼭두각시건, 난쟁이건, 이빨은 몽땅 빠진 할망구

건 가릴 것 없이 우리 주인님은 마누라로 삼을 겁니다.

호텐쇼 페트루치오, 이야기가 이쯤 되니 다시 말해야겠네. 처음엔 농담으로 시작했는데 말야. 사실대로 말하겠네. 그녀는 젊고, 미인이야. 물론 돈도 많고. 그리고 어디다 내놔도 부끄럽지 않은 교육도 받았지. 그러나 한 가지 결점은, 그게 치명적이네. 아무도 감당하지 못할 정도로 말괄량이고, 심술궂지. 나 같으면 아무리 황금 노다지를 준대도, 그런 여자와 결혼하지는 않을 걸세.

페트루치오 호텐쇼, 그만하게. 자넨 황금의 위력을 모르는구먼. 그녀의 아버지 이름은? 그것만 알면 돼. 당장에 찾아가 봐야겠네. 가령 그 여자가 가을철의 천둥 벼락처럼 고래고래 악을 쓴다 하더라도.

호텐쇼 아버지 이름은 밥티스타 미놀라야. 아주 호인이고 점잖은 분이지. 그녀 이름은 카타리나 미놀라이고, 그 지독한 독설은 패듀어에서도 유명하지.

페트루치오 딸은 모르지만, 아버지하고는 안면이 있네. 돌아가신 어르신하고 잘 아는 사이였지. 여보게 호텐쇼, 난 그녀를 만나보기 전에는 잠을 잘 수 없을 것 같네. 좀 무례한 부탁이지만, 날 좀 그곳으로 안내해 주게. 싫다면 자네와 만나자마자 작별할 수밖에.

그루미오 나리, 우리 주인님이 변심하기 전에 얼른 안내 좀 해주시지요. 정말이지, 그 색시가 저만큼 주인님을 안다면, 아무리 악담을 한다 해도 소용없다는 걸 깨닫게 되겠죠. 악당이니 뭐니 욕설을 퍼부어 댄다 해도, 주인님 고함 소리 한번이면 쏙 들어갈 겁니다. 온갖 잡소리 상소리를 들으면 아마 놀라서 고양이 눈처럼 눈이 튀어나오겠죠.

호텐쇼 좋아, 내가 같이 가겠네. 밥티스타 씨 집에는 내 보물이 있거든.

정말 내 목숨보다 소중한 보물, 그의 작은딸, 아름다운 비앙카가 내 보물이지. 그런데 그녀의 아버지는 날 얼씬도 못 하게 해. 나뿐만 아니라 모든 구혼자들을 물리쳤다네. 글쎄, 큰딸 카타리나를 데려갈 사람이 아무도 없을 거라고 생각한 모양이야. 그 말괄량이 큰딸을 치우기 전에는 아무도 비앙카에게 접근할 수가 없어.

그루미오 말괄량이 카타리나! 처녀의 별명치고는 고약하군요!

호텐쇼 (페트루치오를 한쪽으로 데리고 가서) 페트루치오, 날 좀 도와주게나. 내가 수수한 옷으로 갈아입을 테니 나를 음악에 능숙한 가정교사로 추천해 주게. 비앙카를 가르칠 음악교사를 찾고 있거든. 만일 그렇게만 해 준다면, 난 마음놓고 비앙카를 만날 수 있을 뿐만 아니라 사랑을 고백할 수 있을 게 아닌가.

그루미오 이건 음모라고 할 수는 없겠군. 그저 늙은이를 속이려고 젊은이들이 지혜를 짜낸 것뿐이니까! (그레미오가 광장으로 온다. 그 뒤에는 가정교사 캠비오로 변장한 루센쇼가 따르고 있다) 주인님, 저길 보십시오. 누가 옵니다.

호텐쇼 쉿! 저건 내 연적이야. 페트루치오, 잠시 비켜서 주게.

그루미오 잘생긴 젊은이구먼. 게다가 멋쟁이고. (세 사람 한쪽 구석으로 물러선다)

그레미오 아주 좋소. 목록은 훑어봤으니 예쁘게 포장해 주시오. 그 연애 책 말이오. 그리고 그녀에게 다른 강의는 일체 하지 마시오. 아시겠소? 밥티스타 씨가 주는 사례보다도 훨씬 많은 사례를 해드리리다. 그리고 책에는 향수를 잔뜩 뿌려 놓으시오. 그 책을 받을 여자는 향수보다 다 향기로운 분이시오. 그래 무엇을 읽어주기로 했소?

루센쇼 내가 그녀에게 무엇을 읽어주든지 그건 분명 당신을 위한 것이오. 그러니 부디 안심하십시오. 당신이 그 자리에 계신 것처럼, 아니 그 이상으로 전하리다. 댁이 학자는 아니시니까요.

그레미오 오, 학자라! 그 대단하군.

그루미오 저런, 등신 같으니!

페트루치오 쉿, 입 다물어!

호텐쇼 그루미오, 조용히 해! (앞으로 나오면서) 안녕하십니까, 그레미오 씨!

그레미오 아, 잘 만났소, 호텐쇼 씨! 지금 난 밥티스타 미놀라님 댁에 가는 중이라오. 마침 아름다운 비앙카의 가정교사로 이 청년이 딱 알맞을 것 같아서요. 학식이나 품행뿐만 아니라, 시와 그 밖의 좋은 책들을 많이 읽으신 분입니다.

호텐쇼 잘되었군요. 나도 어떤 신사를 만났는데, 우리의 연인을 가르칠 음악교사를 추천하겠다더군요. 그러니까 나도 저 사랑하는 비앙카를 위해서라면 조금도 뒤지고 싶은 마음이 없다 이겁니다.

그레미오 사랑하는 비앙카란 말은 행동으로 증명합시다.

그루미오 (방백) 돈지갑이 증명하겠지.

호텐쇼 그레미오 씨, 지금 우리가 사랑싸움을 할 때는 아닌 것 같소. 당신이 솔직히 말씀해 주신다면, 나도 좋은 소식을 말하리다. 여기 이분을 우연히 만났는데, 우리가 이분 요구에만 응해 준다면, 그 말괄량이한테 구혼하시겠답니다.

그레미오 정말입니까? 그렇게만 해주신다면 얼마나 좋겠소. 하지만 호텐쇼 씨, 그 여자의 결점은 말씀드렸습니까?

페트루치오 물론입니다. 아주 진절머리 나는 말괄량이라는 걸. 그까짓 것이라면 난 조금도 상관없습니다.

그레미오 정말입니까? 도대체 고향은 어디십니까?

페트루치오 베로나입니다. 아버진 안토니오이며, 돌아가셨습니다. 유산은 있으니까, 평생 즐겁게 오래오래 살고 싶습니다.

그레미오 그런데도 그런 아내를 맞겠다니 이상하군요. 제 눈에 안경이라지만, 정말 그 살쾡이한테 구혼하시겠습니까?

페트루치오 아무렴요.

그루미오 만일 안 하신다면 제가 그 살쾡이 목을 졸라버립죠.

페트루치오 그 정도가 겁난다면 어떻게 여기까지 왔겠소? 아무리 큰 소리 친다 해도 나한테는 소귀에 경 읽기요. 난 사자의 포효 소리뿐만 아니라, 전쟁터에서 병사들의 아우성이며 군마의 울부짖는 소리, 우렁찬 나팔소리도 들었소. 그러니 여편네의 혓바닥쯤은 화로에서 군밤 껍질 터지는 소리도 되지 못하오. 쯧쯧, 아이들이나 도깨비를 무서워하지요.

그루미오 우리 주인님은 원래 무서운 것이 없으시답니다.

그레미오 호텐쇼 씨, 이분은 참 잘 오신 것 같습니다그려.

호텐쇼 그래서 말입니다만, 이분의 구혼 비용을 우리가 부담하는 건 어떻겠습니까?

그레미오 좋소, 그 여자를 데려가 준다면야!

트래니오가 주인 루센쇼로 변장하고 하인 비온델로를 데리고 온다.

트래니오 여러분, 안녕하십니까? 실례지만 밥티스타 미놀라님 댁에 가려면 어느 길로 가야 하는지요?

비온델로 그분은 예쁜 두 따님을 두셨다죠, 주인나리?

그레미오 설마 댁도 그 따님을 만나러 온 건 아니겠죠?

트래니오 아버지와 딸, 다 만나야겠죠. 그런데 무슨 일이시죠?

페트루치오 제발 그 말괄량이 쪽은 아니기를.

트래니오 난 원래 말괄량이는 딱 질색이오. 비온델로, 가자.

루센쇼 (방백) 제법인데, 트래니오.

호텐쇼 잠깐만. 지금 말씀하신 처녀한테 구혼하실 생각입니까?

트래니오 그렇다면 안 될 일이라도?

그레미오 천만에요. 아무 말씀 말고 돌아서는 게 좋을 거요.

트래니오 아니, 여긴 아무나 다닐 수 있는 길거리가 아니오?

그레미오 아무튼 그 처녀에 관한 한은 안 되오.

트래니오 왜요? 이유 좀 들어봅시다.

그레미오 정 그러시다면 말씀해 드리죠. 그 여잔 이 그레미오가 점찍어 놨단 말이오.

호텐쇼 나 혼텐쇼도 그 여자한테 침 발라놨소.

트래니오 자, 당신들이 신사라면 내 말 좀 들어보시오. 밥티스타 씨는 신사분이고 우리 부친과도 아는 사이요. 그런데 그분 따님이 그렇게 미인 이라면, 구혼자는 얼마든지 나설 것이며 굳이 나 하나쯤 끼여든다 해도 상관없을 거요. 레다의 딸 헬렌에게는 천 명의 구혼자가 있었다는데, 아 름다운 비앙카에게 한 명쯤 구혼자가 붙는 게 무슨 대수겠소.

그레미오 참, 이분은 입심도 좋구먼!

페트루치오 호텐쇼, 시시한 수작들은 그만 하세.

호텐쇼 실례지만 밥티스타 씨 따님을 만나 보셨소?

트래니오 아직 보지는 않았지만, 듣자 하니 한쪽은 사납기로 유명하고, 또 한쪽은 아주 얌전하다던데요?

페트루치오 그렇소. 언니는 내 것이니까, 꿈도 꾸지 마시오.

그레미오 좋소, 그 대사업은 영웅 헤라클레스한테 맡겨두겠소.

페트루치오 하지만 당신이 원하는 그 작은 딸 말인데, 아버지가 큰딸을 시집보낼 때까지는 구혼자들을 얼씬도 못 하게 한다는 거요. 큰딸을 결혼시키고 난 뒤에나 가능하니, 지금 형편으론 가망이 없소.

트래니오 그렇다면 당신은 우리에게, 아니 내게 아주 중요한 분이군요. 우선 언니 쪽을 입수한 다음, 동생 쪽을 자유로이 풀어놔 주면, 누구 손안에 떨어지든, 우리는 배은망덕할 사람들은 아니외다.

호텐쇼 그 말씀 잘하셨소. 당신도 구혼자로 나선 이상 당연히 그래야죠. 우리처럼 이분에게 보답을 드려야죠.

트래니오 물론 은혜를 잊을 사람은 아닙니다. 그 증거로, 오늘 오후에 애인의 건강을 축복하는 의미에서 주연을 열고 건배를 들 것을 제안합니다. 싸울 때는 당당하게 싸우되, 지금은 친구로서 먹고 마시기로 합시다.

그루미오 비온델로, 이거 참 굉장한 제안인걸.

호텐쇼 물론 참 좋은 제안이오, 그렇게 합시다. 여보게, 페트루치오, 자네 일은 모두 내게 맡겨두게. (모두 퇴장)

제 2 막

제 1 장 밥티스타의 집, 어느 방

카타리나가 회초리를 들고 비앙카에게 달려든다. 비앙카는 두 손을 묶인 채 벽 쪽에 웅크리고 있다.

비앙카 언니, 제발 날 이렇게 모욕하지 마. 이러면 언니 자신도 모욕하는 셈이야. 노예같이 이게 뭐야. 이건만 풀어주면 눈에 거슬리는 것들은 다 버릴게. 아니, 속치마까지도 벗을 수 있어. 언니가 하라는 대로 할게.

카타리나 좋아, 그럼 누굴 가장 좋아하는지 말해 봐!

비앙카 언니, 여태껏 내가 반할 남자는 한 분도 만나지 못했어.

카타리나 거짓말 마. 호텐쇼지?

비앙카 언니가 그분께 마음이 있다면, 내 맹세코 언닐 위해 부탁드릴 테니, 그분과 결혼해.

카타리나 그럼 부자가 마음에 드나 보구나. 그레미오에게 시집가서 호사를 누려볼 속셈이구나.

비앙카 그래서 날 이렇게 못살게 구는 거야? 장난이지? 언닌 아까부터 쭉 날 놀리고 있는 거야. 언니, 제발 내 손 좀 풀어줘.

카타리나 (비앙카를 때리면서) 이것도 장난인 것 같니? (아버지 밥티스타 등장)

밥티스타 이게 무슨 짓들이니? 별일 다 보겠구나. 비앙카, 울지 마라. (손을 풀어주면서) 들어가서 바느질이나 하렴. 언닌 상대하지 말고. 이 못된 것아. 가만있는 애를 왜 그렇게 못살게 구니? 그 애가 네게 무슨 짓을 했다고 그러니?

카타리나 그러니까 더 부아가 나요. 한번 혼나야 돼, 이것아. (비앙카에게 달려든다)

밥티스타 (카타리나를 붙들면서) 이런, 내 앞에서까지? 비앙카, 넌 안으로 들어가거라.

카타리나 아버진 늘 저 애만 감싸고도시죠. 좋아요, 저 앤 아버지의 보배니까 어서 좋은 신랑을 얻어주시지요. 저 애 결혼식 날엔 난 노처녀답게 맨발로 춤이나 출 테니까요. 이제 난 아무 말 하기 싫어요. 그저 혼자 울 수밖에요. (방을 뛰쳐나간다)

밥티스타 이게 무슨 놈의 팔자냐? 아니, 누가 오나 보군?

그레미오, 교사로 변장한 루센쇼, 페트루치오, 음악교사 리치오로 변장한 호텐쇼, 루센쇼로 가장한 트래니오, 악기와 책을 든 비온델로 등장.

그레미오 안녕하십니까, 밥티스타 씨!

밥티스타 안녕하십니까, 그레미오 씨! (인사를 한다) 여러분, 잘 오셨습니다.

페트루치오 처음 뵙겠습니다. 아름답고 현숙한 카타리나라는 따님이 있으시다죠?

밥티스타 예, 카타리나라는 딸이 있습니다만.

페트루치오 전 베로나에서 온 신사입니다. 소문에 미인에다 영특한 따님이 있으시다죠. (밥티스타가 당황한다) 게다가 상냥하고 행동거지가 조신한, 그런 소문을 들어온 터라 감히 실례를 무릅쓰고 이렇게 찾아왔습니다. 그리고 이분을 소개하겠습니다. (호텐쇼를 소개한다) 음악과 수학에 출중한 분으로, 따님을 충분히 가르칠 수 있을 것으로 압니다. 이름은 리치오고 맨튜어 출신이죠.

밥티스타 잘 오셨소. 하지만 딸애 카타리나로 말하자면, 아무래도 당신이 당해내지 못하실 겁니다.

페트루치오 그럼 따님을 결혼시키기 싫으시단 말씀입니까? 아니면 제가 마음에 안 드셔서 그러십니까?

밥티스타 오해 마시오. 다만 사실대로 말했을 뿐이오. 그런데 어디서 오셨소? 성함을 알고 싶습니다만.

페트루치오 제 이름은 페트루치오로, 안토니오의 아들입니다. 저의 아버지는 이탈리아에서 모르는 사람이 없습니다.

밥티스타 나도 그분을 잘 압니다. 오신 걸 환영합니다.

그레미오 페트루치오, 이제 이 가엾은 자들에게도 기회를 주시오.

페트루치오 오, 미안하오. 쇠뿔도 단김에 빼라는 말이 있어서!

그레미오 그야 그럴 테지요. (밥티스타에게) 밥티스타 씨, 이 사람의 선물도 받아주시지요. 평소에 누구보다 많은 신세를 지고 있으니 저도 성의를 표하겠습니다. (루센쇼를 내세우면서) 이 젊은 학자는 프랑스에서 오랫

동안 공부하신 분으로, 그리스어, 라틴어, 그 밖의 여러 언어에 능통하십니다. 이름은 캠비오로 부디 채용해 주시지요.

밥티스타 뭐라 인사해야 좋을지 모르겠군요. 환영합니다, 캠비오 씨. (트래니오를 보고) 당신은 초면인 듯한데, 실례지만 어떻게 오셨는지요?

트래니오 인사가 늦어서 미안합니다. 이 도시에는 처음입니다만, 댁의 따님 비앙카에게 구혼하러 온 사람입니다. 큰따님을 먼저 출가시키겠다는 댁의 굳은 결심을 모르는 바 아닙니다만, 제가 이렇게 온 것은 먼저 저의 가문을 알려드리고, 저도 구혼자들 중의 한 사람으로 따님과 교제할 수 있는 기회를 주십사 해서입니다. 우선 따님의 교육을 위해 변변찮은 악기와 책을 가지고 왔으니 받아주십시오. (비온델로가 앞으로 나와서 류트와 서적을 내민다)

밥티스타 루센쇼 씨라 하셨죠? 고향은 어디시오?

트래니오 피사입니다. 빈센쇼의 아들이옵죠.

밥티스타 피사의 명문가라는 걸 소문으로 알고 있습니다. 진정으로 환영합니다. (호텐쇼를 보고) 그럼 당신은 류트를 들고, (루센쇼를 보고) 당신은 책을 들고 딸들한테 가보시오. 안에 누구 없느냐! (하인 등장) 이 두 분을 아가씨들께 안내해 드려라. 가정교사님들이니까, 실례를 저지르지 말라고 전하고. (호텐쇼, 루센쇼, 하인 퇴장) 우린 정원을 산책한 뒤 식사나 합시다. 제발 서두르지는 마시고요.

페트루치오 밥티스타 씨, 난 워낙 바쁜 몸이라 구혼하러 매일 올 수는 없습니다. 아버님을 잘 아신다니 저에 대해서도 짐작이 가실 것입니다. 토지고 재산이고 상속받은 것뿐만 아니라 오히려 더 형편이 좋아졌습니다. 그리고 한 말씀 묻겠습니다만, 만일 내가 따님의 사랑을 얻게 된다면,

지참금을 얼마나 주시겠습니까?

밥티스타 내가 죽으면 땅의 반과 2만 크라운을 주겠소.

페트루치오 그럼 전 따님이 과부가 되는 경우엔 토지며 임대권을 전부 다 따님에게 양도하겠습니다. 자, 그럼 세목을 결정해 피차 계약서를 작성합시다.

밥티스타 좋소. 우선 해야 할 건 내 딸의 사랑을 얻는 일이오.

페트루치오 찐 호박에 이빨 자국 내는 거죠. 장인 어른, 따님이 아무리 고집이 세다 하더라도 날 당해낼 수는 없을 겁니다. 맞불 작전을 하면 됩니다. 문제는 따님이 작은 불이고 난 큰 불이라는 거죠.

밥티스타 부디 성공하길 빌겠소. 하지만 각오만은 단단히 해두시오. 혹시 욕을 볼지도 모르니까!

페트루치오 물론이죠. 각오는 되어 있습니다. 태산에 미풍이 부는 것과 다르지 않지요. *끄떡없습니다.*

호텐쇼가 머리에 상처를 입고 다시 등장한다.

밥티스타 아니 무슨 일이오? 그렇게 창백한 얼굴을 하고? 그건 그렇고, 딸애가 음악에 소질이 있는 것 같습니까?

호텐쇼 차라리 군인이 되면 좋겠군요. 칼이라면 몰라도, 류트는······.

밥티스타 그럼 그 애에게 류트를 가르칠 수 없단 말씀이오?

호텐쇼 없습니다. 따님은 다짜고짜 류트를 제 머리에 던졌답니다. 글쎄, 손가락을 잘못 짚기에 손을 잡고 가르쳐주려고 했을 뿐인데, "잘못 짚는다고? 내가 한수 가르쳐주지" 하면서 악기로 내 머리를 때리지 뭡니까! 그것도 모자란지 나더러 딴따라니 광대 놈팡이니 하면서 갖은 욕설을 미리 연구라도 해둔 것처럼 퍼부었답니다.

페트루치오 이거 대단한 아가씨로군. 점점 더 좋아지는걸. 어서 만났으면 좋겠구먼.

밥티스타 (호텐쇼를 보고) 자, 나와 같이 들어갑시다. 그렇게 비관하진 말고 작은딸을 맡아 주시지요. 그 앤 공부를 좋아할 뿐 아니라, 인사성도 밝답니다. 페트루치오 씨, 당신도 같이 들어가시지요. 아니면 이곳으로?

페트루치오 여기서 기다릴 테니 보내 주시지요. (혼자 남는다) 오기만 해봐라. 욕을 해오면 나이팅게일처럼 노래한다고 말해야지. 인상을 쓰면 이슬을 머금은 장미처럼 싱그럽다고 하고, 꿀 먹은 벙어리처럼 가만히 있으면 심금을 울리는 웅변이라고 하고, 냉큼 꺼지라고 하면 오히려 더 머물라고 한 것처럼 고맙다고 해야지. 청혼을 거절하면 언제 식을 올릴 것인가 물어보고. 마침내 오는구나. (카타리나 등장) 케이트 양, 이름을 그렇게 들은 것 같은데.

카타리나 듣긴 잘 들은 것 같은데, 사람들은 날 카타리나라고 부르죠.

페트루치오 그럴 리가. 사람들은 모두 케이트라고 부르던데. 어떨 때는 여장부 케이트라고 부르고, 어떨 때는 말괄량이라고 부르더군. 이봐요, 케이트 양, 엘리자베스 여왕님이 계신 케이트 홀의 케이트 양, 과자같이 먹고 싶은 케이트 양, 내 말 좀 들어봐요. 당신은 상냥하고 예쁘고 얌전하다고 칭찬이 자자하더군. 그러나 그 소문보다 실물이 더 낫다는 얘길 듣고, 당신을 아내로 맞으려고 이렇게 발걸음을 옮겼다오.

카타리나 옮겼다고요? 흥! 그럼 그렇게 옮겨온 발을 다시 옮기시죠. 단번에 난 당신이 옮기기 쉬운 사람이라는 걸 알았으니까요.

페트루치오 아니, 옮기기 쉬운 사람이라고?

카타리나 접었다 폈다 할 수 있는 의자 말예요.

페트루치오 그 말 참 잘했소. 그럼 이리 와서 걸터앉으시오.

카타리나 당나귀에나 걸터앉는데 당신이 바로 당나귀인가요?

페트루치오 착한 케이트 양! 당신은 순진하고 가벼우니까…….

카타리나 이래봬도 난 뼈대있는 가문이라 무게가 좀 나가죠.

페트루치오 무게가 나간다고? 말벌처럼 말을 잘도 쏘는구먼.

카타리나 내가 말벌이라고요? 그럼 조심해요, 침이 있으니.

페트루치오 그 침을 뽑아 버리면 되지 뭐.

카타리나 그 침이 어디 있는 줄 알고.

페트루치오 물론 꽁무니에 있지.

카타리나 미안하지만 혀에 있는걸.

페트루치오 누구의 혀?

카타리나 당신의 혀지 누구의 혀야. 아까부터 말꼬리를 물고 늘어지는데, 썩 꺼져 버려요.

페트루치오 그래, 내 혀를 당신 꽁무니에다? 말도 안 돼. 이리 와요, 케이트. (그녀를 안으며) 난 신사니까…….

카타리나 이것 놔요. (페트루치오의 뺨을 친다)

페트루치오 한 대 더 쳐보시오, 다음엔 내 차례니.

카타리나 여자를 치면 신사가 아니겠죠. 신사가 아니면 족보도 없는 법이고요.

페트루치오 그렇다면 나를 당신 족보에 올려주시오.

카타리나 당신 족보는 닭 벼슬처럼 생겼나요?

페트루치오 당신은 곧 내 암탉이 될 거요.

카타리나 그럼 당신은 소리만 빽빽 지르는 수탉이겠군요.

페트루치오 제발 케이트, 얼굴을 찡그리지 말아요.

카타리나 신 능금을 보면 그래요.

페트루치오 아니, 신 능금이 어디 있어?

카타리나 자기 얼굴은 볼 수가 없는 법이죠. 어쨌건 이것 놔요. (빠져 나오려고 물고 할퀸다)

페트루치오 못 놓는다면? 당신은 참으로 상냥해. 거만하고 무뚝뚝하다는 소문은 새빨간 거짓말이었어. 알고 보니 싹싹하고 예절 바르고 말씨도 얌전하고. 얼굴도 꽃처럼 예쁘고. 찡그릴 줄도 모르고, 남을 멸시하거나 화낼 줄도 모르고. (그녀를 놓으면서) 그런데 사람들은 왜 당신의 험담을 마구 할까? 남을 헐뜯기 좋아하는 세상이기 때문이지!

카타리나 그런 능청을 어디서 그렇게 배워 왔어요?

페트루치오 타고난 것이지.

카타리나 대단한 어머니시네요. 바보 아들을 만들었으니.

페트루치오 카타리나, 허튼 소리는 이제 그만 집어치웁시다. 당신은 나의 아내가 될 거요. 당신 아버지한테 허락을 받았지. 난 당신이 싫건 좋건 당신과 결혼할 거요. 지참금도 합의를 봤소. 태양 아래에 드러난 당신의 미모로 인해 나는 눈이 멀 지경이오. 저 태양을 두고 맹세하건대, 난 당신을 길들이기 위해서 태어난 사람이오. 살쾡이 케이트를 고양이처럼 양순한 케이트로 길들이는 게 내 임무요.

밥티스타, 그레미오, 트래니오 등장.

페트루치오 마침 아버지께서 오시는구려. 거절할 생각은 마시오.

밥티스타 아, 페트루치오 씨, 그래 딸애와는 이야기가 진척되었소?

페트루치오 물론이지요. 내 사전에 실패란 없으니까요.

밥티스타 아니, 표정이 왜 그러느냐? 내 딸 카타리나의 표정이 왜 이렇게 뚱해 있지?

카타리나 제가 아버지 딸 맞나요? 만일 그렇다면 아버지 구실 한번 참 잘하셨군요. 이런 미치광이한테 시집보내려고 하시다니!

페트루치오 장인 어른, 사실대로 말씀드리겠습니다. 많은 사람들이 케이트에 대해 전혀 잘못 알고 있어서요. 설사 따님이 고집쟁이라 하더라도 그건 하나의 정책일 뿐이지요. 따님은 성미가 못되지 않았습니다. 오히려 여름 새벽같이 상쾌하답니다. 게다가 참을성 많기로는 데카메론에 나오는 양처 그리셀다에 못지 않고, 정조 관념은 저 로마의 열녀 루크레치아에 버금가지요. 그래서 결국 저희 두 사람은 일요일에 결혼식을 올리기로 합의를 봤습니다.

카타리나 그 일요일에 전 당신이 교수형 당하는 꼴을 보고 말겠어요.

그레미오 들었소, 페트루치오. 당신이 교수형 당하는 꼴을 본다잖소.

트래니오 이게 당신의 성공이오? 이러면 할당금을 낼 수가 없지요.

페트루치오 쉿, 난 이 여자를 택했소. 결혼은 당사자들이 하는 것 아니오. 지금 우린 이런 약속을 했소. 남들 앞에서는 여전히 말괄량이인 체하기로요. 사실이지 케이트가 날 무척 사랑한다고 말하면 모두 믿지 않을 거요. 오, 상냥한 케이트! 내 사랑 케이트는 어느 틈에 나에게 키스로써 맹세하고 날 꼼짝도 못 하도록 녹여 놓았소. 당신네처럼 풋내기가 뭘 알겠소. 아무리 병신 같은 사내도 집에서는 왕 노릇하면서 산다는 걸. (카타리나의 손목을 잡으며) 자, 케이트, 그럼 난 베니스로 돌아가서 결혼식 날 입을 옷을 마련하겠소. 장인 어른은 피로연 준비와 손님들을 초청해 주시지요. 다시 말하건대, 케이트는 멋진 신부가 될 거라 장담합니다.

밥티스타 글쎄, 나로선 뭐라고 말해야 할지 모르겠소만, 어쨌든 손을 주시오. 신의 축복을 빌어 주리다. 약혼을 축하하오.

일 동 저희도 신의 축복을 빕니다. 또한 우리가 증인이 되겠습니다.

페트루치오 장인 어른, 내 사랑, 그리고 여러분들, 안녕히 계십시오. 베니스에 가서 반지니, 예복이니, 필요한 물건들을 마련해야겠습니다. 일요일이 바로 코앞이니까요. 케이트, 키스 안 해주겠어. 우린 일요일에 결혼하는 거요. (그가 키스하자 카타리나는 달아난다. 페트루치오도 퇴장)

그레미오 이렇게 갑작스런 약혼도 있을까요?

밥티스타 솔직히 말해서, 난 그저 가만히 데려가 주기만을 바란다오.

그레미오 그자가 꼼짝못하게 해놓은 건 분명해 보입니다. 밥티스타 씨, 이제 우리가 고대해 온 날이 온 셈입니다. 나로 말할 것 같으면 이웃인데다가 최초의 구혼자이기도 하죠.

트래니오 나로 말하더라도 말로는 표현할 수 없을 정도로 비앙카를 사모합니다. 아니 상상할 수 없을 정도로 사랑을 하지요.

그레미오 당신 같은 젊은이의 사모는 내 발끝에도 닿지 않소.

트래니오 당신 같은 반백(半白) 노인의 애정은 얼음 덩어리겠죠.

그레미오 당신 같은 애송이가 여자를 먹여 살릴 수 있단 말인가?

트래니오 당신 같은 나이여서야 여자들이 먹을 생각도 안 할걸요.

밥티스타 조용히들 하시오. 내가 알아서 하겠소. 그러니까 두 분 중에 내 딸에게 더 많은 유산을 남겨 주는 사람에게 비앙카를 드리겠소. 그레미오 씨, 당신은 내 딸에게 무엇을 남겨 줄 수 있습니까?

그레미오 댁도 알다시피, 시내에 있는 내 집에는 접시며, 황금으로 만든 패물이며 대야며 물병 등이 가득 쌓여 있을 뿐만 아니라, 각종 실크로된 천과 금화 보화가 가득 들어 있는 상아 궤짝이 있습니다. 그리고 옷장에는 화려한 무늬의 이불과 비싼 의복, 진주를 박은 터키 방석, 금실로 수놓은 비단이 가득하고, 양은그릇, 놋그릇 등 필요한 모든 가재도구들이 있지요. 또한 농장에는 젖소 100마리와 살찐 황소가 120마리가 있지요. 사실 난 늙었습니다. 그러니까 내일이라도 내가 죽으면 내 재산은 모두 따님이 것이 되지요.

트래니오 그까짓 것으로 경쟁을 하려 하면 안 되죠. 나는 외아들이고 상속자입니다. 만일 따님을 저한테 주신다면, 저는 피사에서 가장 비싸다는 집 네댓 채를 따님에게 주겠습니다. 물론 그 집들은 패듀어의 그레미오 씨 댁보다 훌륭한 집들이지요. 게다가 기름진 농토에서는 매년 2천 크라운의 소작료를 받는데, 그것도 따님한테 주겠습니다.

그레미오 (방백) 소작료가 2천 크라운이라! 내 토지를 모두 합쳐도 그 금액엔 어림없겠군. (소리를 높이며) 아무튼 난 마르세유 항구에 정박해 있는 상선까지 주겠소. 어때, 트래니오, 이제 당신도 할말이 없지?

트래니오 그레미오 씨, 세상이 모두 아는 일이지만 우리 아버지의 대상선은 세 척 이상이오. 게다가 중상선이 두 척, 소상선이 열두 척이오. 이 것들은 물론 그녀의 것이 되겠지요. 다음엔 무엇을 제공하겠소?

그레미오 이제 난 두손 두발 다 들었소. 그러나 허락하신다면, 내 재산과 더불어 이 몸까지 전부 따님에게 주겠습니다.

트래니오 그레미오 씨가 경쟁에 졌으니까 따님은 이제 내 것입니다.

밥티스타 그렇소. 당신의 제안이 훨씬 낫소이다. 그럼 당신 아버지의 승인을 받아 오시오. 우리 애를 며느리로 삼겠다는 승인 말이오. 미안한 말이지만, 만일 당신이 아버지보다 먼저 죽는 경우 우리 애는 낙동강 오리알 신세가 될 테니까요.

트래니오 잘 모르시는 말씀입니다. 우리 아버지는 이미 늙고 나는 이렇게 젊지 않습니까?

그레미오 죽음이란 나이순으로 찾아오는 건 아니죠.

밥티스타 그럼 이렇게 합시다. 오는 일요일에는 큰딸 카타리나가 결혼을 하니, 그 다음 일요일에 비앙카를 당신에게 드리겠습니다. 지금의 약속을 지킨다는 조건으로 말이오. 만일 그렇게 안 된다면, 그레미오 씨에게 드리겠습니다. 그럼 이만 실례하겠습니다. (절을 하고 퇴장)

그레미오 안녕히 가시오. 알고 보니 좋은 사람이구먼. 이봐, 젊은이! 당신 아버지가 바보같이 아들에게 전 재산을 물려주고 늙어서 뒷방살이나 할 사람인 줄 알아? 체, 웃기지 말라고. 그래, 이탈리아의 늙은 여우가 자식한테 그렇게 만만할 줄 아나? (퇴장)

트래니오 흥, 그 교활한 늙은이 같으니라구. 내가 값을 올리자 약이 올랐겠지! 이것도 다 우리 도련님을 위해서야. 하지만 이젠 가짜 루센쇼가, 가짜 아버지를 만들어야겠구나. 아버지가 자식을 만드는 법인데, 여자를 얻기 위해서 자식이 아버지를 만들다니. (퇴장)

제 3 막

제 1 장 밥티스타의 집, 비앙카의 방

리치오로 변장하고 류트를 든 호텐쇼와 비앙카가 마주앉아 있고, 좀 떨어진 곳에 캠비오로 변장한 루센쇼가 자기 차례를 기다리고 있다. 호텐쇼는 류트를 가르치는 것을 구실 삼아 비앙카의 손목을 잡는다.

루센쇼 (안절부절못하면서) 여보 악사, 좀 삼가시오. 그래 벌써 잊었단 밀이오, 이분의 언니 카타리나한테 그렇게 혼이 나고서도?

호텐쇼 하지만 선생 나리, 이분은 품격 있는 음악 애호가요, 그러니 내게 우선권이 있소이다. 한 시간 동안 내가 음악을 가르치고 나거든, 당신도 그 시간만큼 강의를 하시구려.

루센쇼 이런 바보 같은 위인 좀 보라지. 무릇 음악이란 사람이 공부나 노동을 한 뒤에 피로를 풀기 위해 듣는 것이오. 그러니 내가 철학 강의를 하고 난 다음, 쉬는 시간에 당신이 음악을 가르치면 되는 거요.

호텐쇼 (일어서면서) 여보시오, 당신이 이렇게 막무가내로 나온다면, 나도 가만히 있지는 않겠소.

비앙카 (두 사람 사이를 가로막고 서서) 아, 두 분 선생님, 제발 싸우지들 마세요. 제 공부는 제가 선택할 테니까요. 자, 두 분 다 이리 앉으세요. 선생님은 악기 조율을 마저 하고 계세요. 조율을 마칠 때쯤이면 이 선생님의 강의도 끝날 테니까요.

호텐쇼 그럼 내가 조율이 다 되면 철학 강의를 그만두겠소?

루센쇼 조율이 그리 쉽나! 아무튼 조율이나 해놓으시오.

비앙카 지난번에 여기까지 했나요?

루센쇼 네, 여기까지 했습니다. 히크 이바트 시모이스, 히스 에스트 시게이아 텔루스, 히크 스테테라트 프리아미 레기아 켈사 세니스(여기 시모이스 강이 흐르고 있다. 이곳은 시게이아의 땅, 프리암의 높은 성은 여기 있었느니라―오비드의 라틴어 시)

비앙카 번역해 주세요.

루센쇼 '히크 이바트' 전에도 말한 것처럼, '시모이스' 내 이름은 루센쇼, '히스 에스트' 아버지는 피사의 빈센쇼, '시게이아 텔루스' 당신의 사랑을 얻기 위해 이렇게 변장했고, '히크 스테테라트' 나중에 정식으로 구혼하러 올 루센쇼는, '프리아미' 내 하인 트래니오로, '레기아' 나를 가장하고 있지만, '켈사 세니스' 실은 저 어릿광대의 눈을 속이기 위해서요.

호텐쇼 자, 이제 조율이 다 됐습니다.

비앙카 그럼 들려주세요. (호텐쇼, 연주한다) 어머나, 시끄러워!

루센쇼 다시 조율해 보시죠. (호텐쇼가 물러선다)

비앙카 이번엔 제가 번역해 볼게요. '히크 이바트 시모이스' 전 당신을 몰라요. '히스 에스트 시게이아 텔루스' 전 당신을 믿지 않아요. '히크 스테테라트 프리아미' 저분께 들리지 않도록 조심하세요. '레기아' 우쭐

대면 안 돼요. '켈사 세니스' 그러나 체념하진 마세요.

호텐쇼 (돌아보면서) 조율이 다 됐습니다.

루센쇼 아직 저음이 맞지 않소.

호텐쇼 저음은 괜찮아. 저능아는 그만 입을 다물지 그래. (혼잣말로) 저 선생 녀석이 지금 뭔가 수작을 부리고 있을 거야. 감시를 해야겠어. (두 사람 뒤로 살금살금 다가온다)

비앙카 나중엔 몰라도 지금은 믿을 수 없어요.

루센쇼 믿을 수 없다뇨? (호텐쇼를 의식해 큰 소리로) 확실히 이애시디즈는 조부의 이름을 따라 에이잭스로 불려졌습니다.

비앙카 (일어나면서) 선생님 말씀을 믿도록 하죠. 아니라면 언제까지나 의심만 하게 될 테니까요. 자, 그럼 이젠 리치오 선생님 차례군요. (호텐쇼를 한쪽으로 데리고 가서) 제가 두 분 선생님 모두를 유쾌하게 대한다고 해서 기분 나빠하지 마세요,

호텐쇼 (뒤돌아보면서) 당신은 좀 나가 주었으면 좋겠소. 내 수업은 3중주로는 진행되지 않소이다.

루센쇼 까다로우시군. 좋소, 기다리겠소. (혼잣말로) 그러나 잘 감시해야지. 저 음악 하는 녀석은 너무 호색한처럼 군단 말야. (약간 뒤로 물러선다. 호텐쇼와 비앙카 앉는다)

호텐쇼 자, 그럼 악기를 만지기 전에 먼저 기초적인 것부터 시작해 볼까요. 음계에 관해 간단히 짚고 넘어가도록 하죠. 여길 보세요.

비앙카 어머나, 음계는 벌써 다 배운 걸요.

호텐쇼 하지만 내 음계는 좀 색다르니까 읽어보세요.

비앙카 '도' 호텐쇼의 뜨거운 한숨은, '레' 그대의 몸을 부드럽게 감싸

오. ‘미·파’ 아, 비앙카, 결혼 약속을 해주오. ‘솔·라’ 음은 두 개라도 마음은 하나. ‘시·도’ 사랑이 이루어지지 않는다면 죽은목숨이오. 이게 뭐야? 전 이런 건 싫어요. 구식이 좋아요. 유행 때문에 제 규칙을 바꾸고 싶진 않아요.

하인 등장,

하 인 아가씨, 아버님께서 오늘은 공부를 그만하시고, 큰아가씨 방을 같이 꾸미시라는데요. 내일이 결혼식이니까요.
비앙카 그럼 두 분 선생님, 전 이만 실례하겠어요. 가봐야겠네요. (비앙카와 하인 퇴장)
루센쇼 그럼 나도 이만 가봐야지. 더 있을 이유가 없잖아? (퇴장)
호텐쇼 저 선생 녀석의 동정을 좀더 살펴봐야겠는걸. 눈치를 봐선 비앙카에게 반한 모양인데. 비앙카여, 그대가 저 엉터리 사기꾼한테 넘어갈 만큼 지조가 없는 여자라면, 그땐 이 호텐쇼도 당신에게 미련을 버리고 다른 여자를 찾아보겠소이다. (퇴장)

제 2 장 광 장

밥티스타, 그루미오, 리치오로 변장한 트래니오, 캠비오로 변장한 루센쇼, 혼례복을 입은 카타리나, 비앙카, 하인들, 그밖에 군중들 등장.

밥티스타 (트래니오에게) 루센쇼 씨, 오늘 카타리나와 결혼할 페트루치오가 아직도 뵈지 않는구려. 곧 목사님이 오셔서 식을 올릴 시간인데, 이거 큰 집안망신을 당하게 됐소이다.

카타리나 망신을 당하는 건 저라고요. 마음에도 없는데 결혼을 강요당했단 말이에요. 그런 반미치광이 녀석, 기분대로 구혼해 놓고서는 그만 꽁무니 빼는 녀석한테. 그러기에 제가 말씀드렸잖아요. 그 녀석은 가는 곳마다 구혼해서 결혼 날짜를 받아놓고, 교회에도 결혼 예고를 해놓지만, 정말 결혼할 생각은 눈곱만큼도 없는 녀석이란 말이에요.

트래니오 진정들 하십시오. 페트루치오 씨는 틀림없이 나타날 겁니다. 제가 알기로 그분은 참 착실한 사람이거든요.

카타리나 그 인간을 만나지 않았더라면 좋았을 것을……. (울면서 안으로 들어간다. 비앙카와 신부의 들러리들도 따라서 퇴장)

밥티스타 할 말이 없구나. 이런 모욕을 당하고서 그 어떤 성인인들 가만히 있겠느냐? 말괄량이로 자란 너라면 더욱 그렇겠지!

비온델로 달려 들어온다.

비온델로 주인어른, 새 소식입니다. 아주 낡은 새 소식입니다!

밥티스타 소식이면 소식이지 아주 낡은 새 소식이라니?

비온델로 지금 페트루치오님이 오고 있습니다. 굉장한 소식 아닙니까?

밥티스타 그럼 도착했단 말이냐?

비온델로 아니, 아직 멀었습니다.

밥티스타 그럼 언제 도착하지?

비온델로 그건 제가 이렇게 서서 나리를 보고 있는 이곳에 그분이 나타나는 바로 그 시각이 되겠습죠.

트래니오 그러면 네가 말한 아주 낡은 새 소식이란 무엇이냐?

비온델로 지금 오고 있는 페트루치오님의 차림새 말인데요, 새 모자에 헌 가죽조끼를 입고, 바지는 세 번이나 뒤집어 꿰맨 것이고, 촛대를 담았던 헌 장화의 한쪽은 조임쇠로 죄어 있고, 다른 쪽은 끈으로 묶여 있습니다. 그리고 녹슨 헌 칼을 차고 있는데, 칼자루는 부러지고, 칼집 끝의 쇠덮개는 날아갔으며, 칼끝은 두 쪽으로 갈라졌답니다. 낡은 안장은 좀이 먹고, 등자는 천하에 걸작인데다, 말은 비창증에 걸려 등뼈까지 곱고, 위턱은 헐고, 전신은 퉁퉁 붓고, 관절염에 절룩거리고, 기생충이 끓고, 어깻죽지는 금이 가고, 뒷다리는 딱 붙고, 양가죽의 고삐는 몇 번이나 끊어진 걸 다시 이었고, 배 띠는 여섯 군데나 기운 것이고, 낡은 비로드로 만든 밀치끈도 밧줄로 몇 군데씩 이어 댄 것입니다.

밥티스타 누구와 같이 오던가?

비온델로 아, 예, 마부와 같이 오고 있습니다만, 그 마부란 자도 차림새가 가관입죠. 글쎄 한쪽 다리엔 린네르 양말을 신고, 다른 쪽 다리엔 거친 모직 바지를 낀데다 빨강과 파랑 대님을 매고 있습니다. 낡은 모자에는 깃털 대신에 묘한 장식이 마흔 가지나 달려 있습니다. 괴물, 글쎄 의복 입은 괴물이랄까요. 도저히 사람의 행색이 아닙니다.

트래니오 뭔가 까닭이 있어서 그런 차림을 한 것이겠죠.

밥티스타 아무튼 와주니 고맙군, 차림새는 어떻든 간에.

페트루치오와 그루미오가 몹시 괴상한 차림을 하고 떠들면서 등장.

페트루치오 사람들이 뵈지 않는군. 게 아무도 없느냐?

밥티스타 (쌀쌀맞게) 잘 왔네.

페트루치오 잘 오긴 온 건가요? 그런데 케이트는? 내 신부는 어디 있습니까, 장인 어른? 그런데 왜 이렇게 노려보고들 계십니까? 마치 굉장한 기념비적인 행사라도 눈앞에서 벌어진 표정들이시네.

밥티스타 아니 여보게, 오늘은 자네 결혼식 날이 아닌가. 조금 전까지만 해도, 우린 자네가 나타나지 않을까봐 노심초사했다네. 그런데 기왕에 온 꼴을 보니, 차림새가 기가 막히구먼. 여보게, 그 옷 얼른 벗어버리게. 도저히 오늘 행사에는 어울리지 않는단 말일세.

페트루치오 지루한 이야기는 그만두는 게 좋을 듯합니다. 잠깐 어디를 들렀다 오느라고 이렇게 됐습니다만, 나중에 모두 말씀드리지요. 케이트는 어디 있나요? 너무 늦지 않았습니까? 지금쯤은 교회에 가 있어야 할 시간인데요.

트래니오 아니 그렇게 괴상망측한 차림새를 하고 신부를 만나실 생각이오? 내 옷을 빌려드릴 테니 방으로 갑시다.

페트루치오 천만에요. 이대로 만나겠소.

밥티스타 설마 그런 모습으로 결혼식을 오리려는 것은 아니겠지?

페트루치오 천만에요. 이대로 식을 올리겠습니다. 신부는 나하고 결혼하는 것이지, 내 의복하고 결혼하는 게 아니니까요. 지금은 쓸데없는 이야기로 시간을 끌 때가 아닌 듯합니다. 어서 신부한테 가서 사랑의 키스를 퍼부어 남편의 권리를 확보해 두어야겠습니다. (뒤에 서 있는 그루미오를 데리고 서둘러 퇴장)

트래니오 뭐 때문에 저렇게 미치광이처럼 차려입었는지는 모르지만,

아무튼 교회로 가기 전에 바꿔 입도록 해야 할 겁니다.

밥티스타 나도 같은 생각이오. 아무튼 뒤쫓아가 봅시다. (밥티스타, 그레미오, 그밖에 모두 퇴장하고 트래니오와 루센쇼만 남는다)

트래니오 그런데 도련님, 당사자의 승낙 외에도 아버지 쪽의 승낙이 필요합니다. 그래서 요전에 말씀드린 바와 같이 사람을 하나 구해야겠습니다. 누구라도 상관없고, 그리 어려운 일도 아니죠. 그 사람을 빈센쇼님으로 꾸며 여기 나타나게 해서, 내가 약속한 금액보다 더 많은 재산을 물려준다는 말만 하게 하면 됩니다. 그렇게만 하면, 도련님은 목적하셨던 비앙카와의 결혼을 이루실 수 있게 됩니다.

루센쇼 그런데 그 동료 가정교사가 비앙카를 감시하고 있어서 탈이거든. 그렇지만 않다면, 그녀와 둘이서 몰래 결혼식이라도 올려버리고 싶은데 말야.

트래니오 그 문제도 차차 연구해서 계획이 성공할 수 있도록 해보죠. 그러자면 우선 그레미오와 미놀라 그리고 리치오, 이 세 사람을 감쪽같이 속여야만 합니다. 이것도 모두 도련님을 위해서 하는 짓입니다.

이때 그레미오가 되돌아온다.

트래니오 그레미오씨, 교회에서 돌아오십니까?
그레미오 예, 학교에서 돌아오는 아이처럼 즐겁게 오는 길입니다.
트래니오 신랑 신부도 돌아옵니까?
그레미오 신랑이라고요? 말도 마시오. 그 녀석은 악마요, 악마!
트래니오 아니, 악마라면 신부 쪽이 아닌가요?

그레미오 쳇, 신랑 앞에서는 새끼 양에 불과하다오! 글쎄, 식장에서 목사님이 카타리나를 아내로 삼겠느냐고 묻자, 신랑 녀석이 어찌나 크게 "그야 물론이오" 하고 대답하는지, 목사님이 깜짝 놀라 성서를 떨어뜨릴 정도였다오. 그래 목사님이 성서를 집으려고 허리를 굽히자, 그 미치광이 녀석이 느닷없이 목사님을 때리지 않았겠소. 목사님은 그만 뒤로 나가떨어졌지요. 그러자 녀석은 "어떤 놈이든 덤빌 테면 덤벼봐" 하고 소리를 지르더란 말이오.

트래니오 목사님이 일어섰을 때 그 말괄량이는 뭐라고 하던가요?

그레미오 그저 벌벌 떨고만 있었소. 하도 신랑이 발을 구르고 악을 써대는 바람에 말이오. 식이 끝나자 그 작자는 술을 내오라고 하더니 "건배!" 하고 소리를 질렀는데, 마치 태풍 속에서 살아남은 선원들과 축배라도 드는 것 같았다니까요. 게다가 술을 마신 뒤에는 그 찌꺼기를 교회지기 얼굴에다 내던졌는데, 교회지기의 수염이 성글고 굶주린 것 같은데다가 이쪽이 마시는 술 찌꺼기만이라도 먹고 싶어하는 눈치였기 때문에 그랬다는 거요. 그런 다음에도 놈은 신부의 목을 붙들고 요란스럽게 키스를 했는데, 입술이 떨어지는 소리가 교회 안을 진동시킬 정도였다오. 난 너무 창피해서 그냥 나와버렸습니다만, 조금 있으면 일행들이 돌아올 거요. 내 그런 미치광이 같은 결혼은 처음 보았소. 아, 악사들의 연주 소리가 들려오는구려.

악사들을 선두로 결혼식 행렬이 들어온다. 페트루치오와 카타리나, 그 다음에는 비앙카, 밥티스타, 호텐쇼, 그루미오 등장.

페트루치오 여러분, 수고하셨습니다. 아마 오늘 나와 회식하실 생각으로 여러 가지 음식을 마련해 놓으신 모양입니다만, 나는 급한 볼일이 있어서 지금 곧 떠나야겠습니다.

밥티스타 아니, 오늘밤에 떠나겠다고?

페트루치오 지금 떠나야겠습니다. 밤까지 기다릴 수는 없습니다. 이상하게 생각진 마세요. 장인 어른도 용서를 아신다면, 어서 가보라고 권하게 되실 겁니다. 그리고 여러분, 감사드립니다. 여러분 덕택에 이 세상에서 가장 참을성 있고 상냥하고 정숙한 여자를 아내로 맞게 되었으니까요 그럼 회식은 장인 어른과 함께 하시고, 내 앞날을 축복해 주십시오. 이제 그만 가보겠습니다. 그럼 다들 안녕히 계십시오.

트래니오 제발 잔치나 끝나거든 가시오.

페트루치오 그럴 수는 없습니다.

그레미오 제발 부탁하오.

페트루치오 안 됩니다.

카타리나 제발 부탁하니 머물러 주세요.

페트루치오 당신의 청은 고맙소만, 여기 더 머물러 있을 수는 없소.

카타리나 절 사랑하신다면 가지 마세요.

페트루치오 그루미오, 말을 준비해라.

카타리나 그럼 당신 맘대로 해요. 전 오늘 같이 가지 않을 거예요. 내일도, 앞으로도 마찬가지고요. 문은 열려 있으니, 가보세요. 그 장화가 닳아 빠질 때까지 돌아다녀 보시죠. 난 마음이 내킬 때까진 여길 떠나지 않을 작정이에요. 처음부터 이래서야 뭐 기대할 게 있겠어요?

페트루치오 케이트, 진정하시오. 그렇게 성낼 일이 아니오.

카타리나 이래도 성을 내지 말라고요. 흥, 누가 자기 마음대로 될 줄 알고. 여러분, 회장으로 들어가세요. 이제 보니, 여자란 마음이 여간 강하지 않고선 바보 취급당하고 말겠어요.

페트루치오 감히 누구 명령인데, 회장으로 안 들어갈 수 있나. 모두 명령에 복종하시오. 자, 회장으로 들어가서 마음껏 즐겨 주시오. 자살이라도 할 각오가 아니라면 말이오. 그러나 내 귀여운 신부만은 내가 데리고 가야겠소. (카타리나를 보면서) 그렇게 두 발을 구르고 비협조적으로 나오지 마. 아무리 발버둥쳐도, 이제 난 당신의 주인이니까. (일동을 향해) 이 여자는 내 소유물이요, 집이요, 창고요, 말이요, 소요, 당나귀요, 아무튼 내 것이란 말이오. 그러니 누구든지 감히 이 여자한테 손을 대보시오. 내가 가만두지 않을 테니. 그루미오, 칼을 빼라. 그리고 나와 아씨를 호위하라. (카타리나를 안고 퇴장, 그루미오는 호위하는 태세로 그 뒤를 따라 퇴장)

밥티스타 아, 여러분, 내버려둡시다! 부부 사이가 저리 좋지 않소.

그레미오 빨리 가 주어서 다행이오. 난 우스워 죽을 뻔했는데…….

트래니오 나 원 참! 별 미치광이 같은 결혼식 다 봤구려.

루센쇼 아가씨, 그래 언니를 어떻게 생각하십니까?

비앙카 평소 언니 자신이 미치광이 같으니까, 저렇게 미치광이하고 결혼을 한 것이겠지요.

밥티스타 자, 여러분! 신랑 신부는 사라졌어도, 음식은 많이 있습니다. 루센쇼, 당신은 신랑 좌석에 앉아 주고 비앙카는 언니 좌석에 앉고.

트래니오 비앙카에게 신부 연습을 시키시려는 겁니까?

밥티스타 그렇소, 루센쇼. 그럼, 여러분 들어가 봅시다. (모두 퇴장)

제 4 막

제 1 장 페트루치오의 시골 별장

2층 복도로 통하는 계단, 커다란 난로, 탁자, 벤치, 걸상, 그리고 입구가 세 개. 그 하나가 현관으로 통하고 있다. 그루미오가 바깥에서 들어온다. 어깨에는 눈이, 다리에는 진흙이 묻어 있다.

그루미오 (벤치에 털썩 앉으면서) 휴, 말은 늙어빠진데다, 주인 내외는 미쳐 날뛰고, 길은 진흙탕 길이라니! 세상에 이렇게 지저분한 꼴을 당할 수도 있는 거야? 나보고는 먼저 가서 불을 피워 놓으라 하고, 내외분은 나중에 와서 몸을 녹이겠다는 심산이지. 쳇, 무슨 팔자가 이렇단 말인가. 여보게 커티스!

커티스 등장.

커티스 누구요, 그렇게 싸늘한 목소리로 날 부르는 사람이?
그루미오 얼음 조각일세. 내 말을 믿지 못하겠거든 내 어깨를 좀 짚어

보게. 꽁꽁 얼어붙어 있을 테니. 여보게, 커티스, 불 좀 지펴 줘.

커티스 주인 내외분이 오시는 중인가, 그루미오?

그루미오 그렇다네! 그러니까 어서 불을 피워, 불을!

커티스 그래, 아씨님은 소문처럼 지독한 말괄량이이던가?

그루미오 그랬네, 오늘 아침 서리가 내리기 전까지는. 하지만 겨울이 오면, 남자고 여자고 짐승이고 모두 움츠러들지 않나. 글쎄, 우리 주인어른과 아씨님도 그렇고, 나 자신도, 그리고 자네 키도 그렇단 말야.

커티스 내 키라니, 요 세 치밖에 안 되는 땅딸보 같으니! 내가 자네 같은 짐승인 줄 아나?

그루미오 아니, 내가 세 치밖에 안 된다고? 그럼 자네의 그 질투심 많은 뿔이 한 자는 된단 말이지. 그렇다면 내 뿔도 한 자는 될걸. 그건 그렇고, 불 좀 지피지 않겠나? 이러고 있다가는 나나 자네나 불을 안 피운 죄로 눈에서 불이 날걸세.

커티스 (난로에 불을 지피려고 하면서) 여보게, 그루미오, 세상 돌아가는 이야기나 좀 해주게

그루미오 어딜 가거나 자네가 맡은 일 말고는 다 차디찬 세상이네. 그러니까 어서 불이나 지피게. 주인님 내외분은 지금 얼어죽게 됐어.

커티스 (일어서면서) 자, 불을 피웠네. 그런데 여보게, 무슨 재미있는 소식은 없나?

그루미오 없긴 왜 없어. 싫증날 정도로 많지. (손을 불에 쬐면서) 그러니까, 몸을 좀 녹여야지. 그런데 요리사는 어디 갔나? 저녁은 준비되었나? 집안은 치워놓았고? 하인들도 모두 예복으로 갈아입었겠지?

커티스 다 됐어. 그러니 제발 재미있는 소식이나 들려 달라니까!

그루미오 그래 들려주지. 주인님 내외가 낙마를 했다네. 안장에서 진흙 구덩이로 굴러 떨어졌지.

커티스 그런가! 그 이야기 좀 자세히 들려주게나.

그루미오 그럼 귀를 좀 이리……. (커티스 귀를 가져다 댄다) 이거야. (커티스의 귀를 친다)

커티스 아니, 얘긴 않고 왜 귀를 왜 때리나?

그루미오 이렇게 귀를 때려 놓으면, 귀가 정신을 차릴 것 아닌가. 자, 그럼 이야기를 시작하겠네. 우리 일행은 진흙 투성이 산길을 내려오고 있었지. 주인어른은 아씨 뒤에 걸터앉고서 말야.

커티스 내외분이 같은 말을 탔단 말인가?

그루미오 그게 어쨌단 말인가?

커티스 그야 말은 한 필이니까…….

그루미오 그럼 자네가 이야기해 보게나. 자네가 내 말을 가로막지만 않았더라면, 말이 어떻게 넘어졌는지, 아씨가 어떻게 말 밑에 깔리게 되었는지, 그리고 그곳이 얼마나 지독한 진흙 구덩이였는지, 아씨는 내버려둔 채 주인어른이 말을 넘어뜨리게 했다면서 날 얼마나 때렸는지, 날 못 때리게 막으려고 아씨가 진흙 구덩이에서 어떻게 기어 나오셨는지, 그걸 이야기해 주었을 것 아닌가. 주인어른은 욕을 하고, 생전 빌어 보지 않은 아씨는 빌고, 난 울고, 말은 달아나고, 말고삐는 끊어지고, 밀치끈은 떨어져 나가고……. 아니 이밖에 소중한 여러 이야기들도 자네의 입방정 때문에 모두 망각 속에 파묻혀 버리고, 그래서 결국 자네는 그런 이야길 듣지도 못한 채 무덤 속으로 들어가 버리고 말게 되었네.

커티스 자네 얘기론, 주인어른이 아씨보다 한술 더 뜨신다는 건데.

그루미오 그야 물론이지, 주인어른이 돌아오시면, 자네나 이곳 하인들 모두가 당장 알게 될 거네. 하지만 지금은 이러고 있을 때가 아냐. 모두 이리 불러들이게. 머리는 반질반질하게 빗질하고, 파란 코트를 솔질해서 입고, 대님은 아주 잘 매야 하고, 인사는 왼다리를 앞으로 내서 하고, 손에 키스하기 전에는 주인어른이 탄 말의 말총에조차 손을 대서는 안 되네. 그럼 준비는 다 되었나?

커티스 다 되었다네.

그루미오 그럼 다 이리 불러오게.

커티스 (안을 향해) 여보게들, 어서 이리 와서 주인어른을 맞이하고, 새아씨의 얼굴을 세워 드리도록 하게나!

그루미오 뭐라고? 아씨 얼굴은 원래부터 똑바로 서 있어.

커티스 누가 모르나?

그루미오 하지만 자넨 지금 하인들 보고 아씨 얼굴을 세워 드리라고 하잖았나?

커티스 새아씨에 대한 하인들의 마음가짐을 말하는 걸세.

하인들 네댓 명이 등장해 그루미오를 둘러싼다.

너댄엘 잘 돌아왔네, 그루미오.

필 립 그래 어떤가, 그루미오?

요 셉 여, 그루미오!

니콜라스 오래간만일세, 구루미오.

그루미오 자네들도 잘 있었나? 재미는 어떻고? 자세한 얘긴 나중에 하기로 하고…… 그래, 준비는 다 되었나?

너댄엘 다 됐네. 주인어른은 곧 오시나?

그루미오 그렇다네, 지금쯤 말에서 내리실 거야. 그러니 조심들하고……. 마침 저기 들어오시는 소리가 들리네.

거칠게 문이 열리고 페트루치오와 카타리나가 들어온다. 두 사람 다 머리부터 발끝까지 온통 진흙 투성이다. 페트리치오가 방 한가운데로 걸어 들어온다. 카타리나는 거의 기진맥진했으면서도 겉으로는 아무렇지도 않은 체하면서 벽에 기댄다.

페트루치오 너댄엘, 그레고리, 필립, 모두 어디 있느냐?

하인들 (달려와서) 여기 있습니다, 주인님!

페트루치오 여기 있습니다, 주인님? 에잇, 이 멍텅구리 같은 자식들아! 마중도 안 나오고, 경의도 표하지 않고, 할 일도 안 하고, 그래도 좋단 말이냐? 그래, 내가 먼저 보낸 그 바보 녀석은 어디 있느냐?

그루미오 예, 여기 있습니다. 여전히 미련한 놈이긴 합니다만.

페트루치오 이 촌뜨기, 이 빌어먹을 녀석 같으니! 이 놈들을 모두 데리고서 공원까지 마중을 나오라고 내가 이르지 않았느냐!

그루미오 글쎄, 주인님. 너댄엘의 코트는 미처 준비되지 않고, 가브리엘의 구두는 뒤축이 닳고, 피터의 모자를 그을리자니 장작은 없고, 월터의 칼은 녹슬어 칼집에서 빠지지 않고, 게다가 애덤과 랄프와 그레고리 외에는 모두가 누더기에 거지꼴이라서요. 하지만 이렇게 다들 주인어른과 아씨를 맞으러 나오긴 했습니다.

페트루치오 듣기 싫다, 망할 녀석들아. 어서 가서 저녁 식사를 가져오너라. (하인들 서둘러 퇴장. 페트루치오 혼자서 노래조로) "어제 하던 생활은 어디로 갔나." (옆에 있는 서 있는 카타리나를 보고) 케이트, 이리 와서 앉아요. (난롯불 곁으로 케이트를 데리고 간다) 식사 가져와. 식사! (하인들이 저녁 식사를 가지고 들어온다) 왜들 이렇게 꾸물거리는 거야? 자, 케이트, 기운을 내요. (케이트 곁에 앉으면서) 이 녀석들아, 내 신이나 벗겨라! 뭘 꾸물거리고 있어? (하인 한 사람이 무릎을 끓고 신을 벗긴다. 페트루치오 다시 노래조로) "그 어떤 수도원의 신부가, 길을 걸어갈 때에⋯⋯" 넌 내 발을 뽑아버릴 작정이냐? (하인의 머리를 때린다) 똑바로 잘 벗기란 말야. (하인 양쪽 신을 다 벗긴다) 케이트, 기운을 내요. 누가 물 좀 가져오너라, 물을! (하인이 물을 가지고 들어온다. 그걸 못 본 체하며) 내 슬리퍼는 어디 있냐? 대관절 물은 언제 가져오는 거야? (하인이 물 대야를 내민다) 케이트, 이리 와서 손을 씻어요. 자, 어서! (이렇게 말하면서 하인을 밀어 물을 쏟게 하면서) 이 빌어먹을 놈 보게. 네놈이 물을 엎어 버릴 작정이냐? (하인을 때린다)

카타리나 제발 용서해 주세요. 모르고 그랬잖아요.

페트루치오 이 빌어먹을 얼간이 같으니라고. 정신을 어따 두고 사는 거야? 자, 케이트, 여기 앉아요. 몹시 시장할 텐데. (케이트가 테이블에 앉는다) 감사의 기도를 올려 주겠소, 케이트? 아니, 내가 올리지. 그런데 뭐야, 이건? 양고기인가?

하인 2 예.

페트루치오 잘 봐. 음식이 탔잖아, 이거! 멍청한 녀석들. 요리사 녀석은 어디 있냐? 이렇게 탄 걸 나보고 먹으라고? 접시고 컵이고 뭐고 썩 가지고 나가, 모두! (하인 머리에다 음식을 내던진다) 이 미련퉁이들 같으니! 도대체 뭐가 불만이야? (일어서서 하인들을 내쫓는다. 커티스만 남는다)

카타리나 제발, 화 좀 내지 마세요. 제가 볼 땐 고기는 멀쩡한데요.

페트루치오 아냐, 케이트. 그 고기는 타서 바삭바삭하잖소. 그런 건 먹지 말라고 의사가 말했소. 그런 걸 먹으면 갑갑증이 생기고, 화를 잘 낸다나. 그러니까 오늘 저녁은 그냥 넘겨야겠소. 안 그래도 우리는 화를 잘 내는 편이잖소. 그러니 탄 고기는 독약이지, 독약! 어쨌든 오늘 밤은 둘이서 단식을 하고, 내일 아침을 기대합시다. 그럼 침실로 갑시다.

두 사람이 계단을 올라간다. 그 뒤를 커티스가 따라 올라간다. 하인들이 발소리를 죽이고 나타난다.

너댄엘 이런 일을 전에도 보았나?

피 터 독은 독으로 다스리는 것이겠지. (커티스 계단을 내려온다) 그 독에 우리까지 죽을 지경이지만!

그루미오 주인어른은?

커티스 아씨방에 계시네. 지금 절제에 관해 설교를 하시는 중인데, 어찌나 고함을 지르고 욕을 해대시는지, 아씨가 갈피를 못 잡고 그저 멍하니 앉아 계실 뿐이라네. (페트루치오 계단 앞으로 나타난다) 이런, 어서 달아나세. 주인님이 내려오시네. (모두 퇴장)

페트루치오 이렇게 해서 일단 기선은 제압한 거군. 내 매는 지금 몹시도 배가 고플 거란 말야. 암, 배가 불러서는 길들일 수가 없지. 또 한 가지, 주인의 부름대로 매를 움직이려면, 잠을 재우지 않아야 한다는데. 아무리

사나운 놈도 그렇게 하면, 주인의 명령에 고분고분해진다지. 아내는 오늘 아무 것도 안 먹었어. 물론 앞으로도 못 먹게 할 테야. 그리고 어젯밤엔 한잠도 자지 못했지. 물론 오늘 밤도 못 자게 할 거고. 아까 그 고기처럼, 잠자리를 가지고 괜히 트집을 잡아 베개는 저리, 이불은 이리, 요는 저리, 모두 내던져 버려야지. 이런 식으로 해서, 조는 기색만 보이면, 마구 떠들고 악을 써서 도저히 잠을 자지 못하게 하는 거야. 마치 눈물로써 사람을 잡는다고 할까! 이렇게라도 해서 저 미치광이 같은 고집을 바로잡아 버리고 말겠어. 말괄량이를 길들이는 더 좋은 방법이 있으면 누가 나와서 가르쳐 주구려. 적선이 될 테니까. (휙 돌아서서 침실로 돌아간다)

제 2 장 패듀어의 광장

루센쇼와 비앙카, 나무 밑에 앉아서 책을 읽고 있다. 트래니오, 호텐쇼, 광장에 면한 어떤 집에서 나온다.

트래니오 리치오 씨, 그게 무슨 소리요? 비앙카 양이 루센쇼 이외에 다른 남자를 사랑하다니? 내게 호의를 보이는 것 같던데.

호텐쇼 내가 한 말을 믿지 못하시겠다면, 여기 숨어서 저쪽을 잘 좀 살펴보시오. (둘은 나무 뒤에 숨는다)

루센쇼 아가씨, 지금 읽은 것을 아시겠습니까?

비앙카 뭘 읽어 주셨지요? 먼저 그것부터 대답해 주세요.

루센쇼 그건 내 전공인 연애술입니다.

비앙카 그걸 가르쳐 주신다면!

루센쇼 가르쳐 드리죠. 진지하게 배우고자 하는 마음만 있으시다면! 이 불타는 마음을 읽어 내는 방법을 말이죠. (두 사람 키스한다)

호텐쇼 어떻소, 이래도 내 말을 믿지 않겠소?

트래니오 오, 더럽소. 정녕 믿지 못할 게 여자로군요, 리치오 씨!

호텐쇼 솔직히 고백하리다. 난 리치오가 아니오. 음악가도 아니오. 그건 가면이었소. 나 같은 신사를 버리고, 저런 천한 녀석에게 혹한 계집을 위해 더 이상 이런 가면을 쓸 수는 없소. 나는 실은 호텐쇼라는 사람이오.

트래니오 호텐쇼 씨, 당신이 비앙카를 무척 사모하고 계시다는 이야기는 전부터 나도 듣고 있었소, 그리고 내 눈으로 저 여자의 경박함을 목격한 이상, 나도 당신처럼 저 여잘 포기하겠소이다, 영원히!

호텐쇼 루센쇼 씨, 우리 악수합시다. 난 굳게 맹세하겠소. 앞으로 저 여자에게는 절대로 구애를 하지 않겠다고. 그럴 만한 가치도 없는 여자한테 지금까지 괜히 애만 태웠구려.

트래니오 그렇다면 나도 맹세를 하겠습니다. 저 여자와는 절대로 혼인하지 않겠습니다. 비록 저쪽에서 애원해 온다고 해도 말이죠.

호텐쇼 나는 맹세를 지키기 위해 사흘 안에 돈 많은 미망인과 결혼하겠소. 그 미망인은 나를 쭉 연모해 온 여자요. 내가 저 불쾌한 계집을 사랑해 왔듯이 말이오. 여자는 미모보다 마음씨가 중요하죠. 이제는 마음씨에 끌립니다. 그럼 이만 가보겠습니다. 안녕히 계십시오. (퇴장, 트래니오는 두 사람 곁으로 간다)

트래니오 비앙카 양, 축하합니다. 두 분의 정다운 모습을 보고, 나와 호텐쇼는 이제 당신에 대한 연정을 접기로 했습니다.

비앙카 트래니오 씨, 농담은 그만둬요. 하지만 정말로 두 분 다 절 단념하셨나요?

루센쇼 드디어 리치오를 해치운 셈이구먼.

트래니오 예, 그는 정력 왕성한 미망인에게로 영영 날아갔습니다.

비앙카 제발 잘되기만 빌어요.

트래니오 그분은 여자를 잘 길들일 것입니다.

비온델로 달려들어온다.

비온델로 주인어른, 주인어른, 찾아냈습니다! 상인인지 교사인지 잘 모르겠습니다만, 옷차림은 단정하고, 걸음걸이며 인상이며 꼭 빈센쇼 어르신과 닮은 노인분을 찾아냈습니다.

루센쇼 자, 트래니오, 이젠 어쩔 셈인가?

트래니오 그 노인분이 쉽사리 제 청을 들어준다면, 빈센쇼님으로 꾸며 부친 역할을 하게 하겠습니다. 아가씨를 모시고 먼저 들어가십시오. (루센쇼와 비앙카, 밥티스타의 집으로 들어간다)

교사 등장.

교 사 안녕하시오?

트래니오 안녕하십니까? 잘 오셨습니다. 어디로 가시는 길이죠? 아니면 여기가 목적지인가요?

교 사 일단 여기 머물렀다가, 한두 주일 후에는 다시 로마를 향해 떠날 생각이오. 죽지만 않는다면, 트리폴리까지도 가볼 생각이오만.

트래니오 맨튜어에서 일부러 패듀어에? 안될 말씀입니다. 생명이 아깝지 않습니까?

교 사 생명이요? 무슨 말인지······?

트래니오 맨튜어 사람들이 패듀어로 오는 건 전쟁터에 뛰어드는 거나 마찬가집니다. 모르셨습니까? 맨튜어의 선박들은 지금 베니스에 억류당해 있습니다. 댁의 나라의 공작과 이곳 공작 사이에 무슨 시비가 붙어 포고가 내려진 모양인데. 하기야 지금 막 오셨으니까 무리는 아닙니다만, 그 포고를 전혀 듣지 못하셨다는 건, 정말 이상한 일입니다.

교 사 이거 큰일났네. 난 이곳 누구한테 전해 줄 환어음을 피렌체에서 가지고 왔답니다.

트래니오 아, 그렇습니까. 그럼 이렇게 하면 어떻겠습니까? 하지만 먼저 물어볼 말이 있는데, 혹시 피사에 가보신 적이 있습니까?

교 사 그럼요, 피사엔 여러 번 가봤지요. 그곳 사람들은 모두 다 성실하다는 소문이더군요.

트래니오 그 중에 혹시 빈센쇼라는 분을 아십니까?

교 사 소문은 들었습니다. 굉장한 호상(豪商)이라고요.

트래니오 실은 그분이 저의 부친입니다. 솔직히 말해, 부친 얼굴과 댁의 얼굴이 비슷합니다. 위험에 처한 댁으로서는 참 다행한 일이지요. 우리 부친의 이름과 신용을 가장해 내 집에서 묵도록 하십시오. 이곳에서 일을 다 보실 때까지, 그렇게 머무르셔도 좋습니다. 제 호의를 무시하지 않는다면, 부디 그렇게 해 주시지요.

교 사 감사합니다. 평생의 은인으로 잊지 않겠소이다.

트래니오 그럼 같이 가시지요. 그리고 이건 미리 알아두십시오. 다들 우리 부친이 오시길 기다리고 있는 중이랍니다. 나는 밥티스타라는 분의 따님과 결혼할 예정인데, 그 결혼에 재산 보증을 하러 오시기로 되어 있거든요. 자세한 사정은 차차 말씀드리겠습니다. 아무튼 같이 가셔서, 의복부터 갈아입으시지요. (모두 퇴장)

제 3 장 페트루치오의 시골 별장

카타리나와 그루미오 등장.

그루미오 안 됩니다. 그러다간 주인어른께 경을 치고 맙니다.

카타리나 그인 날 굶겨 죽이려고 결혼했나 보죠? 우리 친정집 문간에 나타난 거지들도 애걸하면 무엇이든 얻어 가요. 그런데 한 번도 애걸해보지 않은, 아니 애걸할 필요조차 없었던 내가 배가 고파 죽을 지경이고, 게다가 잠도 자지 못해 머리는 빙빙 도는데, 그인 줄곧 소리만 질러대고 있어요. 무엇보다 싫은 건 그게 모두 애정 때문이라는 그이 말이에요. 글쎄, 내가 먹거나 자는 날엔 당장 죽을병에라도 걸린다고 생각하는 것 같아요. 제발 먹을 것 좀 갖다 주세요. 뭐든 상관없으니까!

그루미오 정 그러시다면…… 쇠족은 어떻겠습니까?

카타리나 좋아요, 가져와요.

그루미오 그건 너무 자극적일 것 같네요. 쇠간 구운 건 어떨까요?

카타리나 그것도 좋아요. 어서 좀 가져와요.

그루미오 그것도 좀 자극적이 아닐까요? 불고기에 겨자를 바른 것은 어떻겠습니까?

카타리나 그건 내가 좋아하는 요리예요.

그루미오 하지만 겨자가 좀 매울 텐데요.

카타리나 그럼 겨자는 빼고 불고기만 가져오면 되잖아요.

그루미오 안 될 말씀입니다. 겨자를 뺄 순 없죠. 이 그루미오가 쇠고기만 가져올 수야 있겠습니까?

카타리나 그럼 가져올 수 있는 대로 가져와 봐요.

그루미오 그럼 쇠고긴 빼고 겨자만 가져오겠습니다.

카타리나 이 거짓말쟁이 같으니. (그루미오를 때린다) 음식 이름이나 먹이려 들다니. 가만두지 않을 테다. 썩 꺼져 버려!

페트루치오와 호텐쇼가 고기 접시를 들고 등장.

페트루치오 케이트, 아니 왜 그렇게 풀이 죽어 있소?

호텐쇼 부인, 어쩐 일이십니까?

페트루치오 케이트, 기운을 내보시오. 이렇게 내가 손수 요리를 만들어 가지고 왔잖소. (요리를 내려놓는다. 카타리나가 그것을 집는다) 이만하면 먼저 감사하다는 말 한 마디쯤 해야 되는 것 아니오? (카타리나가 요리를 입으로 가져간다) 이런, 한 마디도 하지 않는군. 결국 헛수고만 한 셈이군. (요리 접시를 뺏으며) 여봐라, 물려가라.

카타리나 제발 거기 놓아두세요.

페트루치오 아무리 맛없는 요리라도 먹기 전에 고맙다는 인사쯤은 하는 법이오. 안 그렇소?

카타리나 고마워요. (페트루치오, 접시를 내려놓는다)

호텐쇼 여보게, 페트루치오, 자네 너무한 것 아닌가? 부인, 제가 도와드리지요.

페트루치오 (호텐쇼에게 방백) 여보게, 날 생각한다면, 자넨 좀 가만 있어 주게. 부탁하네. (큰소리로) 케이트, 어서 먹어요. 그러고 나서 당신 친정으로 가봅시다. 가장 좋은 옷으로 근사하게 차려입고 가서 큰 잔치를 벌입시다. (카타리나가 잠깐 얼굴을 든 사이에 페트루치오가 눈짓을 하자, 그루미오가 얼른 요리 접시를 치운다) 저런, 벌써 다 먹었구려. 자, 재봉사가 기다리고 있소. 당신 몸매를 아주 멋있게 꾸미려고 말이오. (이때 재봉사 등장) 어디 좀 보자. 그 옷 좀 펴보게.

재봉사가 테이블 위에 옷을 펴 보인다. 이때 양품점 주인이 상자를 들고 등장한다.

양품점 주인 (상자를 열며) 나리께서 주문하신 모자입니다.

페트루치오 (모자를 집어 올리며) 아니, 이건 나무그릇을 틀 삼아 만든 것 아닌가. 쯧쯧, 이따위 시시하고 더러운 물건이 어디 있어! 가리비나 호두 껍질 같잖아. (그것들을 구석으로 내던진다) 이거 말고 좀더 큰 걸 가지고 와!

카타리나 그게 지금 유행하는 거예요. 얌전한 부인들은 다 그런 모자를 써요.

페트루치오 당신도 얌전해지면 씌워 주리다. 그때까진 안 되오!

카타리나 뭐라고요? 이제 저도 못 참겠어요. 전 어린애가 아니라고요. 할 말은 해야겠어요. 가슴이 터져 죽기 전에 말이죠.

페트루치오 그렇소. 당신 말대로 이건 보잘 것 없는 모자요. 장난감 같기도 하고, 비단 파이 같기도 하오. 당신이 이걸 싫어한다니까, 더욱 사랑스러워 뵈는구려.

카타리나 사랑스럽던 뵈든 말든, 전 이 모자가 좋아요. 그러니 이 모자로 하겠어요. 다른 건 싫어요.

페트루치오 그럼 의복은? 재봉사, 좀 구경하겠네. (테이블 쪽으로 간다. 그루미오가 양품점 주인을 돌려보낸다) 아니, 이런 걸 입고 가장무도회에 가란 말야? 이건 뭐야? 소매가 꼭 대포 구멍 같잖아. 여기도 싹둑, 저기도 싹둑, 여기저기를 온통 잘라내 가지고, 이건 완전 주전자 모양 아닌가!

재봉사 주문하실 때에 유행에 잘 맞게 만들라고 말씀하셔서요.

페트루치오 물론 그렇게 말했지. 하지만 누가 유행에 맞게 물건을 망가뜨리라고 그랬나. 이따위 물건은 필요 없으니까 썩 가져가게!

재봉사 이 옷은 나리께서 주문하신 대로 만들었습니다. 그루미오가 그렇게 만들라고 주문한 것이죠.

그루미오 난 주문한 적이 없소, 옷감만 가져다주었을 뿐이지.

재봉사 여기 증거가 있습니다. 주문 쪽지 말입니다.

페트루치오 어디 읽어봐.

재봉사 (읽는다) 첫째, 품이 넉넉한 부인복을 만들 것.

그루미오 주인님, 제가 품이 넉넉한 부인복을 주문했다면, 절 그 스커트 속에 넣고 꿰매도 좋습니다. 전 그냥 부인복이라고만 했습니다.

페트루치오 다음을 읽어봐.

재봉사 반원형의 작은 케이프를 달 것.

그루미오 케이프라고는 확실히 말했습니다.

재봉사 소매는 멋지게 재단할 것.

페트루치오 그게 잘못 되었단 말이네.

그루미오 주인님, 이 쪽지는 엉터립니다. 전 소매는 재단해 가지고 다시 꿰매라고 했을 뿐입니다.

재봉사 제가 한 말은 진짭니다. 이 잣대의 치수만큼 거짓 없는 사실입니다.

페트루치오 어쨌든 그 옷은 내 취미에 맞지 않아.

그루미오 그야 그러실 테죠. 그 옷은 아씨 것이니까요!

페트루치오 가지고 가서 자네 주인 맘대로 처분하라고 하게.

그루미오 그건 절대로 안됩니다. 아씨 옷을 저 작자 주인이 함부로 써서야 되겠습니까? 가당치도 않는 일이지요.

페트루치오 (작은 소리로) 호텐쇼, 재봉사하고 대금 이야기를 좀 해주게. (큰소리로) 가지고 가라, 어서. 이제 말도 하기 싫으니까!

호텐쇼 (작은 소리로) 재봉사, 대금은 내일 치러 주겠소이다. 그러니 너무 고깝게 생각지 말고, 돌아가 계시오. (재봉사 퇴장)

페트루치오 자, 케이트. 그럼 친정 아버님께 가봅시다. 옷은 하는 수 없구려. 이걸 입고 갑시다. 지갑은 두둑하고 의복만 빈약할 뿐이오. 육체를 풍요롭게 하는 것은 뭐니뭐니해도 정신 아니겠소. 껍질 빛깔이 곱다고 해서 독사를 장어보다 좋다 할 사람은 없소. 그러니 기운을 내고, 당장 아버님 댁으로 가서 큰 잔치를 엽시다. 자, 하인들을 불러오너라. 당장 떠나야겠다. 말은 롱 레인 길모퉁이에다 매두어라. 거기서부터 타고 가겠다. 자,

케이트, 그곳까지 걸어서 갑시다. 지금이 한 7시쯤 되었나 본데, 저녁 식사 때까진 도착할 거요.

카타리나 아니에요, 2시예요. 하지만 저녁 식사 전에는 도착하지 못할 거예요.

페트루치오 말이 매어 있는 곳까지 가면 7시가 될 거요. 당신은 내 말에 일일이 트집을 잡는구려. 여봐라. 취소다. 오늘은 가지 않겠다. 내가 말한 대로의 시간이 아니면, 나는 떠나지 않겠다.

호텐쇼 아니, 이 호걸은 태양에게조차 호령을 하는군. (모두 퇴장)

제 4 장 패듀어의 광장

트래니오, 빈센쇼로 가장한 교사 등장. 교사는 이 지방에 갓 도착한 것처럼 장화를 신고 있다. 두 사람이 밥티스타의 집으로 다가간다.

트래니오 이 집이 그분 댁입니다. 좀 들렀다 가도 괜찮겠습니까?

교 사 그러려고 여기 온 게 아니냐! 밥티스타 씨가 박정한 위인이 아니라면, 날 기억하고 있을 거야. 한 20년 전 일이지만, 제노바에서 페가수스라는 여관에 같이 투숙했던 일이 있었지.

트래니오 됐습니다. 계속해서 그런 식으로 위엄 있게 해주십시오.

교 사 염려 붙들어 놓게.

비온델로 등장.

트래니오 그래, 밥티스타 댁에 전하라고 한 말은 잘 전했나?

비온델로 네, 시키는 대로 그대로 전했습니다.

트래니오 암, 그래야지. (문이 열리고 밥티스타와 루센쇼가 나타난다) 아, 밥티스타 씨가 오는군요. 밥티스타님, 마침 잘 만났습니다. (교사에게) 아버지, 이분이 제가 말씀드린 분입니다.

교 사 초면에 실례의 말씀입니다만, 이번에 빚을 좀 받을 게 있어 패듀어까지 오게 됐는데, 자식놈의 말을 듣자니, 댁의 따님과 사랑에 빠졌다는군요. 댁의 성함은 나도 평소부터 들었었고, 또 애들끼리도 서로 사랑한다고 하니, 결혼을 시켜 줄까 합니다. 그러니 별 이의가 없으시다면, 따님에게 줄 유산 건에 기꺼이 동의할 생각입니다. 명성이 자자하신 밥티스타님이고 보니, 까다로운 조건을 내세울 필요는 없을 것 같습니다.

밥티스타 실례의 말씀을 저도 한마디할까 합니다. 솔직한 말씀을 들으니 참 기쁩니다. 사실 댁의 아드님과 내 딸은 진실로 깊이 사랑하고 있는 것 같습니다. 그러니까 아드님과 합의하셔서 우리 딸에게 충분한 유산을 주시겠다는 약속만 하신다면, 이 결혼은 성사된 거나 마찬가지입니다. 우리 애를 아드님에게 기꺼이 드리지요.

트래니오 감사합니다. 그럼 약혼식은 어디서 하는 것이 좋겠습니까? 피차간에 계약도 교환해야 하는데, 정말 어디가 좋겠습니까?

밥티스타 우리 집은 좀 곤란합니다. 하인들이 많고, 게다가 그레미오 영감쟁이가 항상 엿듣고 있어, 방해받을 우려가 있으니까요.

트래니오 그러시다면 저의 숙소가 어떻겠습니까? 아버지도 같이 묵고 계시거든요. 그럼 오늘 밤 그곳에서 몰래 일을 치러 버리지요. 사람을 보내 따님을 오라고 하십시오. (루센쇼에게 눈짓을 한다) 내 하인을 보내 대서인도 곧 불러오겠습니다.

밥티스타 염려 마시오. (루센쇼에게) 이봐요, 캠비오, 어서 집에 가서 비앙카한테 곧 나올 채비를 하라고 좀 전해 주오. 그리고 그간의 사정도 좀 전해 주고 말이오. (루센쇼 퇴장. 그러나 트래니오의 눈짓으로 나무 뒤에 숨는다)

비온델로 하느님, 제발 일이 잘 풀리게 해주십시오!

트래니오 하느님과 빈둥거리지만 말고, 어서 좀 갔다와. (비온델로에게 루센쇼가 있는 곳으로 가라고 눈짓을 한다. 하인이 트래니오의 숙소 문을 연다) 밥티스타님, 이리 들어오시죠! 지금은 대접이 부실하겠지만, 나중에 피사에 오시면 후히 대접해 드리겠습니다.

밥티스타 그럼 들어가 볼까요? (트래니오, 밥티스타, 교사 들어간다. 루센쇼와 비온델로가 앞으로 나온다)

비온델로 우리 주인이 나리에게 눈짓을 하며 웃는 것 보셨죠?

루센쇼 그래, 그게 어쨌단 말이냐?

비온델로 우리 주인이 그 눈짓의 의미를 절보고 여기 있다가 나리에 설명해 드리라고 하던데요.

루센쇼 그럼 설명해 보게.

비온델로 밥티스타는 가짜 아들 일로 가짜 아버지와 회담 중입니다.

루센쇼 그래서 어쨌단 말이지?

비온델로 그분의 따님을 식사에 데리고 오시라는데요.

루센쇼 그래서?

비온델로 성 누가 성당의 신부님이 기다리고 있는 중입니다. 일을 봐드리기 위해서요.

루센쇼 대관절 그래서 어쩌자는 거지?

비온델로 저도 그 이상은 모릅니다. 지금 다들 모여서 가짜 계약서 작성에 바쁘니까, 나리도 아가씨와 어서 계약을 맺으세요. '판권 독점'을 해 버리시라는 말씀입니다. 서기와 몇몇 입회인을 데리고 성당으로 가십시오. 이것이 나리가 바라셨던 일이 아니라면, 이제 전 아무 말도 드리지 않겠습니다. (나가려고 한다)

루센쇼 이봐, 비온델로?

비온델로 저는 어물거릴 시간이 없습니다. 주인님의 명령으로 성 누가 성당으로 가봐야 하니까요. 가서 신부님보고 나리가 사람들을 끌고 오시기 전에, 미리 준비를 해놓으라고 전해야 합니다.

루센쇼 나도 그러길 바란다네. 그녀만 동의해 준다면. 일이 어떻게 되든 간에, 그녀에게 가서 솔직히 말하겠어. 이제 그녀 없이는 도저히 살아갈 수 없으니까! (퇴장)

제 5 장 패듀어로 이어진 가도의 산길

페트루치오, 카타리나, 호텐쇼, 하인들, 길가에서 쉬고 있다.

페트루치오 (일어서며) 자, 갑시다. 이제 당신 아버지댁도 그리 멀지 않았소이다. 거참, 달이 밝구먼!

카타리나 달이라고요? 해예요. 지금 이 시각에 달이라뇨?

페트루치오 아니오, 저건 달이오.

카타리나 아니에요, 저건 해예요.

페트루치오 내 이름을 걸고 단언하건대, 저건 달이오. 적어도 당신 아버지댁에 도착할 때까지는. (하인에게) 여봐라, 그만 돌아가자. 아무래도 아씨가 내게 일일이 반대하는구나.

호텐쇼 (작은 목소리로 카타리나에게) 그냥 해라고 하세요. 안 그러면 오늘 아버님댁에 가기는 힘들 테니까요.

카타리나 제발 가시죠, 기왕에 온 길인데. 달이건, 태양이건, 무엇이건 상관없으니까요.

페트루치오 글쎄, 달이라니까!

카타리나 맞아요, 달이에요.

페트루치오 아니야, 당신은 거짓말쟁이야. 저건 해요.

카타리나 그렇다면, 저건 해예요. 모든 건 당신의 뜻대로 되는 거예요. 전 거기에 따를 생각이에요.

호텐쇼 (낮은 음성으로) 페트루치오, 이제 가세, 자네가 이겼네.

페트루치오 그럼, 계속 가보자꾸나. (빈센쇼가 여행자 복장을 하고 산길 반대쪽에서 올라오고 있다) 가만있자, 이게 누군가? 안녕하세요, 아가씨! 어딜 가시죠? 케이트, 이 아가씨 좀 봐요. 얼마나 천사처럼 아름답게 생겼소이까! 이 분을 한번 좀 끌어안아 드리구려.

호텐쇼 (방백) 노인을 아가씨 취급하다니, 미친 사람이구먼!

카타리나 꽃망울처럼 젊고 어여쁜 아가씨, 어딜 가세요? 집은 어디세요? 어떤 남자든 아가씰 아내로 삼는다면 꿈처럼 행복할 거예요.

페트루치오 아니 케이트, 당신 미쳤소? 이분은 남자요, 노인이란 말이오. 늙어서 쭈글쭈글 한 노인에게 아가씨라니? 당치않은 소리요.

카타리나 할아버지, 용서해 주세요, 네? 어찌나 햇빛이 눈부시던지 그만 제가 잘못 보았네요. 지금 뵈니 할아버지시군요. 용서해 주세요, 네? 제가 그만 큰 실수를 했습니다.

페트루치오 영감님, 용서해 주십시오. 제 아내가 착각을 했군요. 어디까지 가시는 길이지 좀 가르쳐 주시겠습니까? 같은 방향이라면 기꺼이 동행해 드리지요.

빈센쇼 두 분 모두 참 재미있는 분들이구려. 인사가 묘해서 깜짝 놀랐소이다. 난 (머리를 숙인다) 빈센쇼라는 사람인데, 피사에 살고 있습니다. 아들을 보기 위해 지금 패듀어로 가고 있는 중이외다.

페트루치오 아드님 이름은?

빈센쇼 루센쇼라고 합니다.

페트루치오 정말 잘 만났습니다. 더구나 아드님을 위해서는. 차차 아시게 될 테지만, 여기 내 아내의 여동생과 영감님의 아드님이 지금쯤 결혼식을 끝냈을 겁니다. 놀라지 마시고, 슬퍼하지도 마십시오. 아드님의 상대는 훌륭한 여성이랍니다. 지참금도 많고, 집안도 좋지요. 자, 어서 아드님을 만나러 가시죠. 아드님이 영감님을 보면, 무척 기뻐할 것입니다.

빈센쇼 그게 정말이오? 또 농담을 하시는 건 아니겠죠?

호텐쇼 그건 제가 보증하겠습니다. 장난이 아니라 사실입니다.

페트루치오 아무튼 가보시죠. 가보시면 다 아실 테니까요. (호텐쇼만 남고 다 퇴장)

호텐쇼 페트루치오, 이제 나도 용기를 얻었어. 그 미망인한테 가서 한 번 수완을 발휘해 봐야지. 자네한테 배운 대로 고집으로 밀고 나가는 거야. (산길을 뒤쫓아 올라간다)

제 5 막

제 1 장 패듀어의 광장

비온델로 등장. 그 뒤에 루센쇼와 비앙카가 따른다.

비온델로 어서 오세요. 지금 신부님께서 기다리고 계세요.

루센쇼 내 발은 지금 허공을 날고 있어. 비온델로, 넌 누가 찾을지도 모르니까 집으로 얼른 돌아가. (비앙카와 함께 황급히 퇴장)

비온델로 성당으로 안전하게 들어가시는 것을 보고 돌아가야지.

그레미오 (일어서면서) 웬일일까? 캠비오가 왜 돌아오지 않지?

이때 페트루치오, 카타리나, 빈센쇼, 그루미오, 하인들 등장.

페트루치오 바로 여깁니다. 우리 장인댁은 시장 쪽으로 좀더 가야 합니다. 난 그만 실례하겠습니다.

빈센쇼 가시기 전에 들어가서 한잔하시지요. 아마 그만한 것은 준비되어 있을 겁니다. (노크를 한다)

그레미오 (다가와서) 좀더 세게 노크하시지요.

교 사 누구요, 노크하는 분이? 아예 문을 부술 작정이군.

빈센쇼 거기, 루센쇼 안에 있소?

교 사 있긴 있지만, 아무도 만나지 못합니다.

빈센쇼 내가 200파운드의 돈을 가지고 왔어도 말인가요?

교 사 그런 돈들은 잘 간수해 두시구려. 내가 살아 있는 동안, 그 애는 그런 돈이 필요 없으니까!

페트루치오 자, 보세요. 아드님은 패듀어에서 대단한 사랑을 받고 있습니다. (교사를 보고) 여보시오, 루센쇼에게 좀 전해 주시오. 피사에서 아버지가 오셔서 지금 문 앞에서 기다리고 계시다고 말이오.

교 사 재밌군. 그 애 아버지는 지금 창 밖을 내다보고 있잖소.

빈센쇼 그럼 당신이 그 애 아버지란 말이오?

교 사 그렇소, 그 애 어머니가 그렇다 하니, 그럴 수밖에!

페트루치오 (빈센쇼에게) 어찌된 영문이오? 이보쇼, 당신 너무 뻔뻔하잖소. 남의 이름을 사칭하다니.

교 사 그자를 좀 잡아 주시오. 그자가 아마 내 이름을 사칭해 가지고 이 도시에서 사기 행각을 벌이고 있는 것 같소.

비온델로 등장.

비온델로 (혼잣말로) 두 분은 무사히 성당으로 들어가셨어. 제발 하느님의 복을 받으십시오. 아니 저분들은? 큰 주인어른 빈센쇼 나리가 아니신가! 이젠 다 틀렸군, 틀렸어.

빈센쇼 (비온델로를 보고) 이놈, 이리 와! 이 죽일 놈 같으니!

비온델로 (그 옆을 지나가면서) 실례하겠습니다.

빈센쇼 이 악당 같으니. 그래, 네가 날 잊었단 말이냐?

비온델로 잊었느냐고요? 천만에요. 잊을 리가 있겠습니까, 생전 본 일도 없는 사람을.

빈센쇼 이 고얀 놈 좀 보게. 네 주인의 아버지인 나를 생전 보지 못한 분이라고?

비온델로 제 주인의 아버님 말씀입니까? 예, 그야 잘 알고 있습니다. 저기 문으로 내다보고 계시는 바로 저분입죠.

빈센쇼 너 정말 맞을래? (비온델로를 때린다)

비온델로 사람 살려! 별 미친 사람이 사람 죽이려고 하네.

교 사 얘야, 좀 도와줘라. (창문을 닫는다)

페트루치오 케이트, 우린 어떻게 되어 가는지 여기서 지켜봅시다.

교사와 하인 등장. 밥티스타와 트래니오도 몽둥이를 들고 따른다.

트래니오 대관절 어떤 놈이 내 하인을 때리는 거야?

루센쇼 어떤 놈이냐고! 하, 이 망할 녀석 좀 보게. 비단 저고리에 비로드 바지, 새빨간 외투에, 아이고, 내 신세야! 아들 녀석 유학 보내느라고 등이 휘었건만, 아들 녀석과 하인놈은 돈을 탕진하고 있으니.

트래니오 도대체 이 사람은 뭐야? 여보시오, 옷차림으로 봐서 점잖은 신사 분 같은데, 하시는 말씀은 꼭 미친 사람 같구려. 이봐요, 영감. 내가 진주와 금으로 도배를 하건 말건 당신이 무슨 상관이오?

빈센쇼 뭐, 내가 미친 사람 같다고! 이놈아, 네 아비는 베르가모에서 돛을 꿰매는 품팔이를 하고 있다. 그런 놈이 진주는 뭐고, 금은 또 뭐란 말이냐?

교 사 어서 썩 물러가시오. 미친 노인 같으니라고! 이 사람은 내 외아들 루센쇼야. 이 빈센쇼의 상속자라고.

빈센쇼 네가 루센쇼라고? 그럼 네 놈이 주인을 죽였구나! 자, 공작님의 이름으로 널 체포하겠다. 아, 내 아들, 내 아들 루센쇼는 어디 있냐?

트래니오 누가 경관 좀 불러와요. (하인 하나가 경관을 데리고 등장) 이 미친 사람을 감옥에 좀 넣어 주시오.

빈센쇼 날 감옥으로 보낸다고?

그레미오 경관, 잠깐만. 그렇게까지 할 필요는 없을 것 같소.

밥티스타 아, 당신은 참견할 일이 아닌 듯하오. 이 사람을 얼른 감옥으로 보내시오.

그레미오 조심하시오, 밥티스타 씨. 내가 보기엔 이분이 진짜 빈센쇼 씨 같으니까 괜히 속지 마시오.

교 사 당신, 그 사실에 대해 맹세할 수 있겠소?

그레미오 그건 아닙니다만…….

트래니오 정말 내가 루센쇼가 아니라고 의심하는 거요?

그레미오 아니오, 당신은 틀림없는 루센쇼요.

트래니오 이 주책없는 늙은이도 저자와 함께 감옥행이다.

빈센쇼 낯선 고장에 가면 흔히 이렇게 봉변을 당하지. 에이 지독한 녀석 같으니!

비온델로가 루센쇼와 비앙카를 데리고 등장.

비온델로 이제 다 틀렸어요. 저기 보세요, 아버님이······. 할 수 없죠. 그냥 모르는 체하시고, 남이라 잡아떼세요. 안 그러시면 모든 것이 끝장이에요.

루센쇼 (무릎을 꿇고) 용서해 주십시오, 아버지.

빈센쇼 내 아들아, 살아 있구나.

비앙카 (무릎을 꿇고) 용서해 주세요, 아버님. (비온델로, 트래니오, 교사가 허겁지겁 도망친다)

밥티스타 도대체 이게 어찌된 일이야? 루센쇼는 어디 있고?

루센쇼 예, 여기 있습니다. 지금 따님과 결혼식을 마치고 온 제가 진짜 루센쇼입니다. 가짜들이 어르신의 눈을 속이고 있는 틈에요.

그레미오 오, 이럴 수가! 우리가 감쪽같이 속아넘어갔구나!

빈센쇼 어디 갔어, 고얀 놈, 트래니오? 뭐 날 감옥에 집어넣겠다고?

밥티스타 도대체 어찌된 영문인가? 이 사람은 캠비오가 아닌가?

비앙카 루센쇼가 캠비오로 변신한 거예요.

루센쇼 사랑 때문이지요. 비앙카의 사랑을 얻기 위해 트래니오가 제 행세를 하고 다닌 겁니다. 덕분에 난 행복의 항구에 도착했고요. 모두 제가 시켜 저지른 짓이니, 아버님, 절 용서해 주십시오.

밥티스타 가만 있자, 그럼 자네는 내 승낙도 없이 내 딸과 결혼을 했단 말인가?

빈센쇼 염려 마십시오, 밥티스타 씨! 소원대로 될 것입니다. 우선 안에 들어가서 그 악당 녀석부터 혼을 내주고요. (안으로 들어간다)

밥티스타 나도 그냥 있을 순 없지. 이 음모의 원인을 조사해 봐야지.

루센쇼 비앙카, 걱정하지 말아요. 모든 게 잘될 거야. (두 사람 퇴장)

그레미오 다 된 밥에 코를 빠트리다니. 뭐니뭐니 해도 먹는 게 남는 거지. (뒤따라 퇴장)

카타리나 여보, 우리도 들어가서 이 소동을 구경해요.

페트루치오 그러기 전에 키스부터 하고.

카타리나 아니, 이렇게 거리 한복판에서요?

페트루치오 왜, 나와 키스하는 게 창피하다는 거요?

카타리나 아뇨, 그게 아니라 키스하기가 부끄러워서요.

페트루치오 좋소. 그럼 그냥 갑시다. (하인에게) 얘들아, 돌아가자.

카타리나 아니, 가만히 계세요. 키스해 드릴 테니. (키스한다)

페트루치오 갑시다, 케이트. 무엇이든 부딪히고 보는 거야. 망설이면 되는 게 없지. (일동 퇴장)

제 2 장   루센쇼의 집

밥티스타, 빈센쇼, 그레미오, 교사, 비앙카, 페트루치오, 카타리나, 호텐쇼, 미망인, 차례로 등장. 트래니오와 하인들이 음식을 들고 등장.

루센쇼 상당히 많은 우여곡절 끝에 이곳까지 오게 되었습니다. 비앙카, 아버지한테 잘하시오. 나도 당신 아버지한테 잘할 테니. 그리고 여기 오신 여러분, 오늘은 마음껏 드시고 즐기십시오. (술과 음식이 나온다)

밥티스타 여보게, 페트루치오, 이 호의는 패듀어가 베푸는 것일세.

페트루치오 압니다요, 패듀오가 베풀 수 있는 것은 호의뿐이죠.

호텐쇼 저희 내외를 위해서도, 그 말씀이 진실이기를 바랍니다.

페트루치오 호텐쇼, 자넨 미망인이 겁나나 보지?

미망인 천만에요, 제가 왜 겁을 왜 냅니까?

페트루치오 생각이 깊으신 줄 알았는데 그렇지 않군요. 난 호텐쇼가 댁을 무서워한다고 말했습니다.

미망인 현기증이 나는 사람은 바깥 세상이 돌고 있는 줄 아나 보죠?

페트루치오 빙빙 돌려서 말씀하시는 데 일가견이 있군요.

카타리나 잠깐만, 지금 그 말씀은 무슨 뜻이에요?

미망인 댁의 남편은 당신한테 애를 먹고 계시잖아요. 그래서 내 남편의 사정도 그러려니 하고 생각한다는 뜻입니다. 이제 아시겠어요?

카타리나 시시한 얘기군요.

미망인 그야 당신이 그렇죠.

카타리나 물론 그렇죠. 당신의 시시함에 비하면, 명함도 못 내밀죠.

페트루치오 케이트, 힘내라! 난 100마르크 걸겠어. 미망인은 케이트의 상대가 되지 못하지.

호텐쇼 미망인 이겨라! 길고 짧은 건 대봐야지.

밥티스타 그레미오 씨, 저 사람들 재치를 어떻게 생각하오?

그레미오 정말, 멋진 박치기 같군요.

비앙카 박치기라고요? 재치 있는 사람들이라면 박치기가 아니라 뿔로 들이받는다고 할 거예요. 여러분 모두 잘 오셨어요. 저는 그만 실례하겠습니다. (인사하고 나가자, 카타리나와 미망인이 그 뒤를 따라 퇴장)

페트루치오 트래니오, 저건 자네가 노린 사냥감 아니었나? 하기야 맞히진 못했지만. 자, 우리 맞힌 사람과 못 맞힌 사람·모두를 위해 건배.

트래니오 그거야 루센쇼 서방님이 절 사냥개같이 풀어놓았기 때문에 제가 주인님을 위해 사냥을 해왔을 뿐이었지요.

페트루치오 비유가 멋지긴 한데 좀 유치하군.

트래니오 하긴 페트루치오 서방님은 손수 사냥을 하셨지만, 사냥 해오신 그 사슴한테 몰리는 눈치던걸요.

밥티스타 페트루치오, 자네가 트래니오한테 역습을 당했군그려.

루센쇼 고맙다, 트래니오. 멋지게 풍자를 해주어서.

밥티스타 이봐, 페트루치오. 섭섭한 이야기일지 모르지만 자네는 세상에 둘도 없이 지독한 말괄량이를 아내로 얻은 걸 인정하게나.

페트루치오 장인 어른이 모르시는 소립니다. 우리 그럼 각자 자기 아내를 불러볼까요? 누가 가장 빨리 오는지, 돈을 걸어서 빨리 오는 쪽이 갖기로 하면 어떨까요?

호텐쇼 좋소. 얼마씩 걸면 좋겠소?

루센쇼 20크라운씩 하면 어떨까요?

페트루치오 20크라운! 매나 사냥개한테도 그 정도 돈은 거네. 아내라면 그것의 20배는 걸어야지.

루센쇼 그럼 100크라운으로 합시다.

호텐쇼 좋소!

페트루치오 나도 찬성이오.

호텐쇼 누가 먼저 하겠나?

루센쇼 내가 먼저 하겠소. 이봐 비온델로, 가서 아씨보고 내가 좀 나오시란다고 전해 주게.

비온델로 예.

밥티스타 여보게 사위, 내가 반은 책임져 주지.

루센쇼 싫습니다, 제가 전부 책임지겠습니다. (비온델로가 돌아온다) 아씨가 뭐라고 하시든?

비온델로 아씨께선 지금 바빠서 나갈 수 없다고 하셨습니다.

페트루치오 오, 바쁘다고? 그래서 나올 수 없다고?

그레미오 무척 친절한 대답이군. 제발 당신 부인한테서는 그보다 더 나쁜 대답을 받지 않도록 하느님께 기도나 드리구려.

페트루치오 내 차례가 기다려지는데요.

호텐쇼 비온델로, 가서 내 아내보고 곧 와 달란다고 청해다오. (비온델로 퇴장)

페트루치오 오, 청을 해보라고! 그래야 나올까?

호텐쇼 자네 아내는 청을 해도 나오지 않겠지. (비온델로가 돌아온다) 이봐, 내 아내는?

비온델로 무슨 장난을 하시는지 안 나오시겠답니다. 도리어 나리께서 들어오시랍니다.

페트루치오 갈수록 태산이로군. 이거 불쾌해서 참을 수 있나! 그루미오, 너 아씨께 가서 내 명령이니 좀 나오라고 그래라. (그루미오 퇴장)

호텐쇼 대답은 보나마나 뻔하지.

페트루치오 뭐?

호텐쇼 절대로 나오지 않을 거네.

페트루치오 그렇게 되는 날엔 모든 게 끝장이지.

카타리나 등장.

밥티스타 아니, 카타리나잖아?

카타리나 무슨 일이에요? 무슨 일로 절 부르셨어요?

페트루치오 비앙카와 호텐쇼의 부인은 지금 어디 있소?

카타리나 난로 곁에서 이야기를 나누는 중이에요.

페트루치오 가서 좀 데리고 오시오. 만일 오지 않겠다고 하면, 때려서라도 끌고 와요. 자, 얼른 가서. (카타리나 퇴장)

루센쇼 이게 기적이 아니고 뭐겠는가!

호텐쇼 정말 그렇군. 이게 무슨 조화지?

페트루치오 그것도 모르나. 평화와 사랑의 조화가 아니고 뭐겠는가. 사랑과 행복을 알리는 징조이기도 하고.

밥티스타 여보게, 페트루치오. 행복을 고이 간직하게나! 바로 자네가 이겼구먼. 나도 2만 크라운을 더 보태 주겠네. 새 지참금일세. 글쎄 저 애가 영판 새로운 사람으로 변했으니 말일세.

페트루치오 아니, 난 내 아내의 순종과 새로 지니게 된 정숙함을 보여 드리겠습니다. 저길 보시지요. 고집쟁이 아내들을 설득시켜서 데리고 오는 모습을요. (카타리나가 비앙카와 미망인을 데리고 등장) 카타리나, 당신 모자는 장난감처럼 어울리지 않는구려. 그걸 벗어 발로 짓밟아 버리구려. (카타리나가 그대로 따른다)

미망인 어머나, 설마 이런 엉터리 수작을 보여주려고 불러낸 건 아니죠? 이런 바보짓은 처음 봐요.

비앙카 홍, 도대체 우릴 불러내서 뭘 하겠다는 거예요?

루센쇼 당신이 좀더 미련하면 좋았을 것을. 당신이 너무 똑똑한 덕분에 난 100크라운이나 손해를 봤다오.

비앙카 미련한 건 당신이군요. 절 미끼로 돈을 거시다니!

페트루치오 카타리나, 이 완고한 부인네들을 교육 좀 시키시오. 아내 된 자는 남편에게 어떻게 해야 하는지.

미망인 절 어떻게 보고 그러세요? 그런 이야기는 하지도 마세요.

페트루치오 자, 어서 시작하라니까. 이 부인부터.

카타리나 그럼 시작할게요. 우선 얼굴부터 환하게 펴세요. 눈은 내리깔지 말고요. 그건 자기의 주인이며 생명이며 군주인 남편한테 상처가 되는 짓이니까요. 결국 자기 자신을 서리 맞아떨어지는 감꼭지처럼 만드는 거예요. 남편은 오로지 아내를 위해 자나깨나 뼈 빠지게 일을 하니까 우리가 집에서 안심하고 지낼 수 있는 거예요. 그런데도 남편은 아내의 사랑과 고운 얼굴과 순종밖에 바라는 게 없죠. 그렇게 보면 아내가 할 일은 참으로 하찮은 거죠. 하물며 아내가 고집을 부리고, 짜증을 내고, 남편의 의사를 거역한다면, 그게 배은망덕이 아니고 뭐겠어요? 그야말로 평화를 위해 무릎을 꿇어야 할 때 선전포고하는 격이죠. 여자의 살결이 왜 부드럽고 약한 줄 아세요? 그건 마음과 기분이 부드러워서 그런 걸 거예요. 나도 한때는 여러분처럼 교만하고, 고집이 세서 지는 걸 못 참아했죠. 하지만 깨닫고 보니 그건 지푸라기처럼 하찮은 거더라고요. 아무리 강한 것처럼 보여도 그래요. 그러니 어서 모자를 벗고 쓸데없는 자존심은 버려요. 난 남편이 원한다면 순종의 증거로 남편 앞에 엎드릴 수도 있어요.

페트루치오 암, 그래야지! 자 키스해 주오, 케이트.

루센쇼 나날이 행복을 빕니다. 승자는 바로 형님이니까요.

빈센쇼 좋은 이야기구나, 자라나는 아이들한테 들려주고 싶을 만큼.

페트루치오 케이트, 우린 자러 갑시다. 우리 세 사람이 결혼했지만, 자네 두 사람은 낙제네. 내가 우승자야. 자, 그럼 안녕히들 주무시오!

호텐쇼 그럼 행복하시게. 지독한 말괄량이를 길들인 양반.

루센쇼 기적이야. 말괄량이를 저렇게 순한 여자로 길들이다니. (모두 퇴장)

작가와 작품 해설

셰익스피어의 생애와 작품 세계

영국이 낳은 세계 최대의 극작가이자 대시인! 아마 셰익스피어를 소개하는 글치고 이러한 수식어가 들어 있지 않은 글은 없을 것이다. 18세기이후 '셰익스피어학'이라는 하나의 독립된 학문이 발전될 정도로, 세계연극사에서 가장 뛰어난 극작가이자 시인으로 인정받은 셰익스피어는영국이 인도와도 바꾸지 않겠다고 한 작가이다.

유서 깊은 영국 워릭셔 주(州)의 한 지방 도시인 스트랫퍼드어펀에이번에서 부유한 상인의 아들로 태어난 셰익스피어는 비교적 넉넉한 어린시절을 보냈다. 그랬기에 당대 특수층 자제만이 다닐 수 있는 그래머 스쿨에 다닐 수 있었고, 그곳에서 익힌 라틴어로 서양의 고전을 두루 섭렵했던 것이 후일 그가 작가로 성공하는 밑거름이 되어 주었다.

그러나 차츰 가세가 기울어 학업을 중단해야 했던 셰익스피어는 18세때 8세 연상인 헤더웨이라는 여인과 결혼하여 딸과 쌍둥이 남매를 낳았다. 그 후 런던으로 나가기 전까지 여러 직업을 전전하던 셰익스피어는결정적으로 로드 챔벌린 극단 소속의 극작가가 되면서부터 인생의 전환

점을 맞게 된다.

이곳에서 그는 20년 이상 전속 작가로 활약하였으며, 때로는 직접 무대에 서는 등 배우로 활동하기도 했다. 1599년 글로브 극장을 신축한 셰익스피어는 성공적인 극작 활동으로 상당한 재산을 모으기도 했는데, 그것으로 1597년 고향에다 뉴플레이스라는 호화 저택을 사기도 했다.

셰익스피어는 극작가로서의 성공 후에 실추된 아버지의 신분을 상승시키기 위해 노력했으며, 자녀들을 고향에 안주시켜 함께 생활한 것으로 보아 착실한 생활인이었음을 알 수 있다. 그러나 부인과의 사이는 그리 좋지 않은 듯, 훗날 그의 재산을 아내가 아닌 맏딸과 외손자에게 물려주어 구구한 해석을 낳기도 했다.

1612년, 은퇴하여 고향으로 돌아가기 전까지 모두 37편에 이르는 희곡을 펴낸 셰익스피어는 1616년 타계했는데, 하필이면 자신이 태어난 날과 같은 날이었다. 고향인 스트랫퍼드어펀에이번 교회의 묘역에 묻힌 그의 묘석에는 자작으로 보이는 다음과 같은 짧은 글이 새겨져 있다.

"친구여, 제발 여기에 묻힌 흙을 파내지 말아 주오 이 묘석을 아껴 주는 이에게는 축복이, 나의 유골을 건드리는 자에게는 저주가 있을지니라."

셰익스피어가 극작가로 성공할 수 있었던 것은 당시의 시대적 배경과도 밀접한 관련이 있다. 1590년 전후로 상당히 융성했던 영국은 엘리자베스 1세 여왕의 치하에 있었으며, 문화적으로도 고도의 창조력이 요구된 시기였다.

특히, 르네상스 문화의 유입으로 그리스·로마의 고전이 소생하고, 새로운 형식과 내용을 지닌 연극이 발전함으로써 많은 극작가들이 활동할 수 있었다. 셰익스피어도 이러한 분위기에서 런던으로 상경한 것으로 보인다.

처음에는 극단에서 허드렛일이나 하고 있던 셰익스피어에게 당시 창궐했던 페스트는 기회를 주었다. 1592년과 1594년 2년 동안 극장은 폐쇄되었고 런던에 있던 극단들도 전면적인 개편을 맞게 되었는데, 이때 신진 극작가의 반열에 오른 셰익스피어에게 본격적인 활동의 기회가 주어졌기 때문이다.

그의 작품을 시기별로 나누어 보면, 대략 4기로 나눌 수 있다. 1기는 낭만 희극을 주로 썼던 습작기이며, 이 기간의 작품으로 『헨리 6세』 · 『한여름밤의 꿈』 등을 들 수 있다.

2기는 희극기라고 할 수 있는데, 『베니스의 상인』 · 『십이야(十二夜)』 · 『뜻대로 하세요』가 이 시기의 작품들이다. 3기는 비극기로 그 유명한 4대 비극이 이 시기에 나왔다. 작품으로는 『햄릿』 · 『오셀로』 · 『리어왕』 · 『맥베스』 등이 있다. 마지막으로 4기는 비희극기로 『겨울 이야기』 · 『폭풍우』가 이 시기의 작품들이다. 뿐만 아니라, 시인으로서의 재능을 겸비한 그는 희곡 외에도 『비너스와 아도니스』 · 『루크리스의 겁탈』 · 『소네트집』 등 3편의 시집을 남기기도 했다.

셰익스피어는 수많은 역사극과 낭만 희극을 썼지만 그 중에서도 특히 4대 비극은 세계 문학의 금자탑으로 불린다. 그와 동시대 작가였던 B.존슨은 셰익스피어를 일컬어 당대뿐 아니라 만세(萬世)를 통해 통용되는 작가라고 상찬했으며, 그의 작품은 단순히 읽혀지는 데 끝나는 것이 아니라 지금도 세계 곳곳에서 상영됨으로써 시대를 뛰어넘는 살아 있는 작가로 평가되고 있다.

작품의 줄거리 및 해설

1596년경의 작품으로 추정되는 『베니스의 상인』은 1600년에 초판이 나왔다. 5막으로 구성되어 있는 이 희극은 이탈리아에서 전해져 내려오는 옛날 이야기에서 취재한 것이다.

베니스의 부유한 상인 안토니오는 친구 바사니오로부터 한 가지 부탁을 받는다. 그것은 다름 아닌 벨몬트에 사는 포셔라는 여인에게 구혼을 하러 가는 데 필요한 여비를 마련해 달라는 것이었다.

안토니오는 그 부탁을 받아들여 자신의 배를 담보로 유대인 고리대금업자 샤일록에게서 돈을 빌린다. 그리고 석 달 안에 돈을 갚지 못할 시에는 자기의 살 1파운드를 제공한다는 증서를 쓰게 된다.

한편, 포셔는 자신을 찾아온 구혼자들에게 금·은·납의 세 가지 상자를 내놓으면서, 자기의 초상화가 들어 있는 것을 선택한 자와 결혼하겠다고 말한다. 많은 구혼자들이 실패한 가운데, 바사니오는 초상이 들어 있는 납 상자를 골라 구혼에 성공한다.

그러나 안토니오는 자신이 소유한 배가 선적물을 싣고 항해하다가 난파됨으로써, 모든 재산을 잃은데다 빚을 못 갚아 살 1파운드를 끊어줘야 하는 위기에 처한다. 이 소식을 들은 바사니오는 서둘러 달려오지만 달리 도울 길이 없다. 안토니오를 법정에 세운 샤일록은 살을 끊기 위해 칼을 간다.

하지만 남자로 변장한 포셔가 베니스 법정의 재판관으로 출현해, 살은 주되 피를 흘려서는 안 된다고 선언함으로써 샤일록을 굴복시킨다.

이 작품은 로맨틱한 줄거리를 가지고 있으며, 감미로운 장면이 여럿 등장한다. 그리고 유대인 샤일록을 통해 당시 런던 시민이 가지고 있던 증오심과 반유대 감정을 엿볼 수가 있다.

1594~95년의 작품으로 추정되는 『한여름밤의 꿈』은 5막으로 구성된 희극으로, 1600년에 간행되었다. 이 작품은 셰익스피어의 다른 어떤 작품들보다도 자주 공연되고 있다.

이 작품에는 요정과 귀족과 서민이 등장한다. 우선 숲을 지배하는 요정의 왕 오베론과 왕비 타이테니아는 아름다운 인도 소년을 두고 서로 싸운다. 한편, 아테네의 공작 시시어스는 아마존의 여왕 히폴리타에게 구애를 한다. 그리고 두 쌍의 젊은 남녀가 등장한다.

마을의 처녀 허미아는 아버지의 뜻에 따라 디미트리어스와 결혼을 해야 한다. 하지만 그녀가 사랑하는 사람은 디미트리어스가 아니라 라이샌더다. 결국 허미아는 라이샌더와 함께 아테네 근교의 숲으로 도망치고, 디미트리어스가 그녀의 뒤를 쫓는다.

그리고 디미트리어스의 옛 애인 헬레나도 디미트리어스를 쫓아 숲으로 들어간다. 때마침, 숲에서는 시시어스 공작의 결혼식을 축하하려는 마을 사람들이 소인극(素人劇)을 준비하고 있었다. 이때 장난꾸러기 요정 퍽이 뛰어들어 갖가지 우스운 일들이 전개된다.

요정 퍽의 손에는 사랑의 묘약이 쥐어져 있었는데, 이것은 눈을 떴을 때 처음 눈에 띈 것을 사랑하게 만드는 힘을 갖고 있다. 퍽은 타이테니아의 눈에 그 사랑의 묘약을 떨어뜨린다. 타이테니아가 눈을 떴을 때 처음 다가온 사람이 직조공 보톰이다.

여기에 퍽은 또다시 장난을 쳐서 보톰의 머리를 당나귀 머리로 바꿔

놓는다. 결국 타이테니아는 당나귀 머리를 한 보톰을 사랑하게 된다. 뿐만 아니라, 픽은 라이샌더와 디미트리어스에게도 사랑의 묘약을 떨어뜨린다. 이제 모든 게 뒤죽박죽 엉망이 된다.

하지만 결국에는 일이 제대로 가닥을 잡으면서 디미트리어스와 헬레나, 라이샌더와 허미아, 시시어스 공작과 히폴리타가 함께 결혼식을 올리고, 마을 사람들이 올린 우스꽝스러운 소인극을 보면서 모든 일이 즐겁게 마무리된다.

이 작품은 사랑의 변덕스러움과 진실한 사랑의 승리를 그리고 있는데, 특히나 멘델스존은 이 작품을 읽고 그 환상적이며 괴이한 시적 여운에 감흥을 느껴 극음악 「한여름밤의 꿈」을 작곡했다고 한다. 발랄한 요정의 세계와 몽환적인 숲 속의 세계를 잘 나타내고 있는 이 곡의 하이라이트는 바로 우리에게 잘 알려진 「결혼 행진곡」으로, 바그너의 오페라에 등장하는 「결혼 행진곡」과 함께 각광을 받고 있다.

1599년의 작품으로 추정되는 『뜻대로 하세요』는 경쾌한 코미디물로, 1623년에 발표되었다. 모두 5막 22장으로 구성된 이 작품은 T.로지의 소설 『로잘린드』(1590)에서 취재하였다.

프레드릭은 자신의 형인 공작(公爵)을 내쫓는다. 그리하여 공작은 자신을 따르던 부하들을 이끌고 아덴의 숲에서 살아간다. 그러나 프레드릭의 딸 실리아와 친하게 지내는 공작의 딸 로잘린드는 아버지를 따르지 않고 계속해서 궁정에 머무르다가, 청년 올란도를 사랑하게 된다.

그러나 이내 프레드릭에게서 쫓겨난 그녀는 남자로 변장한 채 아버지가 있는 숲 속으로 간다. 여기에 실리아도 그녀를 따라나선다. 한편, 올란도도 자신의 형인 올리버에게 내쫓겨 아덴의 숲으로 도망치는데, 그곳에서 로잘린드와 부딪치게 된다.

그러나 로잘린드가 남자로 변장한 탓에 그녀를 알아보지 못한다. 그들은 아덴의 숲에서 공작으로부터 환영을 받는다. 동생을 살해하려던 올리버는 동생에게 구조되어 마음을 바꾸게 되고, 프레드릭도 마찬가지로 은자(隱者)의 설교를 듣고 자신의 죄를 뉘우치게 된다. 결국 공작은 다시 궁으로 돌아가고, 올란도와 로잘린드, 올리버와 실리아는 각각 결혼한다.

이 연극은 해피엔드로 끝나는 로맨스 코미디지만, 영지(領地)를 둘러싼 혈육간의 분쟁을 내용으로 하고 있으며, 염세적이고 풍자적인 대사가 많이 나온다.

1594년경의 작품으로 보이는 『말괄량이 길들이기』는 셰익스피어의 초기 작품으로, 이후에 쓰여진 다른 희극 작품들보다 예술성이 떨어진다는 평가를 받고 있다. 그러나 무대에서는 대단한 인기를 누린 작품으로, 우리나라 관객들에게도 잘 알려져 있다.

파듀어의 부호인 밥티스타의 큰딸 카타리나는 성격이 매우 거칠다. 그러나 동생인 비앙카는 성품이 온순하여 아버지의 사랑을 한몸에 받는다. 언니 카타리나는 이 때문에 성격이 더욱더 거칠어지고 난폭해진다. 그리하여 그녀를 좋아하는 남자는 아무도 없다.

하지만 베로나의 한 신사 페트루치오가 그녀에게 구혼을 하고 나선다. 그러고는 그녀보다 더 난폭한 언동으로 그녀를 길들인다. 한편, 비앙카를 사랑하는 루센쇼는 가정 교사로 변장하여 목적을 달성한다. 또한 페트루치오의 친구 호텐쇼도 어느 미망인과 결혼을 한다.

그런데 과연 이 세 사람의 신부 중에서 남편에게 가장 순종을 잘하는 여성은 누구일까? 그것은 다름 아닌 카타리나였다.

이 작품은 이야기 속에 또 이야기가 나오는 액자 구조를 갖고 있다. 이 작품에서 사람들은 흔히 말괄량이를 길들이는 것이 이 극의 전부라고 생각하기 쉽지만, 셰익스피어는 이 작품을 통해 남성 위주의 가부장적 사회를 비판하려 했다는 평가를 받고 있다.

작가 연보

1564년   4월 23일, 영국 스트랫퍼드어펀에이번에서 아버지 존 셰익스
             피어와 어머니 메리 아든의 장남으로 출생.

1568년(4세)   아버지가 에이번의 시장으로 선출됨.

1577년(13세) 가세가 기울어져 학업을 포기함.

1582년(18세) 8세 연상인 앤 헤더웨이와 결혼.

1583년(19세) 장녀 수잔나 출생.

1585년(21세) 쌍둥이인 아들 햄릿과 딸 주디스 출생.

1592년(28세) 페스트로 인해 런던의 극장이 폐쇄됨. 본격적인 활동 시작.

1597년(33세) 스트랫퍼드어펀에이번에다 호화저택인 뉴플레이스를 사들임.

1599년(35세) 글로브 극장 신축.

1601년(37세) 아버지 존 사망.

1602년(38세) 부동산에 관심을 갖고 스트랫퍼드어펀에이번의 땅을 사들임.

1603년(39세) 3월 24일, 엘리자베스 여왕 서거. 전염병으로 극장 폐관.

1604년(40세) 4월, 극장 개관.

1607년(43세) 장녀 수잔나 결혼.

1608년(44세) 어머니 메리 사망.

1612년(48세) 동생 길버트 사망.

1613년(49세) 동생 리처드 사망. 화재로 글로브 극장이 소실됨.

1614년(50세) 6월 글로브 극장 재개.

1616년(52세) 4월 23일 사망. 스트랫퍼드어펀에이번의 트리니티 교회에
             묻힘.

작품명 및 창작 연대

1590~1591년 『헨리 6세 2부·3부』

1591~1592년 『헨리 6세 1부』

1592~1593년 『리처드 3세』·『실수의 희극』

1593~1594년 『타이터스·앤드로니커스』·『말괄량이 길들이기』

1594~1595년 『베로나의 두 신사』·『사랑의 헛수고』·『로미오와 줄리엣』

1595~1596년 『리처드 2세』·『한여름밤의 꿈』

1596~1597년 『존왕』·『베니스의 상인』

1597~1598년 『헨리 4세 1부·2부』

1598~1599년 『헛소동』·『헨리 5세』

1599~1600년 『줄리어스 시저』·『뜻대로 하세요』·『십이야(十二夜)』

1600~1601년 『햄릿』·『윈저의 유쾌한 아낙네』

1601~1602년 『트로일루스와 크레시다』

1602~1603년 『끝이 좋으면 다 좋다』

1604~1605년 『자에는 자로』·『오셀로』

1605~1606년 『리어왕』·『맥베스』

1606~1607년 『안토니와 클레오파트라』

1607~1608년 『코리올라누스』·『아테네의 타이몬』

1608~1610년 『페리클레스』·『심벨린』

1610~1611년 『겨울 이야기』

1611~1612년 『폭풍우』

1612~1613년 『헨리 8세』 등.